少年小說研究

張清榮◎著

目　次

自序 ……………………………………………………001

緒論——「少年」、「小說」與「少年小說」

第一節　「少年」的界定 ……………………………001
第二節　「小說」的界定 ……………………………005
第三節　「少年小說」的異稱 ………………………012

第壹章　少年小說的外緣探究

第一節　少年小說的界定 ……………………………020
第二節　少年小說的特質 ……………………………025
第三節　少年小說的類別 ……………………………028
第四節　少年小說的任務 ……………………………037
第五節　少年小說的功能 ……………………………040
第六節　少年小說的欣賞 ……………………………043

第貳章　少年小說的藝術構思

第一節　少年的心境 …………………………………054
第二節　氛圍的抉擇 …………………………………057
第三節　故事的構思 …………………………………060

第四節　美好的呈現 ……065
第五節　結構的巧思 ……072
第六節　觀點的選定 ……078

第參章　少年小說的題材淬取

第一節　自繁瑣生活淘金揀玉 ……084
第二節　自歷史事件連綴生發 ……089
第三節　自初開情竇發現真情 ……094
第四節　自科技事物發揚人性 ……101
第五節　自身旁寵物描寫物情 ……106
第六節　自犯罪事件展現智慧 ……109
第七節　自詭異事件顯現好奇 ……114

第肆章　少年小說的人物刻畫

第一節　直接描寫求精確 ……123
第二節　間接描寫求客觀 ……126
第三節　外貌刻畫求神似 ……131
第四節　言語刻畫求鮮活 ……136
第五節　動作刻畫求生動 ……141
第六節　心理刻畫求細微 ……149
第七節　情節刻畫求漸變 ……155

第伍章　少年小說的情節安排

第一節　情節設計要具有趣味效果 ……164
第二節　情節安排要完整 ……170

第三節　情節安排要起伏　……173
第四節　動作勝於說理　……177
第五節　時空交錯勝於直線進行　……182
第六節　利用伏筆以求呼應　……188

第陸章　少年小說的主題顯現

第一節　主題必須自然顯現　……195
第二節　主題應具正面意義　……198
第三節　主題應有明確意涵　……201
第四節　主題應具多樣面貌　……205
第五節　主題應與情節互為表裡　……209
第六節　主題應與對話互有指涉　……214

第柒章　少年小說的結構設計

第一節　主從設計　……223
第二節　時空設計　……225
第三節　顯隱設計　……228
第四節　環形設計　……232
第五節　平行設計　……233
第六節　漸層設計　……234
第七節　線索設計　……235
第八節　敘述設計　……240

第捌章　少年小說的場景描寫

第一節　場景用以示知地點　……252

第二節　場景用以促進情節 ……………………………254
第三節　場景用以塑造氛圍 ……………………………256
第四節　場景映帶人物心情 ……………………………259
第五節　場景烘托人物身分 ……………………………262
第六節　場景描寫要貼切精當 …………………………266
第七節　場景描寫要趣味生動 …………………………268
第八節　場景描寫要簡潔明瞭 …………………………272
第九節　場景描寫要情景交融 …………………………274

第玖章　少年小說的語文駕馭

第一節　遣詞造句方面 …………………………………280
第二節　敘述用語方面 …………………………………283
第三節　描寫用語方面 …………………………………287
第四節　對話用語方面 …………………………………291
第五節　態勢用語方面 …………………………………299

第拾章　少年小說的配合要素

第一節　少年小說的創作素養 …………………………309
第二節　少年小說的情感摹寫 …………………………315
第三節　少年小說的時代意識 …………………………332
第四節　少年小說的讀者反應 …………………………337

結論——「少年小說」的「少年形象」

第一節　把握情感真相，寫出血肉少年 ………………348
第二節　把握個性異相，寫出各型少年 ………………348

第三節　把握動態原則，寫出活潑少年 ……………349
第四節　把握地域差異，寫出城鄉少年 ……………350
第五節　把握時代脈動，寫出現代少年 ……………351
第六節　把握勤勉原則，寫出務實少年 ……………352

參考書目 ……………………………………………355

自　序

「少年小說」及「兒童小說」，在名稱上的爭議，就如同到底是「兒童文學」、「少年文學」或「兒童少年文學」的論戰一般，看似重要，其實也無關緊要。

其實寫給「未成年人」看的文學作品，在「主題意識」的考慮上，就得受「道德」層面的囿限，這是「兒童文學」、「少年小說」異於「成人文學」、「成人小說」，最值得細細追究的事。

兒童、少年、青少年、青年的生活，他們的世界，他們所關懷的事物，他們的族群文化、他們的語言，構成「未成年人」特殊的生存面相。寫作「兒童文學」中的「少年小說」，必得記住「作品是寫給少年看的」（林良〈論少年小說作者的心態〉），這個少年小說的特質，也是少年小說作者創作時必當奉行的圭臬。

放眼自由中國台灣地區，由於經濟繁榮、民生富裕，父母重視子女的教育，各類兒童書籍的出版事業蓬勃發展，「兒童文學」作品的出版應運而興隆。也因官方、民間、團體舉辦各類「兒童文學」作品的徵文比賽，從民國六十二年首屆「洪建全兒童文學獎」徵文到現在，圖畫故事、兒童詩歌、童話、少年小說、兒童劇本的質量都有一定的水準，這是中華民國文學史上可喜可賀的事。

兒童文學的「創作」已有可觀的成果，但在「理論」的發表上則未如理想。從「兒童文學」的概論來談，經研究出版的幾乎都是師範學院或大專校院中，開設「兒童文學」的教授。再從「兒童文學」的分論來說，兒童詩歌的論著最多，童話論著其次，「圖畫故事」(較偏向「幼兒文學」)及「少年小說」的論著最少。

以「少年小說」來說，民國七十五年的《認識少年小說》(中華民國兒童文學學會)，民國八十五年的《認識少年小說》(中華民國兒童文學學會・天衛文化圖書有限公司・製作出版)，都是多人單篇論著的合輯。純是個人的專著，在台灣地區只有傅林統的《少年小說初探》(富春出版社)，在大陸地區則有任大霖的《兒童小說創作論》。傅的著作偏向〈分類探討〉及〈名作選評〉，〈綜合論述〉的篇幅較少。任的著作有其完整的理論架構，但由於意識型態、生活方式的影響，文中並未能擺脫此類的框框教條，令人抱憾。

筆者曾任教小學，有「教育學」及「兒童學」的背景，又在高雄師大接受中國文學一系列的理論，並曾創作圖畫故事、兒童詩歌、童話故事、兒童散文、少年小說。到台南師院忝任「兒童文學」教職之後，開始研探「兒童文學」理論，已有《兒童文學理論與實務》、《兒童文學創作論》、〈兒童歌謠欣賞與創作教學之研究〉、〈少年小說「情」字如何寫〉等小書、小文出版、發表，可謂比較偏向「理論」與「實務」並重；「創作」和「教學」同步，因此，對「兒童文學」的感觸或有小異他人之處。

近年來由於教學需要，對於「少年小說」的理論、欣賞、創作、教學有較深刻的注意，時時摘記重點，歷經六年的蒐集，二年的撰寫，因此能有《少年小說研究》的出版，茲詳述本書各章節重點如下：

緒論——分就「少年」、「小說」及「少年小說」來界定。本章乃「少年小說外論」，未曾涉及少年小說的「外緣」及「內涵」條件，僅在釐清「少年小說」的閱讀族群（十八歲以下，十一歲以上），並論證「少年小說」及「兒童小說」乃同義名詞。

第壹章〈少年小說的外緣探究〉——分從界定、特質、類別、任務、功能及欣賞等外在條件立論。

第貳章〈少年小說的藝術構思〉——「藝術構思是每一個作者生活、思想、技巧、語言等等方面在真正進入藝術創作時的綜合運用。」（任大霖《兒童小說創作論》頁五十七。）為完成一部真正「藝術化」的小說，作者應從「少年的心境」、「氛圍的抉擇」、「故事的構思」、「美好的呈現」、「結構的巧思」、「觀點的選定」來構思全文的寫作方向。本章即由上述六個重點詳加論述，也算少年小說「內涵」的總論。

第參章〈少年小說題材的淬取〉——分從「繁瑣生活」、「歷史事件」、「初開情竇」、「科技事物」、「身旁寵物」、「犯罪事件」六方面立論，和第壹章的「少年小說的類別」互相鉤稽。由此章開始乃是少年小說「內涵」的分論。

第肆章〈少年小說的人物刻畫〉——分從「直接描寫」、「間接描寫」、「外貌刻畫」、「言語刻畫」、「動作刻畫」、「心理刻畫」、「情節刻畫」等重點論述。

第伍章〈少年小說的情節安排〉——先從「趣味效果」、「完整」論述一般原則，再從「起伏」、「動作勝於說理」、「時空交錯勝於直線進行」、「利用伏筆以求呼應」等技巧來立論，務使作品深具趣味性。

第陸章〈少年小說的主題顯現〉——「主題」乃作品的意

旨、中心思想，本章分從「自然顯現」、「正面意義」、「明確意涵」、「多樣面貌」、「主題應與情節互為表裡」、「主題應與對話互有指涉」來探討「主題」蘊藏及顯現之法。

第柒章〈少年小說的結構設計〉——分從「主從」、「時空」、「顯隱」、「環形」、「平行」、「漸層」、「線索」、「敘述」等「內部結構」（情節）及「外部結構」（形式）來討論，重點在於「精彩敘述」的探討。

第捌章〈少年小說的場景描繪〉——分從「示知地點」、「促進情節」、「塑造氛圍」、「映帶人物心情」、「烘托人物身分」、「場景描寫要貼切精當」、「簡潔明瞭」、「情景交融」等「場景」的功能、描寫技巧來申論。

第玖章〈少年小說的語文駕馭〉——「語文的使用」也是「少年小說」和「成人文學」互有歧異之處，因此要重視「遣詞造句」的生活化、口語化、淺白易懂、清新自然、獨具風格。也要在「敘述用語」、「描寫用語」、「對話用語」及「態勢用語」方面多加講究，本章探討重點在此。

第拾章〈少年小說的配合要素〉，本章亦屬少年小說的「外論」，雖非少年小說的「主體」（內涵、外緣）理論，卻與少年小說創作息息相關，因此從「創作素養」、「情感摹寫」、「時代意識」及「讀者反應」來探討，如何使「少年小說」更像「少年小說」的道理。

結論——「少年小說」的「少年形象」，「少年小說」除重視「情節」外，也是「人物小說」，因此要求能寫出「血肉少年」、「各型少年」、「活潑少年」、「城鄉少年」、「現代少年」、「務實少年」，乃筆者衷心的期待，也充當全書的結束之語。

本書除「理論」的闡述外，盡量舉出少年小說名著為例，或採綜合說明，或摘錄章節，務使「理論」與「實務」並重，方便閱讀者的體會、了解。

本書原名《少年小說寫作論》，於民國八十六年四月間完稿。期間承蒙台灣師大楊昌年教授、台中師院鄭蕤教授、台東師院林文寶教授不吝指導，至深銘感。九十一年暑期，喜獲林文寶教授推薦，得在「萬卷樓圖書股份有限公司」出版，書名改稱《少年小說研究》。為應時代潮流及讀者需求，內文有少許調整，但是囿限於個人學養不足，若有論列不周之處，懇請高明海涵指正。

張清榮　謹序於國立台南師範學院語教系

中華民國九十一年十二月一日

緒　論

「少年」、「小說」與「少年小說」

「少年小說」是「少年」的「小說」，包含「少年」及「小說」兩個命題，其義界關涉到「人」和「文學」的領域。

以「人的年齡」來說，應分成「未成年人」和「成年人」；以「人」的個體來論，應分成「肉體」及「心靈」，因此，若要了解「未成年人」（「少年」或「兒童」），就得分從「生理發展」、「心理發展」及「法律」、「醫學」層面來討論。

以「小說」而論，籠統地說是「文學的文體之一」；若要細論，則可從「小說」二字最原始的意義、用語談起，一直到成為「文體」的「小說」為止，並釐清其意涵，則「小說」的定義才有可能明朗化。

第一節　「少年」的界定

「少年人」乃相對於「成年人」的自然人，即是「未成年人」。「未成年人」在社會習俗、生理、心理、醫學及法律層面各有不同定義，茲臚列如下以見其梗概：

一、社會習俗：

中國習俗有「男大當婚」、「女大當嫁」之說，但「大」至何種年齡則未明說，因此可能從十二歲到二十歲皆是「婚嫁」年齡，「結婚」即成「大人」；二十歲以後不結婚者永遠是「兒童」，如此說法太過籠統，不可採行。

臺南市「開隆宮」有行「十六歲」的「成年禮」；政府社教單位也有「男子冠禮」①、「女子笄禮」②等「成年禮」活動，則十五歲以上到二十歲，都被視為「成年」，顯然失之「太寬」、「概括」性質太濃，不夠精確。

二、生理觀點：

人體在兒童期，男孩、女孩「第二性徵」無甚差異，直到「第二性徵」顯現：男孩出現喉結、鬍鬚、聲音變粗；女孩出現初經、乳房、骨盆變大及聲音變細、皮下脂肪增厚，是為「成年」的指標。但以人體有「個別差異」，有早至十到十二歲顯現者，也有遲至十五歲以後顯現者，若以「生理」特徵界定，將有參差不齊現象。況且，某些個體在「第二性徵」出現一次之後，停頓二、三年再顯現，即表示「發育」尚未成熟。即使「第二性徵」穩定，但距離結婚生子的「絕對成熟」條件尚遠，只是「相對」於「同年齡」比較成熟，並非真正的「大人」，以「第二性徵」來界定，亦有不妥之處。

再以「智齒」長出為例，「智齒」乃人類最後生長、出現之物，約在二十歲之後長成，但是有些人在一生中不長「智齒」，若以「長智齒」為成年人，對於二十幾歲至老死都「不長智齒」

的則稱「未成年人」，似乎欠缺說服力。

三、心理觀點：

依常態而言，個體在生理上日趨成熟，又加以正確、該有的指導，在認知能力方面會加強，進而使其社會化而適應團體生活，在情緒上能適當控制，在人格上能趨於完美，此種發展的特徵，始於嬰兒到老死。換言之，人的一生，心理伴隨生理，乃持續不斷發展的過程，但以「具體操作」和「形式操作」為分水嶺，由「具體」進入「形式」，並且趨於穩定的認知，即是具有「抽象思考」的能力，乃是「少年」、「青少年」和「兒童」最大的區別。

瑞士發展心理學家皮亞傑（Jean Piaget　1896～1980）認為：兒童的認知發展，可分為三期或四期。三期的分法是：1.感覺動作期：出生到二歲。2.具體運思期：二歲到十一歲。3.形式運思期：十一歲到十五歲。四期的分法則多一「運思前期」，從二歲到七歲；「具體運思期」則改為七歲到十一歲。

「形式運思期」指的是具備「抽象思考」的能力，能思考形而上的問題，不必借用「具體事物」來理解某一命題。如此的能力約在十七、八歲達到成熟、穩定的地步，因此，高中階段的個體，如已具備大人的思考模式，即可謂之成人，否則，仍可視為「少年」階段，是「未成年人」。

但是每個個體的「心理成熟」年齡未盡相同，有人在十二歲對「哲理」即可正確接受，有的或許到二、三十歲仍無法接納、思考抽象的哲學命題，因此，以「心理」觀點來區分也未盡理想。

四、醫學觀點：

國內醫學界將「小兒科」界定在十八歲（約等於「高中生」階段）以下。其根據為：一九八九年十一月聯合國通過之「兒童權利公約」，第一條即規定：兒童係指十八歲以下之自然人。我國在民國七十九年，由林國和先生翻譯「聯合國兒童權利公約」，內政部社會司印行，使「兒童」年齡有一具體的規定：「十八歲以下」，與世界各國採行同一標準，可以減少許多無謂的爭議。

五、法律觀點：

我國法定的「成年人」，指的是屆滿二十歲的自然人，顯然明定二十歲以下是「兒童」、「少年」，尚未具備完整的行為能力。

根據「兵役法」，男子服「義務役」的年齡是「十八歲」，將「十八歲以上」視為成年人，可以執干戈以衛社稷，「十八歲以下」則是未成年的兒童、少年。

再依「少年事件處理法」第二條規定：「少年者十二歲以上，十八歲未滿之人。」可知所謂「少年」也以十八歲為基準，做為送入「少年輔育院」或「監獄」的判別根據。

經由上述各層面的論述可知：依社會習俗及生理角度來判定「少年」的標準，有失之籠統之弊。若依心理觀點的「形式運思期」成熟度看來，十八歲以下的「高中生」已有此能力，再依兵役法年齡看來，「十八歲以上」即可視為「成年」，少年事件的處理也以「十八歲」為分水嶺，再根據聯合國公佈的年齡基準看來，「十八歲以下」指的是「兒童」（〇～六歲）、「少年」（六歲～十二歲）、「青少年」（十二歲～十五歲）或「青年」（十五歲～十八歲）。

在醫學角度看來，「十八歲」以下都是「小兒科」，都是「未成年人」，包含的是高中三年級以下所有的「兒童」，也可稱為「少年」。

筆者心目中的「少年」、「兒童」，也以「十八歲」為判別的標準。並且以十一歲（五年級）到十八歲（高三）為閱讀「少年小說」作品的族群。

第二節　「小說」的界定

中國小說一向不受歷代正統、主流派文人的重視，追究個中根由，全因昔日小說包含寓言式幻想與神怪式色彩，正統、主流派文人，久經儒家思想薰陶，講求實際、重視經驗，不尚無根空談。自孔子以下，儒道二家皆致力追求「大道」而鄙視「小說」，因此，「小說」一詞在西方文學思想輸入之前，我國並無確切、詳審的定義，也未曾論及「小說」的質素。

歷代皆以「小說」為「小家珍說」，和「大道」相對而言，是為「難登大雅之堂」的「道聽塗說」。茲釐析「小說」一詞的演變如下：

一、「小說」二字，最早見於《莊子・外物篇》：

飾小說以干縣令，其於大達亦遠矣。

縣者，「懸」也，其本意為「高」，有「高名」之謂。令者，「美也」，猶言「美譽」之意。「大達」即「大道」，乃與「小說」意義相反之語詞。此處的「小說」並非「文學用語」，係指「瑣屑之言」，與「道術」全然無關，乃近代「小說」之同名異義詞。

二、《荀子・正名篇》則將「小說」解為「小家珍說」：

故智者論道而已矣，小家珍說之所願皆衰也。

「小家」與「智者」對稱，即和正統學者相對而言；「珍說」則和後世之珍聞、奇談相類似，皆非大學問。

三、漢人著述言及「小說」二字者，則有：

㈠桓譚《新論》（今已亡佚，據《文選・李善注》引文）道：

小說家合殘叢小語，近取譬語，以作短書，治身理家，有可觀之辭。

㈡王充《論衡・骨相篇》則寫道：

在經傳者，較著可信，若夫短書俗記，竹帛胤文，非儒者所見。

桓譚、王充二人皆視「小說」為「短書」，皆是「殘叢小語，俗記胤文」。何謂「短書」？蔡邕《獨斷》曾說：

> 六經之書，長二尺四寸，短者半之。

由此可知，古書因性質不同而有長、短之別，「短書」之「短」，即和「六經」等「長書」相對而言。直到桓、王二人，「小說」二字仍非文學用語，指的是儒家思想以外的事物、道理。

四、《漢書・諸子略》列「小說家」於諸子之後，定義如下：

> 小說家者流，蓋出於稗官。街談巷語，道聽途說者之所造也。孔子曰：「雖小道，必有可觀焉，致遠恐泥，是以君子弗為也。」然亦弗滅也。閭里小知者之所及，亦使綴而不忘。如或一言可採，此亦芻蕘狂夫之議也。

「街談巷語」係稗官採錄小民談話，以考時政、民俗，僅似今日「小說」的「素材」，並未具有今日小說之內涵、技巧及價值，無法和現代「小說」等量齊視。至於「稗官」者何？如淳《漢書》曰：

> 王者欲知閭里風俗，故立稗官，使稱說之。

「稗」者，小也，乃和稻禾相近之野草。以稻禾為正，則稗草為偏；以史官為正，則「稗官」為偏。《廣雅・釋詁》引徐灝《說文解字注箋》，對「稗官」之解釋為：

野史小說，異於正史，猶野生之稗，別於禾，故謂之稗官。

因此，後世之人皆以「稗史」代替「小說」，以別於史官撰寫之「正史」，而成正史之支流。

五、《隋書・經籍志》則定義為：

小說者，街談巷語之說也。

「街談巷語」乃布衣小民談話，所記的是「內容」，是「素材」，雖稱之為「小說」，和今日「小說」完備之定義仍相去甚遠。

六、《舊唐書・經籍志》對「小說」的定義是：

以記芻辭輿論。

「芻辭」者，芻蕘之言；「輿論」者，眾人之言，可知所記的內容都是道聽途說、微賤者的小言小語。

七、清人翟灝《通俗編》對「小說」另有說解：

按古凡雜說短記，不本經典者，概比小說；謂之小說，乃諸子雜家之流，非若今之穢誕言也。輟耕錄言宋有諢詞小說，乃始指今之小說矣。

翟氏認為「小說」乃「諸子雜家」說詞，雖非聖賢大道，仍較「穢誕之言」高級。至於《輟耕錄》所言「宋有諢詞小說」③為今之小說，所定未免失之過晚，實則唐代「傳奇」已符合今日小說要件④。

總而言之，自莊子至翟灝，各家所謂的「小說」皆難與聖賢大道並論，全無地位可言。

八、揚雄《法言・學行》：

> 仰聖人而知眾說之小。

揚雄之說為「小說」之「小」字下定義，故凡筆記、瑣談，以及戰國策士之寓言、傳說、神話等類記載，皆視為異端而以「小」名之。

「說」字何以不稱小言、小話、小語、小議或小論？按「說」古與「悅」字通用，《詩經・小雅・都人士》有「我心不說」，《論語・學而》亦有「不亦說乎？」兩「說」均作「悅」解。因此所謂「小說」，在傳統文人心目中，其意義當可界定如下：

> 講述不屬於六經的正統話語，採錄傳誦街談巷語，以故事為重，企圖博人喜悅或動人聽聞之意。

上述皆中國對「小說」一詞的傳統說解，溯自西潮東漸，影響中土，文學潮流既壯，小說地位隨之提升，中國學者對「小說」另有界說。

一、范煙橋《中國小說史》（臺北・河洛・民68.9・頁二）

界定為：

小說者，文學之傾於美的方面之一種也。

二、惲鐵樵則說（引自范煙橋《中國小說史》頁二）：，

小說之體，記社會間一人一事之微者也。小說之用，有懲有勸，視政治教化，具體而微，而為之補助者也。

三、蔣祖怡《小說纂要》（臺北・正中・民58.11 ・頁一）說道：

小說是一種平面的藝術，用文字和感情來借讀者的眼，傳達於讀者的腦而引起一種感應作用。

四、孟瑤《中國小說史》（臺北・傳記文學・民66.10 ・頁一・緒編）：

所謂小說，以我們今天的眼光來看，至少應該有故事、人物、結構三要素，然後把握住嚴肅的主題，再以優美的文字所表現出的一種引人入勝的文體。

五、楊昌年《小說賞析》（臺北・牧童・民68.9 ・頁八）界定〈小說的特質與要素>為：

㈠特質：有好意識、須有一曲折動人之故事、須有人物刻

畫、有佳妙之描寫技巧、有完整之結構。

㈡要素：情節、人物、背景。

六、羅盤《小說創作論》（臺北・東大・民69.2・頁四）認為：

> 今天的小說，是由人物、故事和主題三者所構成。人物用以扮演故事，故事用以表現主題。由此三者互為因果所產生的小說，才能算是真正的文藝作品。

七、方祖燊《小說結構》（臺北・東大・民84.10・頁十一）認為：

> 小說是用散文來寫的，是綜合各種文學寫作技巧的一種作品，仍然以鋪寫故事為主體的，主要在描寫人類的外在、內在的生活，要寫得感人有趣味，作者應有完美的理想，這樣才能產生不朽的作品。

歸結上引諸位專家學者的高見，筆者界定「小說」的本質如下：

> 現代小說為綜合之文學藝術，具詩歌凝鍊內涵，散文精簡表達，戲劇表演功能，已成為文學作品之中流砥柱，肩負表現人生、美化人生、指導人生的使命。小說由人物、故事、結構三者構成，且能把握一嚴肅主題，以人物扮演故事，以故事表現主題，而結構乃人物、故事、主題之所依

附、由此四者相互維繫所成的作品，始稱引人入勝的有機體、鮮活之小說。

第三節　「少年小說」的異稱

「少年小說」有人稱為「兒童小說」，事實上兩者是同義詞，因為看得懂、聽得懂故事的幼童，未必能全然了解「小說」的主題，也未必知悉「人物刻畫」的意義為何在？因此「少年小說」的閱讀族群，正如「少年的界定」所言，必須在「形式運思期」以後，到醫學認定的「小兒科」年齡上限，也就是十一歲到十八歲的「兒童」，共包含「青年」、「青少年」、「少年」三個階段。

「少年小說」可以寫「幼童」（幼兒）的題材，但絕不是給「具體運思期」（十一歲）以前的學童閱讀。若將少年小說的閱讀年齡放寬到四年級（十歲）學童，他們仍是國小學童，而非幼稚園的「幼童」或「幼兒」。因此，稱「少年小說」也罷，稱「兒童小說」也可，指的都是以「十八歲以下的兒童」為寫作對象的兒童文學作品，至於其閱讀對象，則要限定在「十歲或十一歲以上到十八歲以下」的高中、國中及國小學生。

「少年小說」及「兒童小說」，各有哪些「獎項」、「出版社」、「出版品」、研習活動、論著出現紛歧的用法，茲臚列如下以見梗概：

一、獎項：

*㈠ 稱「少年小說」者：

1. 洪建全兒童文學獎「少年小說類」。

2. 高雄市兒童文學學會柔蘭獎「少年小說類」。

3. 教育廳兒童文學創作獎「少年小說類」。

4. 東方出版社「少年小說獎」。

＊ ㈡ 稱「兒童小說」者 ：

1. 九歌現代文學創作獎「兒童小說類」。

2. 中山文藝獎（黃海以「兒童科幻短篇小說」《嫦娥城》於民國七十五年獲獎）

二、出版社、出版品：

＊ ㈠ 稱「少年小說」者 ：

1. 林鍾隆《阿輝的心》（《小學生雜誌》聯載）

2. 謝冰瑩《小冬流浪記》（國語日報出版社）

3. 林鍾隆《蠻牛的傳奇》（教育廳兒童讀物編輯小組）

4. 林鍾隆《好夢成真》（教育廳兒童讀物編輯小組）

5. 《兒童文學創作・少年小說類》（臺灣省國民學校教師研習會）

6. 林鍾隆等八位作家《少年小說》（《兒童月刊》）

7. 楊思諶等十一位作家《一球茉莉花》（《幼獅少年》叢書）

8. 謝冰瑩《林琳》（臺灣省教育廳中華兒童叢書）

9. 曼怡《亞男和法官》（臺灣省教育廳中華兒童叢書）

10. 吳明《大房子》（臺灣省教育廳中華兒童叢書）

11. 陳宏《逃》（臺灣省教育廳中華兒童叢書）

12. 華霞菱《幸運符》（臺灣省教育廳中華兒童叢書）

13. 陳郁夫《蝙蝠與飛象》（臺灣省教育廳中華兒童叢書）

14. 傅林統《風雨同舟》等七本「少年小說」（成文出版社）

15. 潘人木《老冠軍》等六篇（正中書局《現代兒童文學精

選》)

16.《王子少年冒險小說》共十五本(王子出版社)

*|㈡稱「兒童小說」者|:

1. 郭義成主編「兒童小說坊」①、②(金文圖書公司)
2. 小魯「兒童小說系列」(天衛出版社)
3. 紅蕃茄「奇幻兒童小說館」

三、研習活動:

*|㈠稱「少年小說」者|:

1. 兒童讀物寫作研習班(臺灣省國民學校教師研習會)
2. 少年小說研習營(慈恩兒童文學研習營)
3. 少年小說研習班(中華民國兒童文學學會)

㈡稱「兒童小說」者:

無。

四、論著:

*|㈠稱「少年小說」者|:

1. 陳孟堅〈如何寫少年小說〉(《兒童讀物研究1》)
2. 傅林統〈少年小說的重要〉(國語日報「兒童文學週刊」)
3. 傅林統〈少年小說的任務〉(國語日報「兒童文學週刊」)
4. 傅林統〈少年小說的認識〉(中華民國兒童文學學會)
5. 林良等《認識少年小說》(中華民國兒童文學學會)
6. 傅林統〈兒童的冒險心理與少年小說的寫作〉(慈恩兒童文學論叢)
7. 吳英長〈從發展觀點論少年小說的適切性與教學應用〉(臺東師院初教系)
8. 傅林統《少年小說初探》(富春出版社)

9. 張子樟等著《認識少年小說》(天衛文化圖書公司)
10. 洪文瓊〈少年小說的界域問題〉(刊於《認識少年小說》,中華民國兒童文學學會)
11. 李漢偉《兒童文學講話》(復文出版社)
12. 杜淑貞《兒童文學與現代修辭學》(富春出版社)
13. 傅林統《兒童文學的思想與技巧》(富春出版社)
14. 張清榮《兒童文學創作論》(富春出版社)

＊ ㈡稱「兒童小說」者 :

1. 林鍾隆〈兒童小說的創作〉(《兒童讀物研究2》)
2. 傅林統〈兒童小說的種類〉(國語日報「兒童文學週刊」)
3. 林守為《兒童文學》(自印本,五南出版社)
4. 吳鼎《兒童文學研究》(臺灣教育輔導月刊,遠流出版社)
5. 葛琳《兒童文學創作與欣賞》(康橋出版社)
6. 許義宗《兒童文學論》(自印本,中華色研出版)
7. 李慕如《兒童文學綜論》(復文出版社)
8. 葉詠琍《兒童文學》(東大圖書公司)
9. 林文寶《兒童文學故事體寫作論》(復文,臺東師院語教系)

臺灣地區尚有林政華教授稱為「兒童少年小說」,涵括的範圍更周全。大陸學者對「兒童小說」或「少年小說」的說法也是眾說紛紜,未能統一⑤。

總而言之,「少年小說」和「兒童小說」是同義詞,以國內的認定看來:「幼兒→兒童→少年→青少年→青年」是個體從小孩到成人必經的五個階段,若以「閱讀接受能力」而言,筆者認為用「少年小說」較為適當。

附 註

①冠禮：古禮之一，乃指男子年滿二十歲進行「弱冠」禮，謂之成人。《儀禮・士冠禮注》〈鄭目錄〉云：「童子任職士位，年二十而冠。」《禮記・冠義》：「古者冠禮，筮日筮賓，所以敬冠事。」

②笄禮：古禮之一，女子年滿十五歲許嫁所行之禮，猶男子之「冠禮」，視之為成人。《禮記・內則》：「十有五年而笄。」《注》謂應年許嫁者，女子許嫁，笄而字之，其未許嫁，二十則笄。《公羊・僖九》：「婦人許嫁，字而笄之，死則以成人之喪治之。」

③諢詞小說：諢詞即「諧謔之語」，可知所強調者為「諧謔娛人之小說」。清梁紹壬《兩般秋雨盦隨筆》云：「小說起于宋仁宗，時太平已久，國家閒暇，日進一奇怪之事以娛之，名曰小說；而今之小說，則記載矣。」

④何以「唐傳奇」已合今之小說條件？據明人胡應麟《少室山房筆叢》三十六云：「凡變異之談，盛於六朝，然多是傳錄舛訛，未必盡幻設語。至唐人，乃作意好奇，假小說以寄筆端。」可知六朝人傳錄「變異之談」，而唐人乃「作意好奇」，從事「傳奇」寫作。

魯迅《中國小說史略》亦云：「傳奇者流，蓋源出於志怪，然施之藻繪，擴其波瀾，故所成就乃特異，……。」所謂「施之藻繪」即強調辭藻華麗、技巧高妙；而「擴其波瀾」則是描繪刻畫淋漓盡致，情節曲折離奇動人。

祝秀俠先生〈論中國小說的產生〉(見《中國文藝》第七期，民41.9)認為：唐代傳奇已具「獨立意思」、「完整故事」、「曲折結構」、「著力描寫」等特色，已合「現代小說」之要件。

⑤1.任大霖的《兒童小說創作論》曾言：「兒童小說是為少年兒童創作的

小說。」對於「少年」及「兒童」有所區隔，但又認為此類文體適合「兒童」及「少年」階段閱讀。

2. 蔣風主編《中國兒童文學大系・理論㈡》則「兒童小說」及「少年小說」互見。最後一篇是梅子涵的〈兒童小說實際上是少年小說〉，似有結合各家爭論之意。

3. 王泉根《中國兒童文學現象研究》稱為「少年小說」。

4. 《兒童文學作家作品論》則有〈評兒童小說集《若牛》戴言，振國〉一文稱為「兒童小說」。

5. 祝士媛《兒童文學》（北師大研教室）稱為「兒童小說」。

6. 《兒童文學概論》亦稱為「兒童小說」。

7. 《中國現代兒童文學文論選》稱為「兒童小說」。

8. 金燕玉《兒童文學初探》書中有「兒童小說創作談」一文。

第壹章

少年小說的外緣探究

少年小說，等於「兒童小說」，已於〈緒論〉釐析。

洪文珍教授曾說：

> 少年小說指涉的範疇有二，一是小說的，一是少年的。「小說」範疇指出少年小說的類別歸屬；「少年」範疇界定少年小說在「小說」的位域，它應以適合少年閱讀為定位①。

不管少年或是兒童，有興趣或看得懂小說作品，必然是「形式運思期」以後的學童，也就是十一歲到十八歲的少年、青少年、青年，相當於國小高年級和國中、高中階段。依兒童心智發展過程，此一階段的學生在思維意識上，已能明顯區分「幻想世界」及「現實世界」的不同，而「幻想」及「現實」正是「童話」與「少年小說」本質上的歧異。

「童話」是擬人化、虛構、幻想、誇張性質的兒童故事，令人覺得浪漫有趣，但其中眾多不合情理的想像，鳥言獸語的對話，仙子突如其來的幫助，寶物的奇異功能……，已經難逃其智慧的良心，以及科學認知的審查，因此，他們會要求落實於真實世界、現實生活（科幻小說除外）的小說故事，「少年小說」因而應運產生。

少年小說是「小說」的成員，也是文學主流中的支流，它必須具備小說的各個要件，但因主角及欣賞者以少年為主，「少年小說」除具成人小說的創作技巧外，仍應考量其特有的因素，始能引起兒童的閱讀興趣，並增益其身心發展。

第一節 少年小說的界定

「少年小說」是「少年」加上「小說」而成的名詞，其中意涵值得深究，專家學者各有寶貴的高見：

林守為在《兒童文學》書中說：

> 兒童小說應是「兒童的」，所謂「兒童的」，就是說：兒童可以接受（理解）的；兒童樂於接受（興趣）的。為要使兒童可以接受並樂於接受，兒童小說就得以反映兒童生活和心理，就得以適應兒童生活和心理為內容、為目的。……總之，兒童小說是要依據兒童生活經驗、心理需要，運用兒童語彙而寫，雖然在寫作技巧方面（如故事結構、人物描寫、高潮設計等）它和成人小說是相差無幾的②。

林良在〈論少年小說作者的心態〉一文曾說：

> 少年小說的讀者既是少年，作品當然是「為少年而寫」的了，……
>
> 「為少年而寫」是一個多義的短語，至少含有兩種解釋。

> 一種解釋是：「因為關心少年而寫下這篇作品」。另一種解釋是：「這篇作品是寫給少年看的」③。

林文寶在〈少年小說徵文緣起〉一文說道：

> 少年小說是「小說」與「少年」的交集，它必須具備小說的要件與符合少年的經驗世界④。

陳正治在《兒童文學》（空中大學用書）則說：

> 兒童小說是根據兒童心理需要和理解能力，配合情節和環境的具體描繪，深入刻畫人物活動的故事⑤。

大陸學者林飛在《兒童文學大全》書中認為：

> 小說是作者運用典型化的方法和敘述語言來展開故事情節，描繪典型環境，塑造典型人物形象，藉以表現主題的一種文學體裁。以少年、兒童為讀者對象，為少年、兒童所理解和喜愛的小說就是兒童小說⑥。

大陸學者任大霖的《兒童小說創作論》則定義為：

> 第一，兒童小說是小說。小說……是通過人物、情節和環境的具體描寫，廣泛而多方面地反映社會生活的敘事作品。

> 第二，兒童小說是為少年兒童創作的小說。……作者在創作兒童小說時，所考慮的主要是如何適合少年兒童的理解能力、閱讀愛好、心理特點，使他們喜聞樂見，對他們的成長有所助益⑦。

由以上六位專家、學者的高見，吾人可以獲知「少年小說」是「少年」的「小說」，「少年」指的是被取材、閱讀者及可以接受的對象。「小說」指的是文學上的範疇，筆者將其定義為：

> 現代小說為綜合的文學藝術，具詩歌凝鍊內涵，散文精簡表達，戲劇表演功能，已成為文學作品的中流砥柱，肩負表現人生、美化人生、指導人生的使命。小說由人物、故事、結構三者構成，且能把握一嚴肅主題，以人物扮演故事，以故事表現主題，而結構乃人物、故事、主題之所依附，由此四者相互維繫所成的作品，始稱引人入勝的有機體、鮮活的小說。

少年小說既是以少年兒童為主的「小說」，其創作技巧自與成人小說相同，但為顧及兒童的心智發展，應當多描寫人生光明面，使其具有積極、向上、向善的正面意義。基於上述前提，茲為「少年小說」界定如下：

> 凡是主角由兒童擔任，描述合乎兒童心理的現實及幻想故事，具備高度的文學價值，且內容及文字適合少年程度，有助於兒童各方面成長的文學作品，即是「少年小說」。

茲就上述界定詳加說明：

一、主角是兒童：少年小說是屬於兒童的文學作品，描述兒童的生活，捕捉兒童對生活周遭人、事、物的感觸，抒發兒童的真情，因此，主要角色應由兒童擔任。成人亦可出現在少年小說中，但不可喧賓奪主，應以配角或次要角色出現，而且作者在描述成年人時，應透過兒童心靈世界，以兒童目光所見，心裡所感的成人為描述的標準，如此一來，比較容易獲得兒童的認同，並且不至於破壞全篇小說的氛圍。

二、內容和兒童有關：少年小說的內容應自兒童生活來取材，父母、老師是關係最密切的人，而社會上足以影響其生活的「好人」、「壞人」，都是出現在少年小說中的「大人」。兄弟姊妹、同學、朋友、玩伴，則是少年小說中的重要角色，少年小說所描述的正是和這些同儕互動的情感和事件。上學、遊戲、考試、比賽、情竇初開、朋友之情……則是少年小說題材的來源。若能結合綁票、才藝班、鑰匙兒童、速食店、毒品、雛妓、單親家庭、電動玩具、搶劫、偷竊……等社會現象，融入少年小說的情節中，表現少年身處如此光怪陸離的社會中，身心適應的問題，心理的感受，類此作品，必能獲得少年讀者的垂青。

三、故事合乎兒童心理：由於兒童具有㈠幻想（夢想、想像）、㈡同情（認同他人的情感）、㈢好奇（喜好新奇的事物）、㈣冒險（明知其為險境，仍要探知結局）、㈤好強（好勝、愛逞英雄）、㈥俠義（正義感）的心理特質，因此在寫作時應注意故事的「情節」勝於「說理」，故事的「動作」勝於「描述」，故事應「動態」的運作，而非「靜態」的展示。也就是故事情節的發展，是一環緊扣一環，事件接連出現，使小讀者有線索、脈絡可資依循，讀後能根據動態的情節而回憶，或能推想其未來的情節發展，使其能和小說人物、情節融為一體。

四、思想、意識合乎兒童程度：所謂「思想」，即是哲理，也就是全篇小說的「主題」所在。主題乃全篇作品的靈魂，應隱藏於字裡行間，應溶解於人物對話、動作、表情，甚至於整個情節的進行之中，讓兒童於閱讀中發現、體會，而不是硬擠硬塞、灌注式、生吞活剝、道學方式、道貌岸然式的思想。所謂「意識」，指的是作者於寫作時的心態，他必須認清職責，懷抱童心，充滿愛心，將自己幻化為兒童，和兒童心靈相契合，沒入作品中，藉著人物的刻畫、情節鋪展，和小說中的人物使用相同的語言，具有共通的想法，憂樂與共的心情，唯有如此，寫出的作品才有可能觸及兒童的心性及脈搏。

五、創作技巧針對兒童需要：所謂「技巧」，指的是創作方面的才能，必須針對兒童的閱讀需要來寫作，務期做到：

在敘述之際，必須要言不煩，而且又能保持趣味性。

在描寫之時，必須以最精確的文詞，將人、事、物做完整、妥當地表達。

在文字駕馭上，要求以淺顯易懂的字詞句，表達最生動的場面，使兒童讀來不隔、不澀，以免降低其閱讀興趣。

在結構方面，要求起、承、轉、合兼備，且能前呼後應，中間的承、轉，發展繁複，曲折而精彩。

在氣氛經營上能控制讀者情緒，使其心理隨情節發展，而有緊張、悲傷、歡笑、喜悅、憤怒……等的變化。

六、有助於兒童各方面成長：所謂成長，應包括生理與心理兩方面，少年小說屬於精神食糧，對兒童的心理成長方面有莫大助益。例如：知識的增加，心理的成熟，倫理道德的學習，語文程度的提升，都可經由少年小說的指引，使其對人生有正確認識，保持積極樂觀的態度，促使心理成長，並且於小說內容中獲得某一方面的知識，或在潛移默化中，習得優美詞句，以提升其語文水準。

此外，如果能將生理知識、衛生保健等新知，以小說形式來表達，對於兒童的生理成長，也有莫大的助益。

第二節　少年小說的特質

少年小說閱讀的對象，以國小五、六年級和國中學生為主，創作時要特別注意對象的心理特點及所能理解接受的能力，並且應強調下述各點，也可說是少年小說和成人小說著重點的最大不同：

一、積極光明的主題：少年的心性發展過程中，天真無邪、情真意切是其可貴之處，因此，少年小說應給予兒童正面的、積極的教育意義，永遠引導兒童向上、向善，所以少年小說應具備健康明朗的主題，不可隱晦頹喪，格調要鮮明，主題要等於「倫理道德」，比較起成人小說的「主題」不等於「道德意識」，經常出現灰暗、黑色、色情、暴力的主題意識，顯然要純淨得多。

二、親近生活的題材：成人小說可以抽象地表達某一觀念、哲理或理想，但是少年小說必須藉著一段精彩的故事來呈顯主題，才能構成閱讀的興味，而「故事」的取得就得從兒童的日常生活來發掘。少年的生活多采多姿，少年小說的題材自然繁複多樣，但應加以篩選，也就是說，為求表現積極光明的主題，題材應以兒童的生活、學習、遊戲、幻想、憧憬、追求、願望、志趣……為主，以兒童的耳聞目睹，親身經歷的事蹟，或兒童觀察、反映、省思成人的生活為主要內容。

三、陰暗謬誤的導正：少年小說以兒童生活周遭的單純人、事、物為主要題材，如果無可避免的要涉及社會的黑暗面，或者事件的謬誤、冤屈的一面，作者不必迴避或粉飾太平地報喜不報憂，而應側重在如何表現，以免傷害或教壞兒童，並能適時地給予啟發引導。高爾基曾說：「放在首要地位的，不是在小讀者心裡灌輸對人的否定態度，而是要在兒童們底觀念中提高人的地位。不真實是不對的，但是，對兒童必要的並非真實地全部，因為真實底某些部份對兒童是有害的。」⑧旨哉斯言！誰也不能否認這個社會有色情、暴力、雛妓、搶劫、毒品，因此，在少年小說中必須透露這些訊息，讓兒童知所警惕，以避免成為溫室中的花朵，無菌室中的病童。但是，少年小說絕對不可以鉅細靡遺地教導吸毒的方法、過程，也不可以詳述要如何作奸犯科，否則，少年的心靈未曾提升至高尚的境界，反而墮落到罪惡的淵藪，則「兒童文學」反成「兒童毒物」矣！

四、典型人物的塑造：典型人物是少年小說的主要角色，是少年讀者仿效的偶像人物，少年小說的教育功能，往往是經由積極光明的主題、正面向上的情節，以及小說中典型人物的言語、行為達到的。例如《湯姆歷險記》中的「湯姆」，具有頑皮、善良、正義感，又是一個逗趣的人物。《愛的教育》中的「安利可」是個孝親、敬師、友愛同學的模範少年。《秋霜寸草心》中的「李潤福」，是個刻苦耐勞，照顧弟妹的乖巧小孩。《大頭春的生活週記》中的「大頭春」是一個迷糊、善良、不太用功的「新新人類」，上述四個角色各有其個性，因而構成不同的小說風格，也形成「典型人物」。但是「典型人物」並非古聖先賢，並非完美無缺，也可以描述主要角色的缺點、錯誤，可貴的是錯而能改，如此一來，不但有規過勸善的教育意義，而且更有親和力，不致將主要角色「神化」，使兒童產生畏懼感。

五、引人入勝的情節：少年小說能引人入勝，全在情節的曲折變化，故事性要強，不可平鋪直敘，要波濤起伏，高潮迭起，運用伏筆，運用懸宕，期能緊緊抓住少年的閱讀心理。少年小說的情節進展要快，要以事件的發展來維繫趣味性，減少場景、心理等冗長的描寫，並且情節要求盡量單線發展，避免多線發展，岔出旁枝，影響主線的經營，削弱主線的力量。結構也要求簡單化，但是開頭、發展、高潮、結束要力求完整。人物不宜太多，以免形成「走馬燈」，描述時無法形成「焦點」，無法聚焦成為「典型人物」。中長篇的少年小說人物可以多些，但是彼此的關係不宜太複雜，以免少年讀者看得眼花撩亂。

六、活潑動態的描寫：為求情節能夠引人入勝，必然是大小事件持續發生，形成連續、躍動的感覺，呈現生動活潑的氛圍。如果出現板滯的說理及冗長的心理描寫，必然陷入沉悶的氣氛中，也就是要求「動作勝於描述」、「情節勝於說理」。就個體而言，「動作」是肢體、表情的活動；就作品來說，「動作」和「情節」互為表裡，「動作」就是「動態」；「情節」就是「事件」，唯有妥善運用動態的描寫，情節才會顯得生動有趣。

七、語言切合少年身分：語言富有獨創性，才會形成作家及作品的風格，作家要從日常生活中來提煉小說用語。語言也要個性化，要切合小說人物的年齡、身分、地位、學經歷，在成人小說中有如此高標的要求，少年小說更應遵行不渝。語言更要具有時代性，作家若能打入少年的生活圈，必可聽聞到許多青少年的日常生活用語，在小說的對話、敘述中能妥切的運用，少年讀者會因這些用語而提高閱讀的興致，進而認同小說中的角色，肯定該篇作品的藝術成就。

第三節　少年小說的類別

少年小說的類別，專家、學者由於依據的角度不同，各有卓見，茲臚列於後以見梗概：

林守為在《兒童文學》一書的分類是：歷史小說、傳記小說、冒險小說、神怪小說、義俠小說、推理小說⑨。

林先生在七十七年七月增訂版的《兒童文學》則增加二類：科幻小說、動物小說⑩。

吳鼎的《兒童文學研究》則分為：歷史小說、探險小說、傳記小說、神怪小說、傳奇小說、武俠小說⑪。

許義宗的《兒童文學論》分成：現實小說、冒險小說、偵探小說、動物小說、歷史小說、科學幻想小說⑫。

李慕如《兒童文學綜論》的看法是：歷史小說、探險小說、傳記小說、動物小說、神怪小說、傳奇小說、科幻小說、武俠小說、現實小說⑬。

林政華《兒童少年文學》的分類是：生活現實小說、推理小說（偵探小說）、探險（冒險）小說、神怪小說、歷史小說、俠義小說、動物小說、科學及科幻小說⑭。

林文寶《兒童文學故事體寫作論》及陳正治《兒童文學》（空中大學用書）都分為六類：現實小說、冒險小說、推理小說、動物小說、歷史小說、科幻小說⑮。

筆者以為「歷史小說」及「傳記小說」可以歸成一類，因為「事件」及「人物」是「歷史」不可或缺的要素，「傳記」和「歷史」有關，應合為「歷史小說」。

「冒險」及「探險」應是同一類。

「推理」及「偵探」亦屬同一性質。

「動物小說」自成一類，因其與擬人化的「童話」有相當的區隔性。

「神怪小說」及「傳奇小說」、「俠義小說」若是「古典小說」，不應讓兒童全盤接受的閱讀。若是改寫，則應兼顧兒童的心性發展、思考模式、價值判斷及可以接受的語詞，並且不可和現代生活觀念、事物脫節，才有其存在的價值。

「武俠小說」因是「成年人的童話」，其中不乏血腥、暴力的場面及荒唐怪誕的情節，不應列入少年小說的範疇。

筆者以為：「少年小說」應依內容分為：生活小說、冒險小說、偵探小說、動物小說、歷史小說、科幻小說、改寫小說，容於後文詳論。

少年小說一如成人文學中的小說作品，可以從不同的角度加以區分，以篇幅長短而言，有短篇、中篇、長篇之別。以寫作觀點（View Point）而言，有第一人稱觀點、第三人稱觀點、全知全能觀點，比較容易被少年所接受。以寫作體裁而言，有自傳體、順敘體、倒敘體、書信體、日記體、週記體。以偏重角度而言，有人物小說及情節小說。以作品性質而言，有現實及浪漫之別。以作品內容而言，有生活小說、冒險小說、偵探小說、動物小說、歷史小說、科幻小說、改寫小說之別。茲分別加以敘述：

一、以篇幅長短而言：

㈠短篇小說：字數約在一萬字到一萬八千字上下，描述的是人物一生中的某一事件，重視的是結構嚴謹，內容凝鍊充實，重視人性的刻畫，如林世仁的〈旋風阿達〉、張淑美的〈沖天炮大使〉。

㈡中篇小說：字數約在二萬字到四萬五千字，比起短篇小說要來得從容，所描述的內容、事件較短篇豐實，描述的是人生某一階段的事蹟，如李潼的《再見天人菊》、廖炳焜的《聖劍‧阿飛與我》。

㈢長篇小說：字數在四萬五千字以上，描寫的是人物長時間的成長事蹟，重視的是事件的複雜性，人物之間的衝突糾葛，如馬克吐溫的《湯姆歷險記》、李潼的《少年噶瑪蘭》。

二、以寫作觀點而言：

㈠第一人稱觀點：以「我」的觀點來寫作，具有「耳聞目睹」的真實感，較有說服力。「我」可以是小說中的主角，也可以是整個事件的參與者。

㈡第三人稱觀點：以「他」的觀點來寫作，作者隱身於幕後來描寫主要角色，敘述故事，整個故事及主角的內在、外在均在作者操控之下。

㈢全知全能觀點：作者有如君臨上空的神明，能知曉事件的過去、現在、未來，也能知道主角的外表及內心，更能自由自在、順利地移轉觀點到其他角色身上。

三、以寫作體裁而言：

㈠自傳體：用夫子自道的方式，寫出發生在自己身上的事蹟，寫的是「我」的經歷，是具有真實感及說服力的文體。

㈡順敘體：按照事件發生的時間先後，依照順序描述，情節進行比較平鋪直敘，缺少時空交錯的變化，因此要把重點放在事件的「動態表演」上。

㈢倒敘體：將事件的時間、空間次序弄亂，採用回憶、插敘、補敘等技巧，加重伏筆、懸宕的部份，以增強故事的趣味性。

㈣書信體：藉著書信往返，交代事件的前因後果，並且描述「現在」的情節，在一問一答、一往一來間，把故事敘說清楚。

㈤日記體：藉著記述重要事蹟的方式來開展情節及刻畫人物個性。在情節的貫串上，以連續的「日期」為主線，若無重要的事件則跳過不提，如亞米契思作的《愛的教育》，即以「每月故事」充當某一天的要事，具有提升閱讀趣味的作用。

㈥週記體：與「日記體」相似，記載一週的重要事項，且因為週記分成許多要項，可以構成不同的趣味。如張大春的《少年大頭春的生活週記》。

四、以偏重角度而言：

㈠人物小說：以刻畫人物的個性、情感、心靈、意志、慾望為重點，全力塑造一個典型人物，不以情節發展為主的作品，因為情節是人物和環境互動的必然過程，既不具有趣味性，也缺少意料之外的驚喜。

㈡情節小說：以情節發展、塑造熱鬧氣氛，增進故事趣味性為訴求重點的作品。小說中的人物有如玩分站遊戲一般進入每一場景，加入每一事件，將其中各個情節演完，至於他的個性如何，給人的印象是模糊而平面的，毫不清晰與立體。

五、以作品性質而言：

㈠現實主義（Realism）：即是以實際的事實及狀態為依據，進而描述或摹寫，不以憑空幻想方式來寫作。

㈡浪漫主義（Romanticism）：即是以荒唐怪異的想像或理想為依據，選用英雄、神仙、精怪……等素材，表達作者對世界的主觀看法，與現實主義取用人生日常生活事物者大異其趣。

「現實主義」是在描繪「所已有」的世界，是一種「忠實的反映」，而「浪漫主義」則在描繪「所應有」的世界，是一種「主觀的想像」。依據兒童心理的特質及發展看來，由於幻想是兒童最靈動的心理狀態，因此以「主觀的想像」為主的「浪漫主義小說」，應該是少年小說的主流，而「忠實的反映」的作品，如歷史小說之類，雖然忠於史實及事件，但在組織為小說時，仍應發揮必有的想像力及兼顧刻意安排的趣味性。

茲節錄兩位學者的意見，以使定義更形明晰：

李甫（Reeve，美國）曾說：

> 現實主義的小說，是描述現實的生活和習慣，換句話就是反映時代的寫實小說。至於浪漫主義的小說，是用高尚

> 的、純潔的語言，敘述不曾發生的或不可能發生的事，因此帶有幾分傳奇性。

克羅特（Crawford，美國）也說：

> 現實主義小說是由描述實有的姿態及其態度而產生的。至於浪漫主義小說，則是由描述該有的姿態及其態度而產生的⑯。

六、以作品內容而言：

㈠生活小說：以少年或少女為主角，敘述個人與家庭、學校、社會、團體，於日常生活中所發生的大小事件，以表達少年們在社會生活中的心理狀態。由於小說內容是從少年身邊取材，特別著重角色對現實生活中的人際關係所抱持的態度，因而讀來特別有親切感，如意大利作家愛德蒙・戴・亞米契斯寫的《愛的教育》；西德作家卡斯特納寫的《會飛的教室》，即是此類作品。

㈡冒險小說：以少年或少女為冒險事件的主角，將種種預料之外，紛至沓來的冒險事件，以環環相扣的方式串連而成。通常包含歷險、尋寶、打鬥為主要情節，充滿珍奇性及刺激性，最後都以尋獲寶藏為圓滿結局，並在幽默、智慧的敘述及解困中，蘊含指導生活方式的主旨。如馬克吐溫的《湯姆歷險記》、史蒂芬生的《金銀島》及美國亞瑟・羅斯所寫的《冰海漂流記》等作品即為代表作。

㈢偵探小說：與「冒險小說」類似，皆是根據兒童好奇、逞強、正義感的心理而寫作。而偵探小說比較偏向異常的、犯罪的事件，描述少年主角如何運用智慧去推理、追查，終於揭開謎底、破獲案件的過程。寫作偵探小說時，可以倒果為因，採取倒敘方式，以提高其懸疑效果及趣味性；而冒險小說大多以時間先後撰寫，比較容易陷於刻板。但兩者皆強調思考、推理以解困的重要性，可以培養少年猝然臨事的應變能力。此類作品中，如系列寫作的《亞森羅蘋探案》及愛爾蘭籍作家伊芙・邦庭的《鬧鬼的夏天》，都是膾炙人口的偵探小說。

4.動物小說：顧名思義，即是以動物為主的小說。如果使動物擬人化，使牠們和人一樣，有說話、思考的能力，具備了人的心理及感情，能彼此溝通，以扮演人世間的各種現象，即應歸於「童話」的範圍。此處的「動物小說」，完全是根據動物的外貌及生活習性，以小說的形式及技巧，描述牠跟人類相處的悲歡離合的情形。例如傑克・倫敦的《荒野之狼》，即在描述史各脫法官馴服野狼白牙的經過，全文貫串他對白牙的愛心，以及白牙對他的忠心，讀來備覺溫馨。而白牙在冰天雪地的北極，與愛斯基摩人生活的一段，因為時、空具有真實性，雖是以擬人手法來寫作，仍應視為「動物小說」。

《小驢諾恩》的作者散哲斯（Sanchez，西班牙）說：

> 動物們唯一的幸福是：人類對牠的親切和愛護。而最大的不幸是：牠那小小的生命，受到人類的威脅⑰。

基於此一論點，「動物小說」應以被描述的動物和人一起生活的作品為主。但是中國大陸的沈石溪，以他在西雙版納的生活經驗，充分觀察曠野動物的習性，寫成膾炙人口的作品。則是以叢林為背景，「弱肉強食」為基調，又能折射人性的另一形態的「動物小說」。

5.歷史小說：洪文珍教授在〈從對比設計看「黑鳥湖」的人物刻畫〉一文說道：

> 歷史小說是把時空背景落在過去的某一時段，以當時的風俗習慣、服飾、特殊景觀作背景，虛構人物在該時空背景活動，以某一歷史事件為主軸，藉以顯現那一時段的歷史風貌⑱。

歷史小說和傳記不同，傳記寫的是個人，以其一生行誼為主要內容，以和當代的時空、人物互動為次要線索。是由小到大，由個人的內心向外延伸，觸及時代脈搏的寫作方式。歷史小說則觀照整個社會、人類、時空，描述時代的動亂興衰，掌握時代的主流，刻畫出歷史加諸於某些特定人物的影響力，可能是十年，數十年，或者是一生的歲月。人在歷史洪流中浮沉，歷史是主體，力量絕大，個人無力改變。後代作者也應忠於史實，不可寫出「翻案文章」來，也就是要把握主幹，但可加上枝葉，使其枝繁葉茂，花開滿枝，以增其趣味性、可讀性，使讀者在接受史實之際，同時享有浸淫文學的感動。

要把歷史小說寫好，巴爾札克認為：

> ……首先，需要大力鑽研與工作；他必須有藏書家細讀一本大書的耐心，而得到的卻只有一件事或者一句話。其

> 次，必須有一種特殊的才情，能根據一大批書的零星材料，創造出來一個已經不存在了的時代全貌。……還得添上小說家的才具、強大的創造力、細節的精確性、對感情的深刻體會等等……⑲。

綜括而言，想寫歷史小說，必須具備史學家的「史才」、「史學」、「史識」、「史德」，還要有文學家敏銳的觸覺、細膩的心思、豐富的感情、純熟的技巧，以及重新組合、結構的能力，缺一不可。

6. 科幻小說（Scientific Fantasy Fiction）：即是科學幻想小說，簡稱為S.F小說。它是人類發揮上天入地、顛倒時空的想像力，在人類現在有科學思想、基礎上，建立起人類應有的科學情境的小說。

呂金鮫先生在《科幻文學》一書曾說：

> 科幻小說可以說是科技文明下的新產物，也是十九世紀末才出現的文學型態。……以真實或虛構科技文明為基礎，以可信服的外推法為依據所寫出的一種想像事實⑳。

由於近代科學發展一日千里，以前認為不可能的事，極可能就在明天實現，因此人類的幻想往往是科學發明的種籽，所以「科幻小說」是科學的產物，也是科學時代的文學，常能促進科技的發展。

國內外科幻小說極多，像黃海先生的《新世紀之旅》、《10101年》、《航向未來》、《嫦娥城》、《奇異的航行》，倪匡的《透明光》、《藍血人》、《老貓》、《蟲惑》、《蜂雲》、《幽靈星座》……，以及美國作家拉撒魯斯（Keo Feiker Lazarus）寫的《來自外太空的滴滴》(The Gism from Outer Space)，都是以動人的故事來激發讀者進行科學幻想的好作品。

要寫作「科幻小說」，必須具備廣博的科技知識，加上豐富的幻想能力，以及小說的創作技巧，才可能克竟全功，因為「科幻小說」事實上就是「文藝小說的技巧」和「科技知識報導」兩者結合之後的產物。

7. 改寫小說：中國古代的典籍小說、民俗小說極為豐碩，為導引兒童進入古典文學的領域，若將魏晉六朝志怪故事、唐代傳奇小說、宋元明話本、元明清的章回小說，針對「少年小說」的各個要項加以改寫，以適合少年兒童閱讀，則此類小說作品自然應與現代的、創作的少年小說做一區隔，並且另成一個大類。

另有專家學者提出「問題小說」、「成長小說」的類別。筆者認為「問題」、「成長」都和「生活」息息相關，依其內容歸入「生活小說」即可

第四節　少年小說的任務

少年及青少年時期，心理學家稱之為「人生的狂飆期」，他們意識到自己的成長與存在，但又處處受到傳統束縛，受到父母親嚴厲監管，受到校規及功課的壓力，或者迷失人生的目標，不知奮鬥的方向，為求獨立，為求表現自己長大，為證明自己的存在，常有叛逆性的行為，甚而誤入歧途。

為使兒童領悟人生真諦，把握人生方向，作家應以感性的筆

調，描繪少年們純真的心靈，歡樂的生活，奮鬥的過程，面對黑暗及惡勢力的挑戰，以啟示少年們迎接未來艱苦歲月的歷鍊，相信經由文學欣賞的途徑，必定比較那「公民與道德」注入式教學，要來得生動有效。

基於上述原則，少年小說應擔負起下列任務：一、展示人生真相，二、堅信邪不勝正，三、成功應流血汗，四、民胞物與精神。

一、展示人生真相：人性不同，各如其面，以致人生百態，善惡雜陳，甚至正義公理不彰，是非善惡混淆，形成多元化價值的社會。少年小說有責任展示多樣化的社會，作家不可抱持「報喜不報憂」的心態，猛力描述人生的美好、光明，恍如人間仙境、世外桃源，人人肝膽相照，沒有紛爭詐欺，導致少年讀者在「少年小說」的溫室中，形成柔弱的性格，沒有免疫能力。等到他們一接觸社會，面對的是弱肉強食的殘酷鬥爭，不免對人生感到失望，甚至心慌意亂，進而把持不住心性，墮落罪惡的淵藪，實為我們不忍卒睹的結局。

少年小說作品必須忠實展示人生，揚棄「童話」時代的浪漫寫作，化「人生皆善」為「人生有善有惡」，落實於現實生活中，使少年讀者於作品中體會人生的真相，在心理上早做適應，才不至於對人生感到失望。

二、堅信邪不勝正：為使少年面對邪惡勢力的威脅利誘時，仍能把持心性，不致隨波逐流，少年小說作品中，應安排正義終於戰勝邪惡的情節，以帶有暗示作用，並激勵其堅守正義的勇氣。在「童話」作品中，兒童心理總站在正義、公理的一方，當邪惡失敗時，由於契合心中天生的正義感，他會認為理所當然而露出滿意的笑容。而事實上，邪惡往往是頑強、狡詐的，正義想戰勝邪惡，必得付出極慘重的代價，才能摘食勝利的果實。因此，在爭鬥的過程中，必須有正確的判斷，堅忍到底的意志，勇往奮進的節操，少年小說要特別強調這一段奮鬥的情節，絕不能虛應故事，輕描淡寫就交代過去，唯有經過如此刻畫、描述，正義戰勝邪惡才顯得可貴，讀者也才能獲得啟發。

三、成功應流血汗：「童話」作品中，主角遇難或挫折時，常有神仙、天使、小矮人適時出現，給予援手使其脫離困境，形成圓滿的結局，令兒童心滿意足。由於「童話」是浪漫的手法寫成的，因此有「成功天上來」的情節，但是現實生活中的「少年小說」裡，主角遭受挫折時，應請教父母、師長，要利用聰明才智，尋求解決難題的方法，在走向成功的過程中，要胼手胝足，流血流汗，唯有如此的安排，才能導正目前社會上一般人「只求成功，不擇手段」的錯誤觀念，啟示少年讀者重視奮鬥、負責，以獲取光明正大的成功。

四、民胞物與的精神：少年、青少年、青年一路成長過來，終必成年，終必成為社會的中堅。唯有組成社會團體的每一份子，心理健康，心中充滿了愛，能愛己、愛人、愛物，始能造成愉愉悅悅的社會，建立富強安和的國家。少年小說應多設定「民胞物與精神」為主題，選擇適當角色，發揮己立立人、己達達人的愛心，施恩佈愛於頑劣之徒，設法感動犯錯者。不以報復、殺戮為手段，以和平、協助、輔導的方式，使其成為可用之才。則少年讀者於潛移默化之際，學會愛護自己、尊敬別人、愛惜物品，人人獨善其身，又可兼善天下，消弭紛爭於無形，發揮小說「熏、浸、刺、提」的感人效果㉑。

第五節　少年小說的功能

林文寶在《兒童文學故事體寫作論》一書曾言：

> 兒童文學在本質上乃是在於「遊戲的情趣」之追求，而在實效上則是在於才能的啟發㉒。

由此可知，凡是兒童文學作品都應具有「娛樂」和「教育」的功能。因此，閱讀課外讀物雖可視為少年課外休閒活動，是一種消遣性質，以獲得娛樂效果為鵠的，但若在「娛樂」遊戲之外，能夠對兒童有啟發心智、增進知識、提升審美能力的作用，則少年小說的功能可謂宏大可觀！

一、娛樂遊戲功能：少年小說雖是白紙黑字印刷成的平面文學藝術作品，但是其中含有一段能引起兒童共鳴的精彩故事。此一故事的構建過程中，作者若能刻畫成功其中的各個角色，使之成為「立體人物」。情節的安排設計，能充滿動態、活潑的情緒，人物的對話又切合少年身分及習慣用語。則兒童在閱讀之際，彷彿與小說人物合而為一，甚且有同臺演出之感，或者有將「平面的文學藝術」想像為「立體的戲劇藝術」之感受。因而滿足視覺、聽覺器官的享受，產生「高興」的心情，達到「樂以忘憂」的境界，該是少年小說娛樂遊戲功能的最佳詮釋。

二、啟發心智：一篇優異的少年小說，除了敘述一段生動有趣的故事之外，作者必然將寫作本篇小說的企圖蘊含其中，有待小讀者加以發現，進而受到故事本身或小說人物言行潛移默化的影響，朝向高尚品德的途徑去發展。施常花提倡「閱讀治療法」，企圖利用小說的文學功能來改變兒童的行為，即是對於兒童心智發展的啟發教學法。她在〈論少年小說欣賞的教育心理療效功能〉一文有極為肯定的說法：

> 少年小說作品具有高度的教育心理療效功能，少年讀者藉小說的欣賞與主角人物認同，淨化心靈，洞察問題，使得少年壓抑的不愉快情緒獲得舒展，並解決面臨的問題，同時亦使得少年的思想、情緒、行為獲得良好的改變，對身心發展產生了正面的影響㉓。

三、增進知識：兒童文學作品是少年的「糖衣良藥」，「糖衣」指的是「娛樂」的魅力及功能，唯有「娛樂」的導引，兒童既感興趣，才有可能從其中獲取知識、教化的助益，得到「良藥」的助長或治療。做為「兒童文學」中最適合高年級兒童欣賞的少年小說作品，也具有「增進知識」的功能。以生活小說而言，可以知悉待人接物之道、認知日常生活事物。歷史小說可讓兒童了解歷史人物事件，而冒險小說則使兒童知道天空、海洋、深谷、高山、北極、南極、叢林、沙漠、絕域……等地區的知識。至於偵探小說，則使兒童知悉各種先進工具的使用法，並培養其推理能力，甚至各行各業最先進的知識如何運用在調查、解剖、破案、化驗……等過程上。動物小說方面，則可以了解各種動物的外觀、生活習性，增進兒童的生物知識。在科幻小說方面，因為以現有科學知識為基礎，並且以文學手法處理，再以想像方式「發明」未來事件，「創造」未來的知識，對於兒童的自然科學知識必然有絕大的增強作用。至於改寫的小說，使兒童對古代的生活方式有進一步的了解，可以增進其人文及社會方面的知識。優異的少年小說作品，在遣詞造句方面必然通暢而優美，少年讀者在閱讀之餘，語文程度亦隨之提升，皆是知識方面的增強功能。

四、提升審美能力：人類所處的世界，妍媸並陳，美醜互見。為使兒童具備審美能力，用以提升人類心靈境界，滌蕩人心，淨化人性，兒童文學作品和音樂、美術作品培育兒童的審美的功能是相同的，因為她們都是人類最可貴的藝術品。王夢鷗在《文藝美學》下編〈美的認識>曾說：

> 我們所謂藝術，一向還沒有個較深刻而扼要的定義。有之，就是最近韋禮克與華倫在其《文學論》中所說的：「藝術是一種服務於特定的審美目的下之符號系統或符號構成物。」這裡所謂符號，當然是指一切藝術品所應用的符號，如聲音、色彩、線條、語言、文字以及運動姿勢等等。倘依此定義來看，則所謂文學也者，不過是服務於特定的「審美目的」下之文字系統或文字的構成物而已。……它所以成為藝術品之一，則因同是服務於審美目的。是故，以文學所具之藝術特質言，重要的即在這審美目的。

所謂「審美目的」，即是對美好事物的認識、體驗、追求或創造，藉著美好事物的外鑠作用，提升個體對美好事物的鑑賞能力及標準。兒童文學是文學形式之一，少年小說又是兒童文學最重要的文類，它必然是「藝術品」，具有提升「審美能力」的功能。

少年小說可藉由幻想、意境、文辭、創作技巧、取材的事物，以及一段曲折變化、熱鬧有趣的故事，所刻畫出來的人性，所鍛鍊而出的情操，使少年看到人性美好的一面，周遭事物美好的面貌、過程，小說中人物睿智的對話，以及全篇小說所呈現出來的深邃意境，兒童在接觸少年小說作品之際，逐漸具有美的心靈，和分辨是非、美醜的能力，功用精宏。

第六節 少年小說的欣賞

「欣賞」是一種「感性的體會」過程，是站在讀者立場，從讀者接受的角度來看待作品。「欣賞」是讀者和作者情感交流、取得共識、發現美好的解讀方式。它和基於檢討、評價作品水準，發現作品瑕疵，以創作理論來檢視作品的「理性的批評」，可謂大異其趣。

「欣賞」作品要宏觀，也要微觀；要欣賞作品的主幹，也要兼及細微末節；要欣賞作品本身，也要體會作者心意；要置身作品之外，也要求能融入作品情節。或者化身為作品中的人物，和作品中的角色同聲息、同情緒、共感受。

既然是文學作品，少年小說在欣賞之時，必須置於文藝理論範疇中，從文學的要件來欣賞。也由於少年小說要求故事合乎兒童心理，強調「情節」勝於「說理」；「動作」勝於「描述」，著重在「動態」的運作，而非「靜態」的展示，在欣賞之際，即可朝上述特點進行。除此之外，有關主題的顯現，人物的刻畫，場景的描繪，結構的安排，題材的選擇，都是作者的匠心獨運，也應一併欣賞。

一、主題的發現：若是短篇小說，隨著高潮的突起、結束，可能只有一個主題。中、長篇小說則在每一章節中，或許都蘊含主題，無論多少個主題，作者應使其自然浮現，由讀者來體會發現。

主題是作者創作此篇作品的最初企圖，也是最終目的，尤其「少年小說」作品，更不可能只是「為藝術而藝術」，純做心理的分析，囈語式的吶喊。少年要看的是一段精彩生動的故事，而非作者說理式的文字，但作者又不可能無的放矢，笑鬧為之，有故事必然有主題。少年在閱讀作品之際，如何從故事外表發現潛藏其中的題旨，有待小讀者聰明才智的運用。

由於每個人才智有異，性分不同，對主題體會的深淺程度必呈迥異狀態，也因各取所需、各有所得，每人既享閱讀之樂，又能擷取作品題旨而有所得，唯有如此，才是作品的完全閱讀，也是少年讀者閱讀課外讀物的最大利益。

二、情節的生動安排：情節是躍動的，是許多大小事件的連結，也是少年小說「故事」主體。少年小說強調的是「情節勝於說理」，因為說理是沉滯的，含有教訓他人的意味，不是有趣的事件的進行。少年讀者對於作品主角身旁所發生的事件有認同感、親近感，對於老師、長輩說理式的訓誨，因不合於好動的心性，興趣必然缺缺，對於作品的欣賞必然偏重情節。

所謂「情節的生動安排」，指的是情節的發展要環環相扣，一波連著一波，前呼後應，即甲事件的結束正是乙事件的開頭。情節進行之際，各個角色必然有衝突、糾紛、立場不一致的情況發生，此時必然要經由對話、肢體語言、心理反應來化解或取得一致的立場，將所有的人、事、物做成最妥善的安排，在衝突、糾紛→協調、折衝→平息、認同的過程中，可以顯現小說人物的聲容笑貌、聰明才智、個性脾氣，而使得人物栩栩如生，也營造出全文生動、活潑的感覺。

在欣賞少年小說之際，讀者們應像獵犬的鼻子，能尋嗅出生動情節所散發出來的味道，嘗得閱讀的美妙滋味。

三、動作的精確描述：就個體來說，「動作」是肢體、表情的活動；就作品而言，「動作」和「情節」互為表裡，因為有人物的動作，才有情節的進行。因此，「動作」即是「動態」，是整篇小說呈現出事件不停地進行的狀況。而「描述」就個體來說，是外貌、衣著、五官、聲音、場景……的描繪及敘述。就作品而言，該是運用一大段描寫的文字，來表現角色的心理狀態，或是形成一個章節的「氛圍」。在成人文學作品中固然頗受重視，但究屬靜止狀態，未及動作的熱鬧及活絡來得受到兒童的歡迎。

「動作」之所以要精確的「描述」，主要在構築立體的畫面，在塑造歷歷在目的情境，同時也在使人物栩栩如生。則少年在閱讀之際，如聞角色之聲，如見角色之形，如入小說情境，有如目睹現場演出之戲劇，和少年感官作用密切結合，彷彿進行一場毫無束縛的歡樂遊戲。而在閱讀之後，靜思冥想之際，自然地可以獲得啟發，是一種潛移默化的提升作用。

四、人物的細膩刻畫：人物是扮演故事，推動情節進行的主體，而由全篇作品情節進行來顯現主題。因此，人物的心理狀態，或其語言、動作、表情，固然可以凸顯人物個性，使其鮮活生動，但亦是作品主旨所依附之處。若能細膩刻畫，則讀者或許忘記小說情節，但其中人物鮮明的形象則深入讀者內心，成為「典型人物」，而與整個民族或全人類的文化、生活密切結合，永垂不朽。

人物刻畫是否細膩，可由下述重點來欣賞：

㈠ 情節進行是否能刻畫人物：小說由開頭、發展、高潮到結束的過程中，「發展」和「高潮」是容納故事及事件最豐富之處，正、反二方面人物的衝突、糾葛、誤會、爭辯……，一直到化解、包容、原諒、冰釋。此一轉變過程最能刻畫人物的心理，因此，「故事說得好」、「情節安排妥當」，人物的心態改變能合情合理，有跡可循，也是使人物栩栩如生的不二法門。

㈡ 外貌描述能否和個性配合：包含其軀體、四肢、膚色、頭髮、鬍鬚、臉孔、衣著、聲音……，務求以具體事物、精當文字，正確描述外貌，使讀者印象深刻。在中國章回小說中，凡是濃眉大眼、聲若洪鐘、面如鍋底的角色者，必然是粗獷豪爽、毫無心計的血性漢子。而皮膚白皙，面如敷粉，體態有如柔弱女子的角色者，必然是心思細膩或城府極深的權謀之輩，此乃「外貌」和「心性」相符例證。但在「外貌描述」時，應避免獨立、刻意為之，最好能和事件、情節進行融為一體，猶如「人物照」是主體，但背後能有其他動態的人物，才會出現「生動」的感覺。

㈢ 對話寫作是否切合人物身分：每個人說話的用字遣詞、特殊腔調、特有表情、口頭禪、講話速度、語詞文雅或粗俗，皆應適合說話者的身分，而不是作者機械式、千篇一律的代言。

對話能推展情節，也能夠表現人物的個性，對人物個性的刻畫有立竿見影的效果，在刻畫人物時應注意：

1. 切合身分地位：小學生、老師、父母、社會人士、歹徒、警察、工人、農人……舉凡社會各個階層的人士，在「發言」時都有其習慣用語，能寫入各行各業的「行話」，則可使人物「真切不假」，身分得以區隔清楚。

2. 切合情節需要：「對話」是作者刻意安排小說人物現身表演的場面，應依場景及情節發展需要而說話，絕對不可各說各話，沒有一個交集的焦點，失去「對話」的功能。

㈣ 動作描述是否傳神：每人的說話、行為舉止都有其個別的神韻，尤其在作者安排使用「態勢語」時，表情及動作的描述可以輔助「對話」的生動，閱讀者切不可疏忽對人物動作的欣賞。

常言道「誠於中，形於外」，人的動作、表情往往是內心的反射作用，可以透露心思，作者在刻畫人物時，應就人物的動作、表情來著力描述，小說中的人物才不會變成刻板的木頭人。

動作可細分為「肢體動作」及「臉部表情」。某些人在說話時唱作俱佳、手舞足蹈，此為「大動作」。或者在盛怒、狂喜的情緒下，也常有失態的「肢體動作」出現。某些人在說話時則顯得拘謹約束，輕聲細語，只有「臉部表情」，此為「小動作」。小說人物一揚眉、一呶嘴、一顰一笑，甚至眼神的專注和漠視、茫然都是「臉部表情」。

㈤ 心理描述是否入微：外貌、對話、動作的描述，都是外在的刻畫，筆下的成品是「平面人」（描寫「外在」的人物），唯有再經「心理描述」由裡到外的刻畫，才稱得上是「立體人」（內在、外在均描寫的人物），心理描述的重要性由此可知。

人腦的意識作用，可分為對往事的「記憶」，事後可以回憶。對現在進行事的觀察、聆聽、接觸，當下進行記憶、判斷、認知。對未來事情則可以進行想像、幻想及夢想，對個人的未來充滿憧憬。上述這三個功能，在進行人物的心理描述時都有可能涉及到，或只應用其一、其二，但在情節進行，或人物獨處，考慮事情時能妥善使用，進行細微的描述，必然可以輔助人物刻畫的成功。

但是在少年小說的寫作時，人物的心理描述不可佔據太多篇幅，以免出現太沉悶的場面。也不可以都不使用，使人物沒有心理的活動，而形成平面型的人物。

成功的「人物刻畫」必須外貌、對話、動作、心理並重，再影響其行為。行為則主導人物去配合情節的發展，配合主題的顯現，讀者也應就此重點來欣賞。

五、背景描繪是否與情節緊密契合：背景即「場景」，也是人物所處的空間，人物活動的舞臺，情節進行的時空交會點，背景能烘托出故事的氣氛，顯現出人物的心情，尤其在描述場景時，可以暫時岔開情節，不使情節發展一洩千里，可收掣肘的作用；一篇成功的少年小說也不應忽略對背景的描繪。

在閱讀小說作品時，讀者應注意「背景」是否和情節進行有關？是否配合人物的心情，是否形成喜怒、哀愁、緊張、憤怒……的氛圍？若具有上述的效果，則背景的描繪才算成功。

六、結構的經營是否用心：所謂「結構」即是形式的設計，包括人、事、地、物的處理方式，是採取順敘、倒敘或插敘、補敘的方式，是採取單線、多線、複合、串珠式發展，開頭如何安排，過場如何鋪陳，高潮如何醞釀、爆開，結尾如何收束與交代，是否能形成讀者想一氣呵成讀完的欲望？或想一窺究竟的吸引力。凡此皆可以看出作者獨運的匠心，讀者在欣賞時皆應著眼、用心於此。

七、題材的選擇是否切合兒童生活事物：既是「少年小說」，主角又是兒童，則所描述的題材不能獨立於兒童之外，因此，少年小說的題材不外乎家庭、學校、社會、師生、朋友之間的事件，例如功課、純純的異性之愛、交遊、管教……等細節的描述。或是書籍（歷史）得來的資料，再者是幻想（科幻）得來的靈感、情節，以及和動物、寵物相處的經驗和感情。舉凡具有趣味性、親和性、神秘氣氛、懸疑效果的題材，比較受兒童歡迎。

附　註

① 參見《兒童文學小說選集》頁十七。本集由臺東師院語教系洪文珍主編，洪文珍在〈前言〉一文即先討論「少年小說的界域」問題。

② 參見林守為《兒童文學》（五南版）頁一六八至一六九。民國五十三年，該書原為自印本，自七十七年七月改由五南圖書出版公司印行。

③ 參見林良〈論少年小說作者的心態〉。文載《認識少年小說》（中華民國兒童文學學會出版）頁六。

④ 參見林文寶〈少年小說徵文緣起〉對「少年小說」的界定。文載《畫眉鳥風波》（臺灣省第四屆兒童文學創作獎專輯）。

⑤ 參見《兒童文學》（空中大學用書）頁三四九，陳正治〈兒童小說〉章，第一節「兒童小說的意義」。該書由林文寶、徐守濤、蔡尚志、陳正治等四位教授共同撰寫。

⑥ 參見林飛《兒童文學大全》頁二四七。本書由林飛等人撰寫，廣西人民

出版社，一九八八年十一月出版。

⑦參見任大霖《兒童小說創作論》頁一至二。上海少年兒童出版社，一九九〇年十二月出版。

⑧同註⑦，頁五。

⑨參見林守為《兒童文學》（自印本）頁一〇〇，第六章〈兒童小說〉之三「兒童小說的類別」。林氏從「作品內容」分六類：歷史、傳記、冒險、神怪、義俠、推理。從「作品形式」分兩類：短篇的、長篇的。從「作品中的著重點」分兩類：情節小說、人物小說。從「寫作手法」分兩類：理想的、寫實的。

⑩參見林守為《兒童文學》（五南版）頁一六四，「科幻小說」如《海的死亡》，「動物小說」如《小排骨》。

⑪參見吳鼎《兒童文學研究》（臺灣教育輔導月刊社）頁二八六，第十五章第二節「兒童小說的分類」。

⑫參見許義宗《兒童文學論》（中華色研出版社）頁六十八，第四章〈兒童文學的分類探討〉第一節「兒童小說的分類」。許氏以篇幅分兩類：短篇小說、長篇小說。至於依內容則分六類。

⑬參見李慕如《兒童文學綜論》（復文圖書出版社）頁三一三，第五章〈兒童文學分類研究㈡〉第十五節「兒童少年小說」。李氏並在各類之下附列世界著名的兒童小說一至數本。

⑭參見林政華《兒童少年文學》（富春公司）頁二八六，第三編〈體裁探討篇㈢〉第五章「兒童小說」的類別，林氏在各類之下均附見世界名著一本。

⑮參見林文寶《兒童文學故事體寫作論》（毛毛蟲兒童哲學基金會）頁三一七，陳正治《兒童文學》（空中大學用書）頁三四九，陳氏係以「篇幅長短」、「敘述方式」、「作品著重點」、「寫作手法」及「內容和性質」分

類。

⑯參見林桐譯自福田清人，原昌共著：《兒童文學概論》中之〈兒童小說的種類〉，文載國語日報《兒童文學周刊》第一三五期。

⑰同註⑯。

⑱參見洪文珍〈從對比設計看「黑鳥湖」的人物刻畫〉，文載《認識少年小說》（中華民國兒童文學學會）頁八十八。

⑲參見〈巴爾扎克論歷史小說的創作〉，文載《文學理論資料匯編》（華諾文學編譯組）中冊頁五九六。

⑳參見呂金鮫《科幻小說》（照明出版社）。頁十六。

㉑梁啟超《論小說與群治之關係》一文曾言：「小說之支配人道，有四種力：一曰熏、二曰浸、三曰刺、四曰提。」

㉒參見林文寶《兒童文學故事體寫作論》（毛毛蟲兒童哲學基金會）頁二十四第貳章〈兒童文學的意義〉。

㉓參見施常花〈論少年小說欣賞的教育心理療效功能〉，文載《認識少年小說》（中華民國兒童文學學會）頁二十五。

第貳章

少年小說的藝術構思

做為一種具備審美功能的文學藝術品，少年小說在創作之前，必須有一段醞釀期。所謂醞釀，即是將「素材」轉化成為「題材」，再尋思如何將「題材」建構成一篇作品的藝術處理過程，此即「藝術構思」期。要求慧眼獨具，顯現創意，和書法的「意在筆先」相似，正如劉勰《文心雕龍・神思》所言：

> 文之思也，其神遠矣。故寂然凝慮，思接千載；悄焉動容，視通萬里。吟詠之間，吐納珠玉之聲；眉睫之前，卷舒風雲之色，其思理之致乎。……若夫駿發之士，心總要術，敏在慮前，應機立斷；覃思之人，情饒岐路，鑒在疑後，研慮方定。

創作者若能「寂然凝慮」，則志慮專一，一吟一詠之間，近在眉睫之前，已成珠玉鏗鏘清越之聲，風雲變幻繽紛之色，作品隱然於胸臆之間成形，援筆可以成文，可見「構思」的重要性。而不管「敏在慮前」或「鑒在疑後」，總是瞻前顧後的思考過程，「駿發」之士文思泉湧；「覃思」之人左右逢源，必待「應機立斷」及「研慮方定」，始能剪裁得宜，使用最適當材料，運用最優異技巧以完成一篇傑作。

劉世劍《小說概說》曾談到小說的「藝術構思」：

> 構思是小說創作的孕育、懷胎階段。在構思階段，小說家最大限度地發揮其主觀能動作用，綜合運用大腦的各種功能——主要是想像和聯想的功能，對長期積累的生活素材進行取捨、提煉、集中、概括等藝術處理，把生活現象改造提高為獨特的藝術畫面，最終確立小說完整的形象體系①。

因此，少年小說的藝術構思要求創意，必須考慮的層面有如下數點：少年的心境、氛圍的抉擇、故事的構思、美好的呈現、結構的巧思、觀點的選定。茲分節詳加討論：

第一節　少年的心境

寫作少年小說，要考慮到少年的心境，也就是要抓住少年的感覺，寫出少年人的需求、心聲，把握時代少年的脈動，要寫出撼動少年人心靈的作品。

要掌握現代少年的「型」，才寫得出現代少年的「心」。現代少年的「心境」是和其周遭的人事物相互關聯，同聲相應，同氣相求的，現代的「少年小說」也要和現代少年的「心境」同脈動才行。

柯華葳在〈寫少年小說給少年看〉一文，曾對「少年」（指國中、高中學生）有如下的定義：

> 少年是什麼？少年是被人看一眼就會想很多的人。少年是為賦新詞強說愁的人。少年自己覺得自己長大了而生氣成人常當他們是小孩的人②。

由柯華葳對少年的定義，吾人可以體會：少年的心境是敏感、情緒化的，他們常以自己的思考模式來看待成人世界的人、事、物。簡單地說，他們具有成年人的肉體及體力，卻欠缺成年人的穩重和思慮。

在同一篇文章中，又提到少年的心理發展，可分為「思考上的變化」及「情緒的成長」兩方面：

一、思考上的變化

㈠能思考同時存在的因素。當面對一問題時，少年可以同時想著與這問題有關的其他因素，這些因素不必是當時現場存在的。……換句話說，他能思考各種可能性，他的思考領域變寬闊了。

㈡能假設。當少年能思考各種可能性，這其中就包括由事實推論出來的假設。假設是預期的答案，必須要經過驗證才能知道是不是答案。……很多少年與成人間的誤會就是假設造成的。

㈢建立理想。理想也是假設的。……他們在心中會有一個理想的父母、老師、學校、社會的模式。……當他們面對生活中的父母、老師、學校時，發現距離理想那麼遠，而這些人還常控制他們，因此不滿的情緒就此發生。

㈣內省。少年會去想別人的思考，同時也會將自己當做是一個分離的個體，由別人的角度來衡量自己，因此產生對自己不滿、自怨自艾，或是過份看重自己而有不真實的盼望。

二、情緒的成長

少年的情緒易變，主要原因是他們不再像過去喜怒哀樂形於色，他們學到情緒是可以隱藏的。除了隱藏情緒，他們還思考情緒。也就是說他們可以想得比事實還悲哀，比現況還淒涼③。

對於少年、青少年（指國小五年級到國中階段）的心境，筆者的體會是：年紀越小的孩子，他們的思考方向是直線式、水平式的；而少年時期的思考方向是輻射式、鑿井式的，因此，他們在說話時往往「意在言外」，父母、老師聽到的話頭猶如浮現在海上的冰山頂端，必須探勘水下的部分，才能知悉話中之意，也才能掌握少年的心境變化。

柯華葳所謂的「假設」及「理想」，是少年「想像力」的發揮，當他們在閱讀童話的時期，知道「童話」是虛構的，能區別「現實」及「幻想」的不同。但是，有朝一日輪到自己建構「假設」及「理想」的城堡時，卻寧願信以為真，活在「幻想」的世界裡。父母及老師不如預期中的理想，男女朋友突然離去，面貌衣著不如偶像般的英俊瀟灑、閉月羞花、光鮮亮麗，情緒上會顯現自憐、自憎、自怨、自艾，要一直等到「假設」及「理想」幻滅之後，才是真正的成長。

處在敏感、不穩的情緒下，少年會有叛逆的動作，企圖突破社會、禮教、法律的約束。會有奇裝異服、飆車、組成幫派以證明自己的存在。會因自己樣樣不如人而自甘墮落，以吸毒痲醉自己、藉賣身以換取物質的享受。會崇拜偶像，以偶像的遭遇為自己心情變化的溫度計，喜怒哀樂的情緒全因他人而起。

有些自省（內省）型的少年，會相當在意別人的眼光，企圖以最好的面貌呈現在同儕、異性之前。若是無法達到自己的要求，又無法獲得外界的肯定，父母及老師未能察言觀色，適時給予安慰、疏導。他們會在功課競爭、長輩疏忽、同儕排斥、孤獨徬徨的情況下，覺得自己在世界上無足輕重，竟連螞蟻都不如而走上絕路。

針對上述的少年心理特徵，少年小說作家在寫作之前就應該深入了解，並且多多接觸少年，融入少年的生活圈，化為現代少年，體會其心境的變化，筆下的主角才是有血有肉，有思想、有感情的現代少年，千萬不可以自己「理應如此」的觀念來寫另一時代的少年故事。

第二節 氛圍的抉擇

李潼在〈少年小說的氣質〉一文曾寫道：

> 作者在撰寫少年小說之前，不妨先設定全篇的主要氣質，究竟以詼諧風趣，還是以慷慨激昂、以委婉柔順、以穩重深沉之氣才能與素材搭配，順利推展故事和讓青少年讀者喜愛④。

李潼所謂的「少年小說的氣質」，筆者極為認同，但在名詞上，筆者認為以「氛圍」稱之較為妥當。

「氣質」指的是個人情性散發在外所給予人的感覺，就全篇小說作品而言，「氛圍」可以包含小說中人物性情所造成的行為、對話、情節的進行，甚至於影響作者在描述故事時所使用的語詞魅力，由上述各端所形成的小說「氛圍」，即是少年小說受少年讀者垂青的焦點所在。

小說是由人物來扮演故事，由故事來顯現主題，換句話說：「人物、故事、主題」是互為依存的，因此，「人物」可以決定「故事」的氛圍，主題也可以決定「故事」的角色。有何種性質的「故事」，即可以表現何種性質的「主題」，而要表現何種「主題」，也要尋找、抉擇相應的故事來凸顯。

以「頑皮孩童」而言，他適合表現「詼諧風趣」的情節，因而形成輕鬆活潑的氛圍。為達到此一目的，則所選用的素材，必然以少年和朋友、少年對師長、少年對兄弟姐妹間，接連不斷的頑皮搗蛋事跡，構成全篇作品的故事主軸。在少不更事的錯誤、嘗試中自作自受，而終底於成熟的發展過程，例如馬克吐溫的《湯姆歷險記》即充滿詼諧風趣的氛圍。

以「孝順的孩子」而言，他適合演出「穩重深沉」的情節，因而形成鄭重其事、正經八百的氛圍。為達到此一目的，則需選用困難、挫折、病痛、窮困，和父母或祖父母相依為命，弟妹年紀又小，無法幫助家計，全部生計的重擔落在他的頭上，既要面對師長、功課的壓力，又要面對同學的作弄、嘲笑，甚至社會中不良份子對他的欺負、凌虐，接踵而至的災難，用以構成全篇小說的主軸。在自力更生、奮發向上的過程中，歷經磨鍊終至苦盡甘來、雨過天青，受到社會肯定，師長、同學的讚揚，各種協助如潮湧至，例如《秋霜寸草心》中的李潤福。類此作品，在情節發展過程中絕對不是頑皮、嬉戲，而是充滿生活壓力，讓小讀者和小說人物同甘共苦，甚至流下同情之淚，這就是全文「氛圍」的感人之處。

以「模範學生」而言，他適合扮演彬彬有禮、遵守校規、友愛同學、孝順父母、熱心公益、樂於助人的正面情節，因而形成嚴謹自律的氛圍。為達到此一要求，就得選用對長輩進退有據，不敢逾越校規分寸，同學有難立即前往幫助，勞動服務及各項競賽全力以赴，看見乞丐即大起同情心傾全力相助，有盲胞過馬路趕緊前往扶持……舉凡所有童子軍「日行一善」所做的好事，都可以構成全篇小說的主要內容，用以刻畫「模範學生」的典型，由此獲得讀者的認同，例如筆者作品《閃亮的日子》中的張閏齡，即是代表少年群體中循規蹈矩的孩子。

以「粗心大意的孩子」而言，他適合釀造「脫線逗笑」的氛圍。在塑造氛圍時，可以使用做事情時丟三落四，他人交代話語時，常常誤解原意甚或全部忘記，東西拿在手在卻到處尋找此一物件，穿布鞋到學校卻拿回他人的皮鞋，在路上只要看見形貌、走路姿勢相似，就急忙衝過去直呼「爸媽」，考卷兩面印題目只填答一面就交卷，星期天也背書包趕著上學……，到處鬧笑話，令父母、老師頭痛，卻形成同學的「甘草人物」。若以此種類型的人物，配合各種脫線的行為，全文的氣氛必然輕鬆愉快，小讀者也樂意閱讀他出糗的情節，閱讀過程則充滿笑聲。

唯有針對少年讀者的閱讀習性，抉擇各種氛圍，再以人物及事件來塑造氣氛，少年們才有可能隨著文中的氛圍而激起喜怒哀懼愛惡欲的情緒，因此「氛圍的抉擇」也算是一種「意在筆先」的構思過程。

第三節　故事的構思

葉朗在《中國小說美學》一書，提到「小說的構思」：

> 這也是小說家創作過程中的一個重要環節。……有的從故事開始。先有一個故事，然後構思成一篇小說。……有的是從人物開始。……還有是從主題開始，所謂「主題先行」。……還有，可以先有一句話，從一句話開始構思。……還有一種構思，……是先有一種情緒。作家有一種內心情緒，例如感到煩躁不安，或者感到很孤獨，就把這種內心情緒寫成一篇小說⑤。

總而言之，在「故事」、「人物」、「主題」、「畫面」、「一句話」及「情緒」這六個構思方向中，前五項比較適合於少年小說的寫作，由「情緒」來構思是西方一些現代派作家常用的構思方式，他們認為「小說不應該去摹仿現實，再現現實，而應該『表現自我』」⑥。若以此論點來看，可能寫成個人的「喃喃自語」或「意識流動」，缺少一段生動有趣的故事，甚至所描述的事物並無秩序的時空規律可循，致使少年讀者對作品感到不知所云！一篇少年小說，如果使少年「讀不懂」、「莫名其妙」、「不感興趣」，則不夠資格稱為「少年小說」，因此，在故事的構思中以前五項較為妥當。

一、以故事構思

由「故事」構思是以事件為主，事件的開始到結束就是一個「情節」，由許多「情節」串連成小說的主體，先有生動感人的故事，再找人物演出，例如：

> 違章建築的鐵皮屋內，一對祖孫相依為命。
>
> 祖母撿破爛，孫子是六年級的學生，功課原本名列前茅。祖母賣破爛所得的錢想為孫兒買一輛腳踏車當獎品，而孫兒的成績卻一落千丈，上課精神不濟、臉色蒼白。他告訴老師是幫忙做家事，告訴祖母是在同學家做功課，維持一段時間都未曾露出破綻。直到老師進行家庭訪問，祖母才知道孫子功課退步的事實，老淚縱橫地勸孫子用功讀書，他也點頭答應，但是功課依然不理想。後來有同學在電影院、餐廳門口，相繼看到他販賣口香糖，又有同學發現他想為祖母買一件大衣的孝心，由師生秘密捐助一筆錢幫他完成心願。
>
> 大衣穿在祖母身上，而鐵皮屋子內也有一輛嶄新的腳踏車，祖孫相擁痛哭，其他的同學及老師也都感動得流下淚來。

如此的故事大要擬訂之後，即可以確定人物來扮演，並設計各處場景，安排對話，對人物進行外表及內心的刻畫，各個事件接連發生，故事必可趨於熱鬧、有血有肉。

二、以人物構思

由「人物」構思是以強調人物的個性為主，由於有特別的「個性」，必然影響他對人對事的態度，是大而化之或是細膩小心，是木訥畏縮或是粗獷豪放，是彬彬有禮或是粗鄙魯莽，是公而忘私或是自私自利……，也就是先有一個活生生的人物在眼前，先凸顯其個性，再生花長葉——加入其他人物，配合其他事件，一篇小說自然形成，而人物的個性必然非常鮮明，成為「典型人物」。

三、以主題構思

由「主題」構思是以強調作品的教育意義為主，也就是作者先決定要藉著作品啟導兒童某方面的美德，再以各種事件來貫串，以達成「蘊含教育意義」的功能。例如決定「友愛」的主題，必然要以同學間的互助合作、相親相愛的事實來達成。若是以「孝順」為主題，則可安排對父母、祖父母分憂解勞、言語柔順，對長輩的病痛心急如焚，想盡辦法加以醫療的情節來凸顯。如果以「嫉妒」為主題，必然要以某甲在才藝、功課方面頗為優異，某乙樣樣不如人，卻以言語損人，甚至以動作威脅某甲，或者在同學間造謠生事，想要離間全班同學對某甲的愛戴、擁護。後來某乙的詭計被識破，某甲卻寬宏大量的原諒了他，而某乙的心態也由「嫉妒」轉為「佩服」，從此不再生出嫉妒、陷害之心。

四、以畫面構思

以「畫面」構思，指的是來自外界的刺激，發現日常生活中有哪些活生生的畫面，銘印在腦海之內久久無法忘懷，因為經常浮現而歷歷在目，作者加入個人的關注之情，因而在作者內心中發酵，想以此為題材寫出作品。

「畫面」會成為此種構思的中心點，由四面八方輻射出去，由畫面聯想到其中人物的彼此關係，會演變成什麼局面？會造成什麼後果？作者將由此而想得極多、極遠，猶如蜘蛛網形成主線及圓線，構成一個綿密的網路。

例如：操場上有一群相同年紀的孩子正熱烈地玩著遊戲，卻有一個畏畏縮縮的孩子躲在大樹後面，對著正在遊戲的群體投以羨慕、渴望的眼神……。

又如：一個小朋友拿著唯一的一塊麵包，正在餵食流浪狗，狗兒竟成群結隊地湧至……。

類此畫面在生活周遭可說不斷呈現，全看作者眼光是否銳利？思緒是否敏捷？能否關懷世間的人事物？只要深入一層地觀察這個世界，每一個「畫面」都可以成為一篇少年小說產生的觸媒。

五、以一句話構思

兒童文學作家張嘉驊曾說：

> 我爸說：「做人要有勇氣。」我覺得很有道理，就根據他的話寫了這篇少年小說〈灰鯨王子〉⑦。

由此可知，以「一句話」構思，指的是一句頗有用意、頗有哲理的話，能引人深思或奉為座右銘，因而形成少年小說的主旨所在，也就是要先形成作品的主題，再由主題來設計故事大要，並尋找適合的角色來演出。

例如：以「二十年後再見」這一句話，即可構思：有一班學生，在十二歲或十五歲時因畢業而分離，但因彼此珍惜少年時代的感情，相約在二十年後的某一天見面。這一天，一群中年人返回母校，或到老師，或到某位同學家集合，再展開倒敘的情節，交代這群人在國小、國中時代同窗共硯的悲歡情事，仍是一篇標準的少年小說。

又如：以「你不要管我」這一句話，可以發展出：問題兒童或問題青少年，排斥老師、家長或同學的關愛，直到周圍的人以熱情融化他的孤寂，也就是一篇從排斥、拒絕到猶豫，最後則接納、包容的成長過程的少年小說。

再如：以「不要被打敗」這一句話，則可以設計出：某類少年球隊，從一盤散沙到訓練成為一支鋼鐵勁旅的奮鬥過程。其中不乏失敗、挫折、被譏笑、侮辱，甚至面臨球隊解散的威脅，幸而遭遇一位名教練，既精於技巧又善於鼓舞士氣，終於打下一片輝煌江山的少年小說來。

上述這五種構思的方式，比較具有實務、具體的效果，遠比由「情緒」來構思更適合少年的心性發展，也更適合於少年小說的情節發展。

第四節　美好的呈現

大陸學者吳功正的《小說美學》曾言：

> 小說應該是對生活的認識，也應該是對生活的審美。……小說是在主體和生活結成的審美關係中進行審美創造⑧。

小說旨在表現生活，描寫生活，認識生活，但不能以「哲理」的理性方式來表現，因此要把「生活」當「藝術品」來處理，換句話說，就是要把生活做「美好的呈現」，少年小說亦然。

所謂「美好的呈現」，即是要求藉著少年小說來表現美好的事物，得到美好的成就。少年小說可以表現的美好成就，包含「語言美」、「形象美」、「描繪美」及「意境美」等四方面。

一、語言的美

小說的「語言」可分為「敘述語」及「態勢語」，它們來自日常生活的「說話」，但不可以像「說話」那麼瑣碎、囉嗦，必須加以提煉，要求既能和「生活」呼應，又能形成「文學用語」的美感，因此，小說的「語言」必須達到「凝鍊」、「精確」、「生動」、「切合」的境界。

㈠凝鍊：不管「敘事」、「對話」或「寫景」，作者都必須要言不煩，一個意念、一件事情、一個人物的表出，都有賴以最少的語言文字來表達最豐厚的意義，甚至可以說是「小說語言的詩化」。詩的語言具有「多義性」，小說的用語也要具有多義性，一般人可以無誤地體會作者的心意，而對於小說素養較高深的讀者，也就是對小說作品感覺較敏銳的讀者，能更深入地感受作者的言外之意、弦外之音，能享有發現作者深層意義的喜悅。

㈡**精確**：所謂「精確」，指的是精當與正確，針對語言文字的特性、意涵，在敘事、描寫場景、描寫人物之際，能一擊中的，每個字詞的使用均能精確切合事物進行的情況，切合人物的外貌及言行舉止，切合場景的風貌氣氛，換句話說，作者的意思能完全顯現；作者的意思能完整表達，不致造成讀者的誤解，而且必須有：除此字詞之外，更無其他字詞能勝任此一描述任務的自信和成就。

㈢**生動**：敘事生動，則全文氣氛不致陷於沉悶；寫景生動，則狀難寫之景如在眼前，更清楚提供人物活動的舞臺；寫人生動，則鬚髮畢現，眉目傳神，令讀者如聞謦欬；對話生動，則人物心理、言行舉止全在語句之間浮現，由此可知，描述生動，是語言駕馭成功的極致表現。

遣詞造句要能「生動」，作者必須有自己獨創的文字組織能力，要賦予文字生命力，切莫人云亦云，套用成語或聯綴抽象語詞，造成未身歷其境的讀者無法體會的隔閡。

在運用對話之際，作者為小說人物設計對話語句，一定是口頭語言，而非書面語言。唯有口頭語言才是現代人的生活用語，而不是作者筆下文謅謅的書面語言。

㈣**切合**：少年小說的語言要「切合」人物身分！此一要求對於作者的寫作能力是絕大的考驗，因為所謂「切合」就是要針對「角色」來設計語言，作者是成人，而角色是小孩，「小孩做大人語」必然顯得老氣橫秋！少年讀者欣賞少年小說時，若能被其中的語言所深深吸引，則此作品已經成功一半。

「切合」指的是要切合少年讀者的語文程度，要讓他們理解，又能對他們的語文程度的提升有所幫助。

「切合」也是要切合少年的身分，少年是學生，學生同儕有其習慣用語，作者必須從學生群中來記錄、摘取。

「切合」也指切合小說的場景，在何種場景應使用何種語言，以浮現何種氣氛，作者皆要費心思索。

「切合」更指所有的角色，都應說出他們所應說的話。

二、形象的美

小說的「形象美」指的是人物的形象，在刻畫、浮現之時能有生動傳神，立體而非平面的美感。

此一構思牽涉到小說人物「美」與「醜」的爭論，「美」不一定指「西施」；「醜」不一定指「無鹽」，畢竟「西施」和「無鹽」只是容貌上的妍媸，僅與本處的命題稍有關涉，小說人物的「形象美」應包含「外貌的刻畫」和「心理的浮現」兩大重點。

形象若能塑造成功，則「面惡心善」令人即之也溫的人是「形象美」；「面善心惡」令人恨之入骨的人亦是「形象美」，換句話說，「形象的美」指的是人物塑造成功的「美」，而非膚淺、表面的容貌之美。

㈠**外貌的刻畫**：「以貌取人」不一定正確，但「以貌相人」倒是可信！力能扛鼎、聲若洪鐘、鬚如鋼針，面似鍋底的外貌如張飛者，必是粗獷豪爽、不拘小節之徒；力難縛雞、聲若女子、鬍鬚不生，面似敷粉的外貌如張良者，必是小心謹慎、深於謀慮之輩。由此可知，由「外貌」來刻畫人物，可以給予讀者極深刻的第一印象。

「語言」乃人物的心聲，由對話來透露人物的個性，可以判斷出城府極深、心地善良、木訥畏縮、粗魯無禮……等類型。

「表情」寫在臉上，笑逐顏開、皺眉蹙額、咬牙切齒、眉目舒展、神彩飛揚、神情沮喪……皆是人物心情的映射，在刻畫人物時，臉上的表情不容忽視。

「動作」是肢體語言，「表情」是細微的「動作」，此處的「動作」特指一舉手、一投足，手舞足蹈、垂頭喪氣，步履輕快、步履沉重，抬頭挺胸、彎腰駝背……，亦是心情的映射，個性的外顯，用「動作」來刻畫人物，可得事半功倍之效。

㈡**心理的浮現**：「心理」、「意識」是藏諸於內的，但也真正代表一個人的心態，或許語言、動作、表情均能偽裝造假，但只能維持於一時，真正的個性常在無意中顯露，而「個性」即受心理及意識的控制，只要機制稍一鬆懈，本性必然原形畢露，因此在塑造人物的「形象」之時，「心理」的浮現技巧絕對必要。

此外，利用「景物烘托法」或「次要人物烘托法」來凸顯角色的重要、個性，也是塑造「人物形象美」的妙法。

而在「情節進行」中，人物始終是活動的狀態，有道是「誠於中、形於外」，內心的想法會決定人物的行事策略、風格，在小說的開頭是某一形象，歷經發展、高潮到結束之時，可能成為另一種面貌，只要情節的發展具有說服力，則人物的「形象美」，自然會被讀者所接受。

三、描繪的美

「描繪」在小說中的對象有二：一是描繪場景，二是描繪人物。描繪人物和「形象美」的人物刻畫有關；描繪場景則為呈現人物活動的舞臺，使小說中的情節和人物有一個固定的、附屬的空間。此外，也能夠塑造出小說中的某種氣氛，是「描繪」的另一種功能。

㈠**描繪場景**：場景指的是小說情節進行的空間，它不是小說故事的主題，因而只有烘托故事氣氛的功能，它不是小說的主要部分，卻是小說的必備條件。

詩詞中「情景交融」的「情」在小說中則是主體的「故事」，「場景」和「故事」必須交融，才有辦法形成某種氣氛，而「氣氛」往往是吸引讀者閱讀興趣的催化劑。希區考克的驚悚小說除了故事主體充滿恐怖以外，對於外在場景的經營也頗為著力，盡收「紅花」和「綠葉」相互襯托、增強的效果。

「場景」有大有小，大景如「落日照大旗」、「馬鳴風蕭蕭」；「長河落日圓」、「大漠孤煙直」，因為這是「壯美」的場面，可和悲壯、肅殺的故事，英雄豪傑的干雲豪氣，或者是離鄉遊子的濃郁鄉情相輔相成。小景如「細雨魚兒出」、「微風燕子斜」；「穿花蛺蝶款款飛」、「點水蜻蜓深深見」，因為這是「秀美」的場景，可和纖麗、小巧的故事，美人文士的幽幽傷感，或者是騷人墨客的春遊詩情相得益彰。上述大景和小景的描繪若能真切得體，則小說本體所要形成的某種氣氛必定自然湧現。

「場景」的描繪不應獨立進行，造成和故事主體互不指涉的缺憾，上上之策是「場景」的描繪寓於情節進行之中；而情節進行之際也不忘利用「場景」的描繪來深化小說的某種氣氛。

㈡**描繪人物**：小說人物的「形象美」全靠「描繪」的技巧來達成，因此「人物的描繪」必須是「全面」又是「特徵」的把握，換言之，必須是「全景」同時又是「焦點」的運鏡技巧。

「人物的美醜」並不會影響到「描繪的美醜」，美麗的人物經過蹩腳的描繪可能變得「醜陋」；醜陋的人物經過細膩的描繪，有可能變得「美麗」。此處的「醜陋」和「美麗」完全是讀者心理的感受，是語言文字排列組織之後，給予讀者的暗示及引導作用。

細膩的人物描繪應重視人物的全體，也要把握人物的特徵。可由作者直接刻畫，亦可交由小說人物之眼來觀察。可由言語及動作、表情來刻畫個性，並由此來顯現人物的心理。

總而言之，人物的「描繪之美」，不在被描繪的「主體」的美醜，而是強調作者遣詞造句的功力，以雕塑人物的成功與否來定美醜。

四、意境的美

藝術作品的成就，既重視外表的美感，也重視深層的意境。欣賞者大多先被藝術外表的美感所吸引，再深入去體會其中的境界，也由於意境的觸發，和作者的心弦起了共鳴，作者和讀者互為知音。

意境的體悟已提升至心靈的層次，但「意境」是抽象的，它不可能獨自存在，必得借助於作品的實體，「意境」才有所依附。準此以觀，作品的實體有如人體，意境則如人的靈魂，若是作品欠缺意境，將只是文字的堆砌，猶如缺少靈魂的行屍走肉，了無神采。

小說「意境的美」指的是人物的精神境界，或是整篇作品所顯現出來的思想、哲理。小說要能呈現「意境美」，必然要藉著人物的言行舉止，或人物內心的矛盾，和他人的衝突，歷經變化和協調、包容而終底於一致，由此顯現個人的人格層面、精神境界。除此之外，由所有人物共同扮演的故事，其深層意涵往往附在情節進行之際，或是全篇故事結束之後，令讀者讀之頗有同感而心有戚戚焉，從中得到啟發、教訓、鼓勵或勇氣，並以小說中人物為學習的典範。因此，小說的「意境美」可分「人物」及「故事」二方面來說明：

㈠ 由人物所形成的意境：人物之所以會造成感人的境界，全由人物的言行而起。人物的某段言語或某句名言，可能點明全篇作品的主題所在，也是該人物行事的圭臬，並形成情節進行的主軸，它是一條無形的線，卻能維繫情節的進行。作者在寫作之時，絕非無的放矢，必然會隱入作者的人生觀、哲理，再藉由小說人物的言行來顯現，此即由小說人物所形成的意境。

㈡ 由故事所形成的意境：少年小說作品除了有由人物扮演一段精彩的故事之外，故事本身會有一個深層的意涵，此乃作者理想、風格、哲理、思想的總呈現，由此構成全篇故事的意境。

和「由人物所形成的意境」的差異在於：「人物」的言行舉止能形成意境，則此「人物」必然令人印象深刻，有「人物小說」的傾向。而「由故事所形成的意境」，則「人物」形象未經特別刻畫，不至於鮮明突出，讀者欣賞的重點是「故事」，並由精彩的故事獲得感動、獲得啟發，此類故事所強調的是「情節」，有「情節小說」的傾向。

少年小說若無法形成「意境的美」，徒然擁有熱鬧、嬉笑的故事，少年讀者閱讀之時將有如進入「大觀園」，只見繽紛、喧鬧，人物有如走馬燈，故事彷如演馬戲，而無法體會熱鬧、精彩背後的人生哲理，則少年讀者將無法從少年小說獲得啟迪，將無助於其心靈的成長。

第五節 結構的巧思

大陸學者劉世劍《小說概說》對小說的「結構」有如下的界定：

> 小說結構乃是情節因素和非情節因素的內部構造的表現形態，它體現著小說的內容局部與局部，局部與整體之間的有機聯繫⑨。

小說的內容、情節有如人體的臟腑、血脈與肌肉，必得有一空間予以安置。小說的結構即是骨架，必得骨架勻稱，結構完整，小說的有機體才會骨肉兼備，內外皆美，也就是在寫作之前要先進行「結構的巧思」。

所謂「結構的巧思」，目的在於尋求最吸引少年讀者的故事形式。一個相同的故事，可以有不同的結構，但以最能吊人胃口的結構為上乘之作，也是最理想的「形式」，具有形式上的美感。

「結構上的巧思」可分從一、故事的構成，二、敘述的技巧，三、線索的安排，四、懸宕的使用等四方面來討論，其作用在構成閱讀的趣味，使得情節的發展曲折離奇，以避免一眼看穿的缺憾。

一、故事的構成

小說故事的構成是有機體，並且充滿生命活力的，開頭、發展、高潮，結束有如常山之蛇，首尾相互呼應，也如聯結的玉環，首尾銜接，不可拆卸。

㈠「開頭」以新穎、不落俗套、遠離窠臼為上乘。為了避免平鋪直敘，可由故事最精彩的部分當開頭，而且可以採用各種方式來寫作：

1. 以「對話」開頭：由小說中的人物「對話」，來展開情節。

2. 以「敘事」開頭：由交代小說人物的過去、現在事情開始寫起，為現在及未來的事情預做鋪寫。

3. 以「描寫」開頭：由描寫人物外貌、故事場景或故事中的物件當開頭。

4. 以「聲音」開頭：由少年小說中的人、物及某件事所發出的聲音開始寫作。

㈡「發展」是小說的主體部份，以峰迴路轉、曲折離奇，能維繫小讀者的閱讀興趣為訴求。

「發展」要以「開頭」所形成的難題和目標為根據，在人物之間形成矛盾、糾葛、衝突，在事件之間形成困難、危機、膠著，唯有如此才能構成「發展」的複雜化，再一一化解、消除、冰釋，全篇小說的發展才會豐實，才具可看性。

㈢「高潮」是「發展」的一部分，是「發展」的最後情節，所有人、事、物之間產生的難題都要解決，目標都要達成，有如地底岩漿的堆聚，不得不在最後衝破地殼而噴出，以造成「爆炸」撼動人心的效果。

短篇的少年小說，因人數較少，事件單純，場景單一，通常只出現一個高潮。中長篇的少年小說，在人物、事件、場景上都有其複雜性，容許依情節發展的需要而出現數個高潮。

4.「結束」是小說的總結，可針對開頭、發展及高潮做補充說明，以使全文結構完整。也可以另外出現人、事、物的問題，造成意猶未盡、韻味綿延的效果，甚至可為另一篇同一系列的小說當開頭，例如《湯姆歷險記》的「結束」，即是《頑童流浪記》的開頭。

二、敘述的技巧

敘述的技巧和故事的構成有絕大的相關，為使情節曲折離奇，在「發展」的階段可以採用㈠正敘，㈡倒敘，㈢插敘，㈣補敘等敘述技巧，增加少年小說的可讀性。

㈠**正敘**：「正敘」是依時間先後、事情經過的邏輯關係，平鋪直敘地寫作。「正敘」的技巧比較缺少變化，不易形成懸宕的效果，為了維繫少年小說的閱讀趣味，就要使得「事件」連續發生，維持「動態」的演出。並在語言的駕馭上要顯得輕巧、俏皮，以符合兒童活潑、好動的個性，唯有採用如此的補救措施，「正敘」的少年小說氣氛才不會陷於沉悶。

㈡**倒敘**：「倒敘」打散時間及事件邏輯關係，從最精彩的地方寫起，再回溯以前的事件及時間，最適合於「回憶」的情節。以「倒敘」法寫作時，「倒敘」往往是「中間突破」，再「向前後發展」，因此「倒敘」在整個事件中，既不是「開始」，也不是「結束」，只是居於「仲介」、「橋樑」的地位，可以引發小讀者想一探究竟，知悉事件來龍去脈的好奇心。採用「倒敘」法寫作的少年小說，在文氣上特別顯得高潮起伏。

㈢**插敘**：「插敘」指的是先岔開現在的某人、某事、某物不談，插入有關某人的往事、某事的前因、某物的來由……的敘述。插敘可以造成「文氣中斷」，情節的發展暫停的狀況，使得少年小說的「節奏」放慢，不至於一洩千里，草草終結。插敘使作者有比較從容的時間，處理和小說主線有關的細節問題，而使得小說內容更加豐實。但在少年小說中的「插敘」，篇幅不可太長，以免少年讀者看不出全文的主從關係，導致閱讀興味的削減。

㈣**補敘**：「補敘」是針對「正敘」、「倒敘」及「插敘」所未言明的人、事、物、景進行補充說明，具有增強的效果。或者在少年小說的主要情節結束之後，對相關人、事、物、景做「後來」的說明，以滿足少年讀者對人的下場、事情的結局、景物的下落……的好奇心。

少年小說的「補敘」應避免三言兩語式的「交代」，仍要把握「動態的敘述」，以「事件」、「發展」的方式來處理人、事、物、景，維繫一貫的興味於不墜。

三、線索的安排

所謂「線索」，指的是少年小說的「著力點」，也就是「敘述的重點」。小說中的人物重要性不一，情節的發展也有輕、重之分，作者在述說故事之時自應加以衡量，而後做「力點」的分配。

在「主從的安排」上，可分「主線」、「從線」、「單線」、「雙線」和「多線」五種安排方式。

㈠**主線**：猶如樹木的主幹，在敘述故事之時，必然與少年小說的「主題」契合，因此，這段故事必然是少年小說的主要內容。主要內容的演出者，當然要由主要人物上場，但也要有次要人物配合演出。由此可知，所謂「主線」，往往是主要故事，或主要人物在主要場景演出的段落。

㈡**從線**：猶如樹木的枝枒，眾多枝枒所長出的葉片，進行光合作用製造養分以供應主幹，因此「從線」有使少年小說情節繁複、熱鬧，不致使得主線孤獨無助的功能，但究竟是少年小說的次要內容。

既是次要的內容，則要由次要人物上場演出，但是次要內容不可單獨存在，它有映襯、烘托主線的功能，而且能發揮掣肘主線情節進行太快的作用。

㈢**單線**：「單線」發展的安排比較適合於短篇少年小說，因為短篇小說的人物較少、情節單一、場景單純，集中力點在少數人物身上，可使故事明朗化、人物個性鮮明、情節直線發展，主題能明確顯現，少年讀者容易掌握。

單線發展固然有上述的優點，但也有其不可避免的缺點，就是會流於平鋪直敘，缺少曲折離奇的變化，就得妥善運用倒敘、插敘、補敘等技巧，使得情節的進行不至過於單調，將單線發展的少年小說安排得極有變化。

㈣**雙線**：「雙線」發展的安排在短、中篇少年小說均可通用。「雙線」必然有兩個主要的情節，也由兩個主要的人物來演出，因此，在力點的安排上是銖兩相稱的局面。既是「雙線」進行，必然先敘述「甲情節」，再敘述「乙情節」，而且甲、乙兩條線索最後必如「麻花」一般絞結在一起，並由此往下發展直到故事結束。

雙線的人物、情節在一開始是各自敘述、發展的，情節互有關聯，在場景安排上可利用同一場景，或是不同的場景。至於絞結成一線之後則要在同一場景，演出同一情節的故事，如此一來，「雙線」發展的作品才不會各說各話，否則將彷如兩條平行的鐵軌，永無會合之日。

㈤**多線**：「多線」發展的安排在長篇少年小說最常使用，它可以形成情節的複雜性，使得故事內容充實豐富，令人目不暇給，也方便於各種角色在各種場景上演出、較勁。由於演出的時間綿長、空間廣闊，更適合表現少年的成長過程，在身心的發展上經歷哪些挫折、衝擊，如何去因應、克服，使得少年讀者有撼動心靈的感受，也可以取得認同、仿效的對象。

雖是採用「多線」的安排，但仍要圍繞「主題」而設計，並且要有「主」、「從」之別，以免事出多頭、群龍無首，形成鬆散無力的局面。

「多線」的使用，還可以形成「懸宕」的效果，「甲線索」敘述到某個階段，可讓「甲」人物銷聲匿跡，「甲情節」暫時停頓，進入類似「地底河流」似的發展，直到某個段落再鑽出地表，和其他情節會合，產生令讀者訝異的效果。

四、懸宕的使用

「懸宕」的段落具有「懸疑」的氛圍，可以吊人胃口，使讀者急欲探知事件的後果為何。在使用「懸宕」時，往往將進行中的情節停止，岔開到其他事件的描述上，或是另一線索的開端，因而使得文氣驟變，讀者也在一時之間無法了解作者的用意何在。由於敘述結構的轉變而形成類似「猜謎」的趣味性，小說的閱讀興味因此而形成。

少年小說出現「懸宕」的段落時，往往和「倒敘」、「插敘」或「補敘」的技巧互為表裡，或者和「從線」相互為用，也可能和「正敘」時出現的「伏筆」有互為闡明的功能。

總而言之，「懸宕」的目的在使敘述的文氣波瀾起伏，切合「文不喜平」的藝術要求。

第六節　觀點的選定

方祖燊教授《小說結構》曾言：

> 小說故事的敘述方法——觀察點。……當小說的情節安排好了，這時應該注意像這樣一篇情節的故事，應該由誰來敘述？才最合宜。也就是說從哪一個人的觀點，去敘述小說中人物的言行，境遇及情思⑩。

由此可知，「觀點」關係到「故事是由誰來敘述」才是恰當的問題。

少年小說中的「主角」是兒童，為使其中的「兒童」蹦跳活潑、栩栩如生以獲得少年讀者的認同，作者在創作少年小說時即應選擇適合寫作，或者是少年讀者容易了解的「觀點」，以獲得最高的藝術成就，並提升讀者的閱讀興趣。

所謂觀點（View Point），指的是「從何角度觀看」的意思。「觀點」可分「敘事觀點」及「見事觀點」兩類，前者是「由誰敘述故事？」後者是「小說『本身世界』中，人物姓名、樣貌、動作、場景、事件的發生等情況，由何人、何種方式而見現？」

「觀點」可以大略分為下列五種：

㈠**第一身敘述者**：即「自知觀點」，作者乃故事人物之一，以「我」的觀點來敘述故事，具有親切感、說服力，有現身說法的優點。但是「我」不在現場或昏迷、睡覺時，常需他人補述，以彌補其中的情節空白。而且「我」不能直剖他人內心活動，要以「臆測」（主觀判斷）的方式來寫出他人意圖，是「第一身敘述者」不便之處，《金銀島》即以「我」的觀點寫作。

㈡**全知敘述者**：即是以「全知觀點」來寫作，作者有如神明鑒臨上空，扮演全知全能的角色，既知已往又知未來，知曉人物的現況、外在且兼及內心。故事中的人物、事件，作者無不知悉，且可自由變換「觀點」，寫來流暢無礙，最受作者喜愛採用，《湯姆歷險記》即以此「全知全能」的觀點寫成。

㈢**第三身旁觀敘述者**：即是「旁知觀點」，敘述者乃是以局外人對事件的進行做「冷眼旁觀」，以「客體身分」做「主觀的判斷」，可以任意表達敘述觀點而不露痕跡。

㈣**主角第三身敘述者**：和「第三身旁觀敘述者」的不同，在於「敘述者」化身為「主角」，所有人、事都和他有關，並以「他」的人稱代名詞寫作。利用此一觀點，能記述並評價每一事件，包括本身的內心衝動，以及和外界接觸所發生的各個事件。

㈤**客觀敘述者**：以「客體身分」做「客觀判斷」，只敘述事實而不及其他，只維持情節的進行而不加入作者個人主觀的情感批評，作者完全置身於作品之外，由此所呈現的事物皆能保有客觀的面貌。

以兒童的閱讀習慣和了解程度而言，「第一身敘述者」及「全知全能」的觀點最適合寫作少年小說，初學創作者應以這二個觀點入門，直到純熟之後，再練習其他的寫法，但要以兒童能夠接受為最高要求。

「少年小說的藝術構思」有如一張「建築藍圖」，既有素材之後，便要構思「如何表現」，才能夠使素材成為藝術品，而且使兒童因而入迷，構思的功夫不可不深。

至於在紛雜繁忙的人、事、物、景中，要如何淘金揀玉，擷取適合表現的素材，就得賴於少年小說家敏銳的「藝術直覺」，用「素材」以觸發寫作靈感，在此謹以大陸學者何永康的一段話做為結束：

> 面對豐富多彩的現實生活，小說家可以憑藉他的「本能」，非概念性地發現隱藏在生活現象中具有表現價值的東西，這種敏銳的感覺就是小說家的藝術直覺⑪。

附　註

① 參見劉世劍《小說概說》（麗文文化公司）頁二七二。

② 參見柯華葳〈寫少年小說給少年看〉，文載《認識少年小說》（中華民國兒童文學學會）頁三十三。柯華葳本文的「少年」就是一般所謂的青少年，指國中、高中的學生。但本文作者心目中的「少年」，專指國中學生。

③ 同註②第三十四頁。

④ 參見李潼〈少年小說的氣質〉，文載《認識少年小說》（中華民國兒童文學學會）頁四十二。

⑤ 參見葉朗《中國小說美學》（里仁書局）頁八至九。

⑥ 同註⑤第三至四頁。

⑦ 參見《畫眉鳥風波》（臺灣省政府教育廳）頁一九一〈作者的話〉。

⑧ 參見吳功正《小說美學》（江蘇文藝出版社）頁五至頁六，第一章〈小說美學的本質〉。

⑨ 同註①第一五三頁。劉世劍認為：一切藝術都有結構，小說的藝術結構是動的，在動的結構中多半又是有情節的，小說結構就是一種有情節的結構。

⑩ 參見方祖燊《小說結構》（東大圖書公司）頁三一〇，方祖燊認為可分：1. 由小說的作者來敘述，2. 由小說中的人物來敘述。1. 是「全知全能觀點」，2. 則分為「第一人稱」和「第三人稱」。

⑪ 參見何永康《小說藝術論稿》（江蘇・河海大學出版社）頁十八。何氏認為「藝術直覺」越敏銳，則「創作衝動」也越可能被挑起。

第參章

少年小說的題材淬取

臺灣地區從民國六十年代開始，由於經濟發達，國民生活水準普遍提高，尤其在民國七十年以後，更因社會轉型、家庭結構改變，造成不少單親兒童、鑰匙兒童、電視兒童、才藝兒童。少年小說既以「少年」為主角，則其「心理轉變」的過程，即應細加描述，以使作品具有真實感、說服力。

題材來自素材，但題材不等於素材。素材不因作家的揀取、寫作而日益減少；也不因作家不發掘、不寫作而日益增加，但素材經作者發掘、淬取之後才會成為題材，則是不爭的事實。

羅盤《小說創作論》曾說：

> 世間可供我們寫作的材料很多，無論歷史掌故、風土人情、個人遭遇、社會群像，乃至風花雪月、兒女情長等等，莫不是我們可以寫作的材料①。

羅氏所說的寫作材料，都是成人小說的素材，誠如書中所說「生活是寫作的泉源」，少年小說的題材也來自少年的生活，來自少年對周遭事件的感受，來自少年身邊的人物，來自少年對生存空間、事實的幻想，來自少年對寵物、收藏物的喜愛，來自少年對異性的真情，來自少年對黑暗事件的應對等等，少年小說的素材一如成人小說般林林總總，端賴作者如何去選擇淬取。

少年小說既可分為生活小說、冒險小說、偵探小說、動物小說、歷史小說和科幻小說等六大類，則小年小說的題材自應從這六大領域去尋找。

第一節 自繁瑣生活淘金揀玉

楊昌年《小說賞析》曾云：

> 搜材方式——向人生取材。寫境——現實材料：
>
> 1. 對社會人物的觀察；
> 2. 對社會各事的觀察；
> 3. 親身體驗②；

由楊教授高見可知文學的目的在描寫生活、反映生活，最主要的任務是要寫出人類在生活中的感受，少年小說也是如此。

現代少年已被東洋、西洋的生活方式所同化，速食、電玩、偶像、CD、卡帶、音響、飆車、飆舞、卡通、小鋼珠、安非他命……伴隨著少年、青少年長大。現代社會也屢屢出現搶劫、綁票、雛妓、槍擊、販毒等犯罪案件。某些少年、青少年則在功課、才藝壓力下苟延殘喘，天天補習、上才藝班、各種大小考試，每天過著披星戴月的生活。因此，現代的少年小說作家，若是仍然一再沉迷於自己童年時代的山光水色，稻浪起伏、菜花飄香的淳樸農村生活，以此為題材所寫出的作品，小讀者只是知道一段「陳年往事」，並不足以撼動其心靈。

現代少年的生活內容就是現代少年小說的素材，現代少年小說作家在繁瑣的現代生活中淘金揀玉，自是理所當然。唯有以「現代少年的生活故事」為「釣餌」，現代少年讀者始能沉迷其中，既獲得閱讀的滿足，又可從小說作品中得到啟迪。

如何從光怪陸離的現代生活中取材？筆者認為「觀察生活」、「擇定素材」、「賦予主題意義」、「題材故事化」、「故事象徵化」是五個可行的步驟。

一、觀察生活

要當現代少年的代言人，必然要親近少年，了解其生活方式，甚至經歷他們的生活，唯有對「少年生活」抱持關心、觀察、經歷的心態，所寫出的少年生活才是被兒童所認同的方式。

少年、青少年愛聚會於速食店——為什麼？食物好吃？為了看人？為了交友？為了尋覓看書的環境？為了趕時髦？為了被貼上「新新人類」的標籤？為了逃離父母的嘮叨？為了逃避家中清冷的氣氛？……

速食店的形貌又是如何？窗明几淨、服務人員年輕化、播放富於節奏而缺少旋律之美的現代音樂、食物人手一份互不干擾、一次消費可以銷磨一整天的時間、桌椅裝潢充滿年輕人的色彩、牆上貼滿現代歌手的海報……。

少年小說作家若要描述現代少年「食」的文化，「速食店」將是一個絕佳的去處，作家必須吞食難以下嚥的「漢堡」而甘之若飴，必須面對生冷的食物而引以為中華佳餚，對強調節奏而且有如洶湧波濤襲捲而來的熱門音樂欣然接受，更要體會成天上仙樂……而後再融入少年族群中，洗耳恭聽他們會出現哪些「黑話」、「行話」，再面對其打情罵俏的言行舉止，最後再觀察吃不完的漢堡、薯條、奶昔、雞塊、可樂……，眉不皺、心不疼地倒進垃圾筒中。此時，作家會發現賺錢的父母親捨不得來此消費，而不會賺錢的青少年一來此地，卻是個個出手大方，甚至跡近於浪費。

面對如此的生活方式、消費型態，作家必然感觸良深，亟欲一吐為快！若是達到此一境界，則作家對「生活」的觀察及體會已夠深入，在胸臆之間已是「有話要說」，「創作的衝動」已彈撥心弦，就待提筆寫作加以完成。

二、擇定題材

「速食店」的形象，無疑是某些青少年的生活方式，只能當「新新人類」的取樣，是衣食無虞匱乏之後的消費型態。

若為描述一個節衣縮食、自力更生的少年，不妨安排他來到速食店門口，捏緊鈔票，躊躇猶豫，打量壓克力招牌上的食物、價格，聞著「美食」散發的香味猛吞口水，腦海中甚至浮現有如〈賣火柴的少女〉情節中，桌上烤鵝插著刀叉自動向他走來的幻象……但是想起賺錢不易，只得低頭黯然離去……

經過此一安排，則「速食店」這一素材可引為「窮困少年」精打細算，忍痛不肯進入消費以節省金錢的「題材」，兩相對比之下，則此少年無奈的決定將更令人傷感。

由此可知，在擇定「素材」時，不可遠離少年的生活，家庭、學校、班級、才藝教室、上學途中、郊遊、遠足……每天的食、衣、住、行、育、樂，無一不是「素材」，但也無法一一寫入，必須針對「主題」需要，挑選能表現「主題」的事實，予以鋪敘、強調，形成集中、概括、誇張的效果，則「事實的素材」即可轉變成「文學的題材」。

能觀察、體會、了解、深入生活，才有可能擇定需要的「素材」也唯有如此，所寫出來的「題材」才會不離不隔，能針對「主題」的需要來發揮，「主題」則因「題材」的寫作而浮現。

三、賦予主題意義

楊昌年《小說賞析》對於〈小說創作的程序〉認為首先在於「定主題」，因為：

㈠主題是小說之靈魂。

㈡主題亦為作家思想意識的表現，作家人生觀的表現③。

由楊先生高見可知：從生活中所擇定的「素材」，要蛻變為少年小說的「題材」，必須賦予「素材」以「主題意義」，將其哲理化、意境化，則此「素材」即可成為「題材」。

「素材」只是「存在」；「題材」則是提煉、淬取之後的「精萃」。所謂提煉、淬取，就是要針對小說情節的需要，在紛然雜陳的生活事物中，以敏銳的感覺來嗅出某些事物可以和小說主題互相契合，則將其揀選出來。

揀選之後的「題材」仍要經過組織、描寫、敘述才可成為一段故事，而此段故事乃小說本體中最吸引讀者的部份，在此段落蘊藏作者的思想意識，此處的「思想意識」就是小說的「主題」，原來的「素材」經此哲理化、意境化的深化過程，已經成為「題材」。

四、題材故事化

此處所謂的「故事化」指的是狹義的用法④，林文寶教對於「狹義的故事」有精當的看法：

> 這種故事是以事件本身為主；也就是說，它根據事實，有情節，富於趣味性，不管是幾千年的古代，或是活生生的現實生活的故事。……這種兒童故事以敘述事件為主⑤。

林教授認為「事件」經過「敘述」即成故事，筆者認為「素材」經組織、描寫、敘述的過程，就是「題材」的「故事化」，也因而構成小說的主體。

所謂「組織」即在決定題材中的「人、事、物、景」的先後次序，務期組合成最吸引讀者的流程。

所謂「描寫」，則在顯現題材中的人物形象、事件現象及景物的外表、風貌，在小說中擁有其應有的定位。

所謂「敘述」，指的是以流暢、生動的文句，將事件的過程，用對話或敘述語的方式，將故事做一完整的交代。

題材要故事化，即指在題材的「實質」上，發揮「想像」的功夫加以「虛擬」，要寫得「虛實相生」才能顯出情味，否則將和科學紀錄毫無二致。「虛實相生」的要求是：具體物、具體事實，要以比喻、形容及象徵手法，將其寫得空靈、詩情畫意。而面對抽象的感情、觀念，則要以具體的事物、具象的語詞，將其寫得如見形體、歷歷在目。因此「集中」、「概括」、「誇張」等等，凡是能促進「題材」更具「故事化」效果的技巧不妨多加利用。

五、故事象徵化

一段精彩的故事，仍然只是陳述一段事實，在熱鬧、有趣之餘，更要給予少年讀者思考的空間，而故事能讓讀者看出作者的「門道」，其訣竅仍在於作者將故事加以「深化」的設計，換句話說，就是「故事象徵化」。

小說的「故事」固然來自生活中的「素材」，但此「素材」歷經作者感情的催化，巧手的組織，哲理的深化，有如「米粒」煮成「白飯」，「素材」已成「題材」、「故事」。其中蘊含作者無盡的巧思，以及作者所欲藉此作品以感動、啟發讀者的用意，此篇作品已具象徵功能。

「象徵」寫的是人類的「共相」，它和專寫某些人物的「殊相」的「影射」大異其趣。作品中顯現的「共相」愈鮮明、愈豐富，則讀者所得越多樣、越廣泛，而且因讀者年齡、學識、生活、性別……的差異，有不同的體會，就因為讀者能各有所得，因而充分享有閱讀的喜悅。

用心的作者，必使少年小說具有「象徵」作用，而聰明的小讀者，也必然能夠從少年小說的故事中，體會其言外之意、弦外之音，而不會只停留於「看故事」的層次。

第二節 自歷史事件連綴生發

歷史事件包含事件本身的進行，也包含歷史人物在其中的運作，因此含有一段「故事」，也會出現某些「偉人」。少年讀者在十一至十八歲之間，對於英雄人物的功業、為人，會興起仰慕之情，從歷史事件中挑選適合少年的素材，加以連綴生發而成的「歷史小說」必然大受歡迎。

從「歷史事件」淬取少年小說的題材，可以大別為「歷史故事」及「偉人傳記」兩種性質。「歷史故事」可讓少年讀者知悉事件的發生原因、演變過程及結局；「偉人傳記」則可讓少年讀者知悉偉人的誕生、求學、抱負、交遊、事功、思想、著作、貢獻，對少年讀者的心理發展、未來的志向有莫大的助益。

「歷史事件」是以事件的發生、變化及結局為主軸；重視的是「事」。但「事」非人無以形成，在敘述「事件」的進行過程中，無法避免涉及到相關的人物，因此在「歷史事件」中，以「事」為主，以「人」為副，但兩者之間要相輔相成，不可偏廢。

「偉人傳記」是以人物的成長、志業和貢獻為主軸，重視的是「人」。但「人」必因「事件」而顯其個性及聲容笑貌。在記錄「偉人」的行誼時，必然要將「偉人」放入其生存的「時空」中，在此「時空」裡，有時代及社會所形成的網絡，緊緊環繞「偉人」，因此，雖記述「偉人」的一生，實則和「歷史事件」脫離不了關係，而事實上「偉人」亦往往主導某時代的風尚，因此，必然也要「寫事」。

「歷史事件」多的是殺戮征伐的軍事行動，也有不少是為爭奪帝位而骨肉相殘的不幸事情，更有可能是弱肉強食、爾虞我詐的併吞、設計陷害等素材，在寫成「少年小說」之前自有必要善加篩選。

「偉人傳記」固然不乏發明器物、造福人群的科學家，也有許多縱橫捭闔、叱咤風雲的軍事人物，更有光風霽月、操守襟抱冰清玉潔的聖賢人物，或在文藝、美術、音樂等領域出類拔萃的大師級人物。但也不乏卑鄙齷齪、倒行逆施，甚且塗炭無數生靈的奸雄、劊子手人物，或者行事並非光明正大，卻由後人加以文飾、美化的醜陋人物，少年小說作家亦應加以挑揀，不可一概寫入。

由以上論述可知，自歷史事件連綴生發以撰寫「歷史小說」時，不可全盤接受，因為「就歷史小說而言，小說所呈現的既非過去，也非現在；既非雅緻的文化價值，也非庸俗的觀念或信仰。」⑥因此，必須注意篩選的原則：

一、在消極方面，凡是違背倫常的兄弟鬩牆、父子殘殺、長輩晚輩之間的亂倫事件，即使過程曲折離奇，詭譎多變，令人目不暇給，充滿戲劇性，閱讀情味濃厚，但為了避免給予少年讀者以錯誤的示範，類此素材即應加以割捨。

二、在積極方面，凡是對國家民族充滿大愛，對同胞犧牲奉獻、造福人類的偉人。或是針對敵國的軍事、政治、外交行動，過程充滿機智，能維護國家尊嚴、利益的做法。甚至是知其不可而為之，堅守陣線絕不輕言投降的鬥士，雖然失敗，但不以成敗論英雄，其精神仍是可敬可佩的。類似上述的偉人、事件，對於少年讀者的心性發展有積極增強的作用，應予選用撰寫。

除掉消極、積極的注意事項外，將歷史事件改寫為少年小說中的「歷史小說」，在連綴生發之際，仍應遵守一些寫作的原則：

一、使「歷史」復活：「歷史」已成過去，它存在於書籍、檔案中。書籍、檔案中的資料是「死」的，因為它們已經被史官寫定、被史家肯定、被印成白紙黑字，後人無法加以更動。但這些資料也是「活」的，後代的研究者有心或用心地研究，必然可從其他典籍、檔案、方志、傳記中尋找相關資料，展現某一歷史事件或人物的原貌。此時「史料」會說話，它已因證據的出現而復活，可以用來檢查史書的記載是否正確，史官的史筆是否公正無偏，史德是否光風霽月，歷史事件是否被掩飾真相，歷史人物是否受到冤屈。唯有如此搜尋、比對、組合，才有可能使得歷史事件及人物復活。因為「小說家以真為正，以幻為奇⑦」，所謂「真」即是「史實」，所謂「幻」、「奇」即是「歷史小說」之所以使「歷史」復活的質素。

撰寫「歷史小說」的作家，極有可能在「上窮碧落下黃泉」地搜尋資料，閱讀汗牛充棟的史書後，才發現只是對某一句話或某一事件的原因稍有理解，因而會有「付出極多」，而「獲得極少」的慨嘆，認為「歷史小說」難寫而中途擱筆，這是人之常情！但是「歷史小說」作家不應因此而氣餒，應視此為挑戰，全力突破！因為在蒐集及考證階段，是撰寫「歷史小說」的「求真」階段，其目的在使歷史復活，將真相曝曬在陽光下，作者能一一檢視，而後的寫作自可左右逢源，順暢完成。

二、把握「歷史」的主幹：寫「歷史小說」猶如讓「古木」逢春發芽，使其生枝長葉、生機蓬勃。但是枝葉無幹、無根亦無法自長，因而在撰寫「歷史小說」之際，首須掌握歷史的主幹及根基，不可違背歷史記載，甚至大做翻案文章，因為「歷史小說只算是歷史的支流，遵循歷史，不私下改動歷史的原狀。⑧」

寫作「歷史小說」和「科幻小說」極為類似，前者要以「史實」為基幹，發揮想像力來添枝長葉，寫出「當然」的情況；後者則以「現實」及「科學」為基幹，發揮想像力來創造發明，寫出「可能」的情況，兩者都是「寫實」和「浪漫」相輔相成的性質。唯有「現實」及「想像」比翼頡頏，「歷史小說」才有可能既「求真」又有「求美」的藝術價值。

寫作「歷史小說」的「史實」部份，或是「偉人」的一生行誼，既是「歷史小說」的「素材」，在寫作之前，必得掌握「史實」真相，對於「歷史事件」發生的前因、經過、後果、必須瞭如指掌，而且和此一事件相關的時、地、人、物，也要進行廓清，充分了解彼此之間的關係，才算真正把握「歷史」的主幹。

對於「偉人」的行誼也應就事論事，以客觀方式去蒐集資料，盡量避免政治因素的介入、思想意識的影響，尤其在「事功」方面，更應從全人類、民族的角度來著眼，不應侷限於一黨一派的意識形態。此外，為掌握「偉人」的「史實」，個人日記、書信、著作、官方檔案及方志……等資料也應一併蒐羅，才有可能掌握「偉人」的歷史主幹。

三、連綴生發：所謂「連綴」即在排列、組合所蒐集到的資料，還原「史實」或「偉人」的流程。而「生發」則指在「歷史主幹」的基礎上，掌握大原則，憑藉作家個人的想像力，在枝節細微處生芽、長葉、開花、結果，平添「歷史小說」的可讀性。

在「連綴」之時，凡是可信的資料、事實無分大小皆應採納，以免形成「跳脫」而無法還原史實的真相。

在「生發」之際，則只能在不妨礙大局，無損人物形象的前提下，進行想像式的「著墨」。此處的「著墨」即是「歷史」和「歷史小說」迴異之處，「歷史」重在「可信」，而「歷史小說」則強調「可讀」，為求可讀性高，則「生發」的妙筆絕不可少。

撰寫「歷史小說」又和「歷史故事」不同，少年小說作家寫作「歷史小說」時不可不慎：

「歷史故事」只在說明一段歷史上的事件，只要將原因、經過、結果交代清楚，即是一篇結構完整的故事。而「偉人」事跡也列敘無遺，充其量只是「偉人傳記」，仍然無法歸入「少年小說」之列。

在撰寫歷史小說時，「史實」及「偉人行誼」是小說的內容，但「小說」不同於「故事」，乃「小說」要強調人物間外在的糾葛、衝突與矛盾，也要描述人物內心的思考、轉變，重點在「人物形象」的雕塑。因此，人物「形象的刻畫」乃是「歷史小說」和「歷史故事」最大的分野，作家在撰寫少年的歷史小說時不可不察。

第三節 自初開情竇發現眞情

根據嘉色氏（K.D. Catther）的《故事教育論》(Educating by Story）言及：兒童自誕生至成熟，要通過幾個決定趣味傾向的心理發展程序。其中十歲至十二歲為「勇力讚揚時期」(Heroic Period)，十三歲到十五歲為「傳奇趣味時期」(Romantic Period）⑨。

「勇力讚揚時期」即是「英雄崇拜」時期，適合閱讀「歷史小說」及「偉人傳記」。而「傳奇趣味時期」，則愛好帶有歐洲騎士風格的、浪漫的愛情故事。換言之，「英雄崇拜」即是「偶像崇拜」，國小五、六年級到國中生階段，對傑出、貌美、英俊的異性，會起崇拜、愛慕之心。而「傳奇趣味時期」更是愛慕異性之情暗中滋長的時期，面對這長達五年或更久的少年讀者群，在少年小說中適當加入「愛情」的題材，既符合少年心理發展過程，又切合現實生活需要，少年小說作者若能從「初開情竇」來描述少年人對異性的真情，將是頗為討好的作品。

十至十二歲的少年、少女已有「異性觀念」，並且會主動為班上「門當戶對」的男女生牽線、配對，這當然不是成人世界的「結婚」需求，而是認為當事者條件相當，好事者故意將他倆「送做堆」，是學習成年人生活的行為。

若是少年、少女互相傾慕，也會在言語、神情及動作上透露訊息，甚至早在小學三年級就會寫出〈我的夢中情人〉的日記⑩，表達對某位女生的愛意，現代少年心理上的早熟狀況，實在不容小覷。

到了國中階段（十三至十五歲），在生理上「性徵」快速顯現，多數男生或有「性」的需求及幻想，在家庭、禮教及學校壓制下，大多能自我克制，但切不可以為國中生對異性沒有「愛慕之意」或「非分之想」。例如李潼的《少年噶瑪蘭》，張大春的《少年大頭春的生活週記》、《我妹妹》，馬克吐溫的《湯姆歷險記》，都真切誠懇地描述少年、少女的「真情」，使讀者心甘情願地相信這些事實的存在。

但是少年、少女的愛情，畢竟不同於成年男女的愛情，在描述少年小說中的愛情時，要小心謹慎地刻畫少年主角含羞帶怯、欲迎還拒、善於嫉妒、善於猜忌，常因爭風吃醋而大鬧情緒的心情特徵，這完全是「純純的愛」，是一種情竇初開、柏拉圖式的「精神之愛」，必須和成年人的愛情故事有所區隔。

要如何發現少年男女的情意，要如何表現少年男女的愛情行為，要如何刻畫少年男女的愛情心理，筆者認為可朝下述方向來進行：

一、發現少年男女的情意

撰寫少年男女的愛情小說，毫無疑問的，中、小學的導師、級任老師要佔居很大的優勢，每天可以得到「觀察」的方便，至於其他作家若是有心，仍然可以發現少年男女間漸漸滋長的愛苗。

㈠**工作場合**：在做掃地、抬飯、搬東西、收發作業簿等工作時，少年男女會互相幫忙，並以眉目傳情。

㈡**上課場合**：視線固定往某個方向、座位飄送。某個對象發言時，視線緊盯不放。心儀對象不和自己說說笑笑，立即顯現不悅、沮喪等情緒化行為。上課中互傳紙條，互相約定課餘時間做某件事，或寫情書等。

㈢**比賽場合**：男生有意在某人面前逞英雄，表現得神乎其技，英勇無比，以圖博得對方好感。或是某個女生特別為某個男生加油打氣，聽到某個男生姓名，立即羞紅臉頰等。

㈣**同儕互動場合**：同儕嬉笑打鬧之際，常將某些少年男女姓名湊成一對，當事人既不承認也不否認，但有害羞，或追著開玩笑者輕打的動作出現……

㈤**校外場合**：上學、放學同行或互相等候，有食物則分享對方，課餘時間一起處理某事，或者互相到對方家中拜訪，或在電話中長談，生日時互贈禮物或卡片等。

少年男女的情意，多半是偷偷摸摸地進行，而且這種愛情的新芽很快隨著畢業、編班、搬家、升學考試等外在力量的介入，更換新的夥伴、環境，擁有新的奮鬥目標而枯萎，但是寫作少年小說者不應忽視這些行為曾經存在，而且左右少年男女的情緒甚鉅。

二、表現少年男女的愛情行為

文學作家在表現情意時，脫離不了聲音、笑貌、言語、表情及動作的描述，唯有如此才有可能將抽象的情意字眼，以具體的事物、具象的語詞做傳神的表達，使讀者能感受當事人所傳達的真情，少年小說尤需重視如此的技巧。

㈠**以動作表現**：《湯姆歷險記》中，湯姆看見律師的女兒貝姬・薩其將一朵三色堇丟在院子裡。他立刻以單腳跳的方式接近，環顧四周無人之後，即以右腳拇指及第二指將三色堇夾起。再迅速退出院子，以手拾起，放在上衣左邊的內口袋，因此處距離心臟最近，有最「貼心」的感覺，尤其能藉此表現他對貝姬・薩其的愛意。

㈡**贈送小禮物**：在〈血蝴蝶〉中，男主角林凱平本來瞧不起楊惠芬，等到他知道她的家世，又親眼看到她勤奮工作的情形，是個好女兒，又是個好姊姊，立即贈送她一個洋娃娃，並且感受到她深邃的眼睛有說不出的美麗。林凱平眼中則帶有祈求之意，希望先前所有對楊惠芬的欺負行為，瞧不起的心意，全由這個洋娃娃來彌補。

㈢**以言語表現**：〈血蝴蝶〉裡的林凱平一聽到心儀的對象——「鐵娘子」陳葳如，高喊「林凱平！加油！」的叫聲時，立即使出蠻力，將躲避球往楊惠芬頭上砸去，居然將楊惠芬打昏。事後又聽到陳葳如的冷言冷語，幾近威脅的口氣，心中情緒的變化極大，即是林凱平在意陳葳如的言語，並且訴諸行動的最佳描寫。

㈣**凸顯英雄行徑**：少年男女都敬慕偉人、欽佩英雄，團體中的傑出分子、凡在功課、運動、才藝、膽識上有過人之處者，必然會成為異性注目的焦點，獲得異性的青睞。尤其在「膽識」上更能凸顯其英雄的行徑，例如幫女性擊退騷擾者，在比賽項目獨佔鰲頭，幫異性處理繁重的工作，或者有如《湯姆歷險記》中，湯姆代替貝姬・薩其承認錯誤，而遭受老師的處罰，使得貝姬免去一場難堪——此一英雄行徑即已擄獲貝姬的芳心。

三、刻畫少年男女的愛情心理

常言道「誠於中、形於外」。所謂「外」就是「表情」、「動作」、「行為」；所謂「中」就是「思想」、「意識」及「心理」。「外」是外顯的，是有此情意之後的具體顯露，可經旁人的察識而得。「內」是內斂的，是具有某種情意之時的心理狀態。換言之，「愛情行為」是「動態」的，而「愛情心理」是「靜態」的。

佛斯特《小說面面觀》第五章〈情節〉曾言：

> 悲喜之情可存在於內心不為人知處，即個人的內在活動（secret life），小說家對此已有所接觸。內在活動是一種沒有外在徵象的活動，也不如一般人所想像的，可以從一個偶然的言語或表情中觀察得出。一個不經意的言詞或表情，其實跟長篇大論或謀殺行為一樣是外在徵象；它們所表現出的活動已經脫離內在活動的範圍，而進入動作的領

域了⑪。

由佛氏的論點，吾人可以獲悉：

> 凡是由言語、表情或行動，而使旁人知悉其用意，已不是內在的活動，而是外在的徵象。

能夠稱得上是「內在活動」的，必定是潛存於內心不為人所知之處，是人物「潛意識」領域中的隱密情緒，小說家有義務、有權利，也有能耐使這種情緒轉變成「獨白」，以使讀者知道、了解人物心理，因此，小說家是小說人物的「潛意識」和讀者溝通的主要橋樑。佛斯特又說：

> 小說的特出之處在於作者不但可以使用人物之間的言行來描述人物的個性，而且可以讓讀者聽到人物內心的獨白。小說家可以闖入個人自我交通的領域，甚至更深入到潛意識領域裡去。……小說家的用武之地即在這種潛意識中隱密情緒轉變成言行的短徑之上。他也可以顯示出這種轉變與獨白的關係。他對內在活動的一切都有權置評⑫。

表露內心的悲喜之情，即在將人物的隱密之情攤曬於日光之下，將「潛意識」轉變為「獨白」，筆者認為其方式有三：一為間接表現，二為直接敘述，三為意識活動。

㈠**間接表現心理**：此種技巧乃是藉由作者直接寫出人物心理，也就是由作者代替人物說話，其形式為——

他想：孩子都長大了，一個一個離家求學、就業，我們夫妻倆已經進入空巢期啦！

此種形式所表現的是：小說家已經闖入小說人物自我交通的領域中，因為小說家已是全知全能的神明，故能挖掘、得知人物內心深處最幽微、不會輕易展現的情緒。而此種情緒雖經小說家以文字來展示，事實上仍只是人物的心理狀態，仍未化成語言，和小說中發出聲音的「對話」大異其趣，它只是一種「無聲的語言」。

㈡**直接敘述心理**：此種技巧乃是作者隱身於幕後，直接由小說人物在心中說出一段話，而作者「湊巧」聽到這段話（讀者聽不到），再由作者「記錄」而成，這段話仍是一種「無聲的語言」，其形式為——

他心裡說　：「美美退回我送他的禮物，卻把國強送她的娃娃抱在胸前，美美是不是不理我了？……」

「間接表現心理」要比「直接敘述心理」更幽微，因為前者仍是「想」，而後者則是「說」，但是不管「間接表現」或「直接敘述」，作者仍較讀者來得厲害，不但能夠眼觀四面，耳聽八方，而且具有「他心通」的能力，直接化身為小說人物頭腦中萬億個腦細胞，掌控其思維能力。

㈢**意識流動**：此為二十世紀的小說中慣用的技巧，藉由此一技巧，使得小說人物有如「透明人」一般，可使讀者一覽無遺。

人類的頭腦是最精密的器官，它能在人物動作、言語之時，頭腦仍不斷地進行思維作用，即使在睡眠之時，仍有「做夢」的活動。人物在動態、靜態下，頭腦的意識作用是毫不止息地工作著，將此一「工作」結果，貫串成篇，即可成為「意識流動」的小說。

「意識流動」小說作品，比較適合於成人觀賞、了解，如果運用在少年小說中，雖具有「寫實」的效果，但是少年讀者恐難了解為何會有如此一段看似支離破碎的繁瑣事物、想法、言語出現，而且缺少動態的情節、動作的展現等誘因，少年讀者或有擲卷不讀之虞。

基於上述原因，少年小說若要刻畫少年男女的愛情心理，仍以「間接表現」及「直接敘述」為宜。

第四節 自科技事物發揚人性

身處科學昌明的時代，沒有任何人能置身於科學的影響之外，不少的成人小說作品，都曾以科技事物、科學事件為寫作的內容、題材，少年小說中的「科幻小說」也是如此。

少年讀者的觸覺極為敏銳，而且未脫離「童話作品」的喜愛，在十至十八歲之間，會擺落「鳥言獸語」式的喜好，投射在科學幻想事物及事件上，「幻想」成分依然存在，只是將「鳥獸」及「萬物有靈」的感受、體會，由自然科學的發明物品，星際探險家具有科學根據的理性事物所取代。

科技事物、科學事件是冰冷無情的，它所描述的只是科技產品、星際探險、科學實驗等素材，如果未經人性化的處理，跟科學研究報告並無兩樣，因此，「科幻小說」必須有「科學」、「幻想」的成分，再加上「人性」的質素，才夠稱為文學作品。

黃海先生在〈兒童科幻小說的寫作〉一文，曾引用香港博益出版社發行其作品《天堂鳥》時，對科幻小說的描述，吾人可以深知「科幻小說」事實上仍為「發揚人性」而設計：

> 科幻小說是一種奇特的文學題材。做為科學幻想，這類作品特別要求作者有天馬行空的想像力，大膽創新，超越已知的現實世界，跨越時空去開創無有之鄉。另一方面，做為文學作品，科幻小說亦需要有獨特的內涵，反映現實生活的各種問題，深挖人性的本質⑬。

由黃氏高見可知，「科幻小說」絕對不只是「科學小說」，也不只是「幻想小說」。述說一段精彩、生動的科學幻想故事，只是「科幻小說」的手段，藉由「科幻小說」來發揚人性，才是「科幻小說」的最終目的。黃海先生又在同一篇文章中談及：

> 寫給兒童看的科幻，應該是比較單純、富於教育意義、有啟示性的，……兒童科幻顯然的也具備了人文精神⑭。

對於「自科技事物發揚人性」這一命題，「科技事物」和「發揚人性」是互為因果關係的。少年小說作者為「發揚人性」，為使作品「富於教育意義」、「有啟示性」，他有許多的抉擇：歷史事件、繁瑣生活、少年男女純純真情、善待寵物、犯罪事件、詭異事物等的描述，同樣具備此種功能。但這六種題材都落實於現實生活界，未及「科幻小說」具有迷人的效果，而且為求軟化冰冷、生硬的科學事件、發明物，用軟性、溫馨的人性互為表裡，將使「科幻小說」和讀者互起共鳴。因此，不妨換說成「為發揚人性而美化生硬的科技事物」，而大開少年小說作者的寫作門徑。

至於該如何利用「科技事物」來發揚人性？筆者認為可從科技事物的發明目的、使用過程、內觀心靈世界、擴充外在空間以及和自然和平相處等方面來討論：

一、科技事物的發明目的：應著眼於為人類謀福利，促進食、衣、住、行的便利，在育、樂方面能提升人類的心靈境界。如果是醫藥的發明，則要增進人類身體的健康，能夠延長人類的生命。若是探險性質的科技事物，則可以內探人體幽微之處，外探宇宙深遠之地，達到至小無內，至大無外的境界。

科幻小說的作者在敘述「科技事物的發明」之餘，應於字裡行間潛存為「公利」的主旨，而不是為一己之「私利」，用以殘害人類，甚至取得對地球、對宇宙的控制權，稱霸地球、宇宙，遂行個人的野心及企圖。唯有如此，少年小說中的科幻作品，才有可能甄陶少年為公利而忘私利的優良品德。

二、科技事物的使用過程：科技事物的發明若不加以操作，仍然是靜態，無以禍福人類。如果使用者、操作者心存歹念，則必然造成地球毀滅性的禍患，因此，使用過程要比事物的發明本身更加謹慎小心。

科技事物的使用，在科幻小說的情節進行之際，居於主宰、重要的地位。若是使用者、操作者居於私心，思想做為控制人類的利器，則必然會與全力維護人類安全、福祉的正義人士引起爭端。此一爭端的引起、爭鬥、衝突的過程，甚至即將帶來臨界點的危險，是科幻小說最驚心動魄、最引人入勝，而且是最能表現人性光明面的情節，科幻小說作家對此一重點應勤加著墨，以圖深化作品的意涵。

三、科技事物可反觀心靈世界：科技事物的發明可以進行人體內部的探險或診療工作，例如〈聯合縮小軍〉，即是針對腦溢血的患者，派遣經過濃縮的醫護人員、器材，藉由靜脈注射進入人體，利用雷射槍進行腦內的燒除手術。此為醫療技術的大改進，但可惜的是目前尚無此種技術，文學家及電影家已跑在醫學技術之前，類此構想必然會對醫學人士產生莫大的激勵作用。

而在治療過程中，醫護人員並非徹始徹終的團結一致，而是基於私利、膽小、貪生怕死，在人體的「血管河流」上航行的「海神號」中，時起衝突，顯現出人性自私自利的一面。〈聯合縮小軍〉即藉由「體內治療」，展現人體的奧妙，「體內宇宙」的浩瀚深杳，並藉以省視人類身處危險之地，是否互助合作或各為已利的心靈世界，使全篇小說（已拍成電影）套著科幻的外衣，卻赤裸裸地直寫人性，反觀人類的心靈世界。

四、科技事物可以擴充外在空間：人類不甘被侷限於某地，手腳往外伸展，即在擴充自己的生存空間，因此，人類不以所居住的地球為已足，必定要向月球、太陽系諸星球展開探險，以滿足人類據地為王，把自己膨脹到最大的心態，科幻小說中的「星球探險」乃應運而生。

太空船航向深廣的宇宙，和航向人體內最幽微之處，同樣充滿危機四伏的情況，但是「好奇」、「探險」乃人性中最浮動、無法安定的成份，也唯有如此的「好奇」、「探險」始能促進科學的發達，人類的進步。

當太空船航向宇宙，即是人類手腳的延伸，想像力的發揮，「無遠弗屆」是星際探險者的圭臬。但在探險的旅程中，機械的故障，隕石的碰撞，長時間枯燥乏味的航程，容易使人類陷於沮喪、惶惶不可終日。若非稟性深厚，則無以度過此一難關，將在太空船中爆發衝突、攻擊事件，危及全艙人員的安全。此刻，即是「擴充外在空間」之際，免不了和「反觀心靈世界」互相取得平衡、協調的最佳時機，是玉石俱焚，或相忍為「船」，玉石兩存，乃是太空船船員發揮「大智慧」的時刻，也是人性的最大考驗。科幻小說應借助於人性的描寫，使得少年讀者對互助合作能有深刻的體認。

五、科技事物可以和自然和平相處：科技事物所強調的往往是「人定勝天」，但更多的事實是：人類能征服大自然，而大自然也不留情面地進行反撲，最後的受害者仍是人類。如此一來，「科技」仍然無法戰勝自然，此一課題應能激起科幻小說作家的悲憫心懷，作家的想像力必然走在科技事物的發明之前，作家應在科幻作品中宣導「科技」和「自然」取得平衡的主旨，教導少年讀者在「利用自然」之際，也要「尊重自然」、「維護自然」，人類才是地球的主人，也才能夠在地球上「長住久安」。

綜合上述各小節的用意，即在強調「冰冷」的科技事物，必然要與人性相結合，唯有寫出發揚人性的科幻作品，科幻作家在科技事物、發明中淬取題材，才有積極的意義。

第五節　自身旁寵物描寫物情

蒐集各種物品或飼養寵物，是許多青少年共有的經驗，「寵物」及「收藏品」是青少年的恩物，可用以慰藉心靈，或者當做自己的成就，也是毅力的表徵。

飼養寵物、蒐集物品也是生活的內容，但是生活小說常著眼於「人」，而蒐集物品或飼養寵物則著眼於「物」——動物及無生物。既然是「物」，則無自主的能力，必須主人善以待之，「物」才有可能幸福、完整、長久陪伴於小主人身旁。

從飼養寵物、蒐集物品的行為中，可以瞧見青少年的性向、興趣、毅力。如果長時間浸淫其中，專注心力於自己所經營的世界中，必然可以肯定其毅力、注意力，並且能於蒐集、飼養的過程中獲得某一方面的專業知識。這類的知識是來自經驗、來自生活的，要比來自課本的知識更加有趣。

少年小說作家若能對「物」多加關懷，並尋訪、探觸青少年的流行趨勢，也試圖投入青少年的蒐藏世界，體悟青少年身處蒐藏物品、飼養寵物之際，那種和動物、無生物喜樂與共的心情。再詳加描述蒐藏、飼養之法，必能深獲少年讀者的共鳴。再於小說中潛藏對「物」應抱持的態度，必能培養青少年「民吾同胞，物吾與也」的偉大襟抱。基於此一前提，少年小說作家應從青少年的養育寵物、蒐藏物品行為來淬取題材，著實毋庸置疑。

青少年養育寵物、蒐藏物品的行為，可以淬取出「尊重動物」、「愛惜物資」、「專注集中」、「分享朋友」、「民胞物與」等美德。但仍藉由寵物、收藏品之可愛、美麗、珍貴、稀少等物情來顯現，以使青少年讀者在閱讀之際，不知不覺中受到感化。

一、尊重動物

青少年飼養的動物不外乎：蠶、小白鼠、天竺鼠、小松鼠、小白兔、小貓、小狗、巴西龜、小金魚、小鳥等可愛、好玩的動物。飼養之初或許基於觀察生態、做報告、好奇、流行、喜愛等理由，能非常盡心盡力地養育。但事過境遷、曠日持久，由於驅策其養育的外力已經消失，常將養育、清理工作交予家中長輩代勞，甚或將其拋棄在外，任其自生自滅。類此「為德不卒」的行為，青少年的師長、少年小說的作家實有加以導正的必要。

師長及少年小說的作家們有義務讓青少年知曉：「動物」也是「生命」，人類要尊重地球上所有的生命，因為人類也是「動物」之一，沒有權利宣判其他動物死刑，也沒有權利鄙視其他生命。因此——「愛牠，就不要拋棄牠。」是一句值得省思的標語。

少年小說作家應該具有描述小動物的生態、可愛之處的能力，使得少年讀者對於飼養的小動物能摯愛不渝，將牠當做親人、朋友般付出真情，以培養其「民胞物與」的愛心。

二、愛惜物資

現代社會由於經濟發達、民生富裕，物質不虞匱乏，以致某些青少年「對物不珍惜」。「一粒一飯，當思來處不易；半絲半縷，恆念物力維艱」的美德，對年輕一輩直如天方夜譚般可笑。在物資可用之際即棄如敝屣，如此暴殄天物的行為，著實令人痛心。

青少年除了飼養寵物之外，對於心愛的事物會去關心，會去收藏，因此，模型、遙控玩具、電動玩具、電話卡、職棒卡、郵票、貼紙、鉛筆盒、髮夾、火柴盒、洋娃娃……等，都是他／她們收集的標的物。「玩物」既經蒐集、珍藏，青少年必然將之視為珍寶而不輕易丟棄，若能由此一良好習慣善加導引，使其培養出愛惜萬物的美德，必然可以減少浪費物資的情況發生，地球必能長養更多的動物，而且不至於使地球的資源枯竭。

少年小說作家可從青少年蒐集「玩物」的嗜好取材，針對「玩物」的特殊之處，描述其色澤、圖案、造型之美，聲音悅耳，顏色悅目，操作可以靈活手腳、頭腦之處，導引青少年重視所收集的「玩物」，善加珍惜，進而珍愛四周所有的物件，絕不輕易浪費，養成愛惜物資的美德。

三、專注集中

現代青少年很容易受到外界聲光、色彩的影響，投入光怪陸離的世界，導致迷失其善良的本性，甚而誤入歧途。為人師長者、少年小說創作者，設法使青少年「堅定心性」，該是當務之急。

青少年飼養寵物或蒐藏物品，若能培養其專注集中的美德，不會見異思遷，不因稍微的挫折而改變心志，做事能夠堅持到底，必可享受成功的果實。少年小說作家在描寫物情之際，即應培養青少年專注集中的美德。

四、分享朋友

分享的快樂勝於獨自擁有，青少年常因「分享」而結交許多朋友。飼養寵物的經驗，以及蒐集許多「玩物」的成果，若能和朋友分享，必能深得人緣，結為莫逆之交。

青少年也常因「分享」不正當的事物而誤入歧途，但是飼養寵物及蒐藏玩物則是正當的活動，既可怡情養性又能據以結交摯友，頗值得提倡。少年小說作家在淬取題材、描寫物情之時，若能著力於此，對於青少年的社交發展，將有莫大的幫助。

五、培養民胞物與的精神

由「寵物」及「玩物」為題材寫成的少年小說，猶如以少年男女的日常生活所寫成的作品，都要以「愛」、「誠」、「真情」、「互諒」、「互信」、「互助」等美德為主旨。

對於人類的「愛」，移注在「物品」、「動物」之上，就是「民胞物與」的精神，少年小說中有義務也有如此作用：能擴充幼稚時代的「小愛」，進而達到對全人類的「大愛」；能移注對於人類的「小愛」，進而施予宇宙萬物的「博愛」，能從尊卑、長幼、親疏、遠近的差等之愛，進步到「愛無差等」的境界。不獨視「民吾同胞」，而且能視「物吾與也」，此乃描寫物情以培養青少年「大愛」、「博愛」、「無私無我之愛」的最大功能。若能借助優良的描寫物情的少年小說，則「民胞物與」的精神培養，必然有如反掌折枝之易。

第六節　自犯罪事件展現智慧

社會正如日夜更迭，有其光明面，也有黑暗面。

少年小說如果一直描述社會的美好、光明、溫馨，棄反面、黑暗的題材於不顧，則少年讀者在閱讀少年小說之後，必然有如被拘囿於溫室中，青少年則成為其中的花朵，和細菌、傳染病隔絕，終究無法培育成健壯的花朵。職是之故，少年小說不可一仍童話舊貫，只描述人生美好、光明的一面，只出現溫馨、團圓的結局。少年小說作品應是善惡並陳，引導青少年進入社會，走入人群，使其知曉人心險惡，世道崎嶇，為其成人之後的處事待人能力預作準備，使其具有免疫力，而非在童話的無菌溫室中成長。

現今社會的犯罪事件可謂無奇不有，例如：綁票、雛妓、吸毒、販毒、販賣人口、拐騙幼童、詐欺、強暴、槍擊事件等，無日無之，某些犯罪事件就有可能發生在青少年身上。因此，在少年小說披露這些訊息，自屬必須，讓青少年心理有準備，總比猝然臨之而慌亂不已要來得重要、切乎實際。

少年小說如果選用「犯罪事件」當題材，切忌在文中將犯罪過程、方法、工具鉅細靡遺地描述，以免對血氣方剛的青少年產生誤導的作用。少年小說的最大功能，只是在提醒、警示社會上有「黑暗」、「暴力」事件的存在，隨時隨地要防範此類事件臨身。否則，即有「教唆犯罪」的嫌疑，本是充滿善意、規勸的「兒童讀物」即成「兒童毒物」矣！

若要以「犯罪事件」為少年小說的題材，不妨以青少年智破「犯罪事件」，協助擒獲嫌犯為著墨的重點。如此一來，既能展開青少年和嫌疑犯的鬥智過程，又使文中充滿懸疑、撲朔迷離的氣氛，提升作品中令人緊張、擔心，感到刺激的閱讀興味。

擇取「犯罪事件」為題材，應重視淬取青少年臨事之時，細心、機智、鎮定、團結合作的美德及精神，本節擬就此四項重點申論之。

一、細心

犯罪事件發生前，歹徒必有一段計畫的過程，在「謀定而後動」之際必有脈絡可循，徵兆必然會在事前顯露，若能「見微知著」預做防範，則一場「犯罪事件」必可消弭於無形。

少年小說作品若能在緊張刺激的情節中，指導青少年讀者如何瞧出事件端倪，如何根據冰山一角判斷水面下的大部份情況，加以正確的掌握，能夠趨吉避凶，或迅速和師長、治安機關連繫，遏阻犯罪事件的發生，類此安排，將是少年小說的最大貢獻。

二、機智

天有不測風雲，人有旦夕禍福，任誰也無法斷言自己不會遭遇飛來橫禍，但是「毋恃禍之不來，恃吾有以待之」才是吾人應有的處世哲學。唯有內心有所準備，臨事才不會慌了手腳。因此，有「心理準備」往往是機智及鎮定迅速發揮效力、作用的源泉。

少年讀者應被教導：在面臨綁票、暴力、凶殺、強暴等事件時，應善用身旁有利的條件，例如：吹哨子示警、跑向行人眾多的街道、不逗留在陰暗，人跡少至的角落、不跟陌生人到僻靜的地方、不隨便搭乘陌生人的車輛等，盡量降低災害發生的機率。

萬一災難已臨身，切記要看清楚人物的特徵、衣著、車輛的號碼，盡量以言詞虛與委蛇，拖長時間等候救援的到來。甚至以談判、欺騙方式來脫身。若是自己的同學、好友遇難，則要迅速告知師長、警察，並要把握人物的各種資料，以方便治安機關辦案。

少年小說作品在犯罪事件的描述上，應多多提供青少年機智脫困的案件，以增加青少年臨事的經驗。例如：

由父母親接送上學的孩子，面臨父母親的「朋友」或「叔叔」、「阿姨」藉口父母親太忙，無法來接送，要由他／她們代為接送時，不妨詢問對方：我的父母是什麼姓名，在哪裡工作。或者藉故去打個電話求證，或告訴對方：老師就在附近，父母親已經在路上。或者父母親和自己有暗語，父母親有沒有告訴你。……如此一來，歹徒必會知難而退。若是歹徒仍要強行綁架，則要大聲喊叫，或踢打對方，以引起路人的注意，務期使自己脫困。

三、鎮定

鎮定和機智是一體的，機智可以脫險，鎮定則可以保命，協助警方破案，將歹徒繩之以法。

在造成不幸的事實後，青少年應該保持鎮定的心態，認清發生事情的人、事、時、地、物，以方便警方辦案。例如：

> 聽清楚歹徒的聲音特色，所說的每一句話，互相的稱呼，記住現場附近出現哪些聲音，有哪些明顯的建築物，有哪些特殊的物品，……只要記住蛛絲馬跡，就可成為破案的關鍵。

少年小說作品應指導青少年讀者對付歹徒的要領，要以性命為重，脫困為先，並要以不慌不忙的態度和歹徒周旋到底，能擒獲歹徒就是勝利，充分展現其聰明智慧。

但是所有「脫困」的方法，必須和情節發展融為一體，不能獨立成條文式的「逃生手冊」或「安全手冊」，否則就和「安全教育」相似，而非少年小說作品。

四、團結合作

很多青少年基於正義感，對於「打擊犯罪」，以展現其「智慧」、「英勇」的事蹟頗感興趣，因此「打擊犯罪」的小說頗受歡迎。少年小說作家在寫作過程中，即應兼顧情節的生動，及合作打擊犯罪兩個重點，不應塑造個人英雄。若能描述某一集團中的若干成員，同心協力以破獲犯罪案件，則要比單打獨鬥來得可貴。

以在海岸防風林發現有人走私為例：一群青少年發現之後，可以由年長、聰明者發號施令，有人去報案，有人守在現場裝作若無其事地嬉戲，但在暗中記住船隻名字、顏色，搬運車輛的號碼、形狀、大小，車輛行駛方向，犯罪成員的各項特徵，以供警方查案的參考。

少年小說作者也有義務告訴青少年：切忌單打獨鬥，在敵眾我寡、敵強我弱的情況下，與歹徒鬥力無異以卵擊石，在敵我力量差異甚大的情況下，唯有和歹徒鬥智，並且團結合作，才能消弭犯罪於無形，展現青少年的大智慧。

第七節　自詭異事件顯現好奇

破獲「犯罪事件」能滿足青少年的「正義」心理，，而發掘「詭異事件」的秘密，則能滿足青少年的「好奇」心理。

「犯罪事件」的破獲，「冒險」的成分比較多，而「詭異事件」的揭穿，則「偵探」的成分比較濃。

「犯罪事件」可能帶來肉體、生命上的危險，而「詭異事件」則在心理上形成恐怖感，是膽量的考驗。

「犯罪事件」和「詭異事件」看似兩回事，實則息息相關。青少年如果細心，可能先發現某些徵兆，繼而覺得某些事情很詭異，開始「偵查」工作，進而發現「犯罪事件」，再聯合同學的力量配合警方加以偵破。如此一來，「好奇心」、「正義感」和「機智」的心理得以完全展現，必能完成令青少年讀者愛不釋手的少年小說作品。

「詭異事件」較偏向出乎常理之外，最初用人世間的道理所無法解惑的事項。例如《鬧鬼的夏天》一書所描述的就是：一個小學六年級的青少年，夜晚經過一個墳地，發現「鬼影幢幢」的詭異情形。但是他壯著膽子設法揭曉此一謎底：原來是北愛爾蘭共和軍，藉著陰森恐怖的「墳場」為基地，再利用月黑風高的夜晚，進行戰鬥訓練。派遣成員到英國各地放置炸彈、製造暴亂事件，促使英國社會人心惶惶，以遂行其要挾倫敦政府的政治目的。

「詭異事件」大多由鬼怪、鬼屋、靈異等事情引起，激起青少年的好奇心，亟欲一探其中秘密，因而開展離奇恐怖的情節，甚而發現其他犯罪事件。因此，「詭異事件」的結局，往往和「犯罪事件」合流。

「詭異事件」在事實未明朗之前，各種詭異現象令人疑神疑鬼，而「犯罪事件」則一開始就知道「人為事件」，心理上的「恐怖」感已減低，不像「詭異事件」一般震懾人心，也不像「詭異事件」一般具有吸引人一探究竟的魅力。若論兩者對於青少年的吸引力，應以「詭異事件」較佔優勢。

「詭異事件」的揭穿，有賴於作者抽絲剝繭的設計，先展示「現象」，再敘述所造成的眾人驚惶情況，接著是好奇的青少年介入，展開偵查工作，將「現象」一一破解成合理化，既能顯示青少年的機智，又能滿足其「好奇」的心理，自然而然形成閱讀的興味。

要使「詭異事件」具有吸引力，能讓作品中的青少年介入偵查，讓青少年讀者互起共鳴，願意閱讀，則「氛圍的塑造」、「事件的展現」、「意外的變化」及「謎底的揭曉」等設計，要十分用心並且具有創意。

一、氛圍的塑造

「氛圍」的形成，要靠外在事物的烘托，用外圍來襯托主體事件，以渲染出作品的氣氛，構成閱讀的趣味性。「氛圍」是次要事物，但要率先描述，則主體的探險過程、恐怖場面、詭異事件才有附著之處。

以「鬼屋探險」為例：一棟百年以上，年久失修的老屋，屋頂塌落，玻璃窗破碎，木門隨時發出「咿呀！」的開關聲音，圍牆倒塌，貓狗隨意進出。院子中有樹幹高聳、枝葉茂盛的巨木成林，長滿一人高的雜草，草叢中不時傳出「窸窸窣窣」的聲音。院子角落還有一口枯井，井水已乾涸，井眼填滿泥土及樹葉，只要夜幕低垂，不時從井中飄出五顏六色的燐火。屋子裡常傳出嬰兒哭泣聲及婦女的啜泣聲，夾雜著摔落碗盤的撞擊聲。如有行人從圍牆旁邊經過，立即感到一股寒意襲來，從背脊涼透四肢，並有四肢被控制，無法隨意轉向的自由。或是經過圍牆時，感到背後有人丟砂石，慢走丟得少，快跑則丟得快又多的詭異現象。再加上屋子裡有飄搖晃盪，不明來由的燈火，甚至瞧見其中有白色飄浮「物」。如果再加上隆冬深夜，月黑風高，遠方不時傳來狗的嗥叫，屋子裡傳出霹靂啪啦的聲響……如此一來，此棟古宅的「恐怖」氛圍即已塑造成功。

二、事件的展現

在「氛圍的塑造」時，仍然處於「傳說」的階段。等到激起青少年的注意，對於「探訪古宅」深感興趣時，即進入「事件的展現」階段。

青少年接近「鬼屋」時，果然發現屋中有白色「物體」來回飄動，陰暗處出現兩個大如銅鈴的「眼睛」，木門來回拍動，甚至於在青少年進入屋中之後，自動牢牢地關住，不再拍動發出聲音。屋中則發出「嘿！嘿！」的笑聲，或是某物飛行撲撞窗門、牆壁的聲音，牆上的畫中人物自動走下來，在屋中晃來晃去，廚房中的碗盤、碟子到處飛射，燐火貼近人身或追人等事件。

勇敢的青少年若不為此「詭異事件」所迷惑、驚嚇，仍然勇往直前，必可探知鬼屋的神秘、恐怖之處，破解其中蹊蹺：白色「物體」來回飄動，原來只是一塊晾曬的白布在迎風招展。兩個大如銅鈴的「眼睛」，竟是兩個五燭光的紅色燈泡。木門自動關閉原來是由一條繩子控制。「嘿！嘿！」的笑聲原來是自糊窗戶的牛皮紙的拍動。某物飛行撲撞窗門、牆壁的聲音，只是迷路的麻雀正在做垂死的掙扎。牆上的畫中人物自動走下來，在屋中晃來晃去，只是壁紙吹落在地板上飄動。廚房中的碗盤、碟子到處飛射，只是因為貓咪亂蹦亂跳，把它們踩落地上，而燐火貼近人身或追人事件，全因燐火比空氣輕，人一走動或奔跑，會搧動空氣成為微風，燐火隨即跟著飄動……

事件既然一一展現，又能一一破解，即無恐怖之處，「鬼屋」即非鬧鬼之屋，只是破舊失修之屋，不足為奇。

三、意外的變化

傳說中的恐怖現象既是穿鑿附會而形成，若青少年即此退出「鬼屋」，則全文中即缺少深度，那「詭異事件」的安排即無任何意義，接著，應該出現許多意外，才有可能造成另一個高潮。

細心的青少年應該會發現：「白布」是誰故意掛的，五燭光紅色的小燈泡是誰安裝的，木門為何綁了一條繩子，誰來控制開關，……很顯然的是：此棟鬼屋有人「捷足先登」，故意製造出各種「詭異現象」，嚇唬膽小之人不敢接近，企圖永遠「佔領」。而「佔領」的目的為何，此為值得推敲之處。接下來的情節發展，應朝「不讓閒雜人等接近的目的」動機何在來設計。

甚且安排有意無意中敲打地板或牆壁，出現清越的聲音，而知悉其為「空心」或有「夾層」、「地下室」，再探知「夾層」及「地下室」的作用何在，即可為此「詭異事件」開展「偵探小說」的情節。

四、謎底的揭曉

在青少年四處尋找「鬼屋」的「秘道」或「秘室」之時，不妨安排屋外似乎有人闖入而暫時避開。既然「使用者」已回返此處，則「偵探」們不妨暫時撤離，另起爐灶加以偵查。

接著，可以安排青少年在鬼屋四周找到較高的房屋，形成制高點，每人據守一個觀察點，配備「星光望眼鏡」、「對講機」隨時通報「監視」情況。經幾天觀察之後，發現「鬼屋」並沒有「鬼」，而是有人在深夜進出其間，故意「搞鬼」，使得附近居民不敢接近，以遂行其目的。

再來的就是「打擊犯罪」的情節，已非青少年所能掌控，更非青少年所能執行，唯有配合治安機關才有可能把謎底揭曉。

青少年們可以繼續監控，警方人員則趁黑夜掩至鬼屋，再一舉衝入，根據青少年的描述找尋秘道、秘室，因而破獲製造槍械的地下工廠，或是囤藏私貨的倉庫，或者是提煉安非他命的工廠，幫警方完成維持治安的工作。

如此一來，既能表現青少年的細心、好奇心、正義感，又能滿足青少年幻想自己是「警察」，能夠打擊犯罪的「英雄」的心理。而且由於生動的描述，情節的曲折，詭異事件的恐怖、破壞不法事件的鬥智過程，可謂高潮迭起，為少年小說提高閱讀興味，必可讓青少年讀者擊節稱快。

附　註

①參見羅盤《小說創作論》(臺北・東大) 頁三二七〈寫作怎樣選材？〉，其高見為「新穎脫俗」、「具有人情味」、「讀者樂於接受」 、「避免陳

腐、專門、以自我為中心」。

② 參見楊昌年《小說賞析》(臺北・牧童) 頁三十一〈選題材〉章。除掉「寫境——現實材料」外，仍有「舊事取材」、「虛構」、「其他方式」共計四個方向。

③ 同註②，頁十一，第一章〈創作論〉之第二節〈小說創作的程序〉。

④ 廣義的「故事」，指的是以散文方式來敘述，含有角色、情節、背景、主題，以及構成「故事」要件的其他質素或文體風格，如兒童文學領域中的「童話」、「神話」、「傳說」、「寓言」及「少年小說」等。

⑤ 參見林文寶《兒童文學故事體寫作論》(毛毛蟲兒童哲學基金會)，頁一一六，第二篇第二章第一節〈兒童故事的意義〉。

⑥ 參見周英雄《小說・歷史・心理・人物》(臺北・東大) 頁三十六。

⑦ 參見〈北宋三遂平妖傳序〉，收於《中國歷代小說序跋選註》，頁八十七。此為張譽 (張無咎) 之意見。

⑧ 此派對「歷史小說」看法有異於張譽、袁天令等人。認為「歷史小說」的功用在普及歷史、裨益風教，持此看法者，有蔣大器、張尚德、林翰、甄偉等人。

筆者對「歷史小說」的看法是：「遵循歷史」——把握「歷史」的主幹；「以幻為奇」——發揮想像力，使「歷史」復活。

⑨ 其他兩個時期為「韻律愛好時期」(Rhythmic Period) (3 ～6 歲)、「想像馳騁時期」(Imaginative Period) (6 ～ 10 歲)。

⑩ 作者為「臺南師院實小三年級小朋友」，茲抄錄如下 (錯別字、錯誤不改，當事人姓名隱去)：我的夢中情人

民國83 年11 月23 日第十五週星期三天氣晴

我的夢中情人是——我們全班最漂亮的〇〇〇，他長得很漂亮，頭髮又長，眼睛大的跟車輪一樣，因為這幾點所以我很喜歡他。但同學都

說：「我是大色狼」。

不過他有很多優點，比如說：「他跑步很快，寫得字像國中生一樣漂亮，上課很專心，他有那麼多優點，真讓我們佩服呀！

但他還有很多缺點，像是力氣太大，說話大聲，希望他能改過。那我就更喜歡他了。

希望長大以後，能跟○○○結婚，假如老師看到。希望不要罵我，這本來就是全班公開的秘密，只有老師您不知道。

無疑的，這篇「日記」是「少年小說」的絕佳素材。

⑾參見佛斯特《小說面面觀》（臺北・志文・李文彬譯）頁七十三，第五章〈情節〉。

⑿同註⑾，頁七十四。

⒀參見黃海〈兒童科幻小說的寫作〉，文載《認識少年小說》（中華民國兒童文學學會）頁四十五。

⒁同註⒀，頁四十八。

第肆章

少年小說的人物刻畫

小說作品必須擁有一段精彩的故事，讀者閱讀時才有甘甜若飴之感。而使故事精彩的質素，就是全由人物精彩的演出，換言之，人物是為扮演故事而存在的。

但是，人物如果只為扮演故事，只是作者筆下的一具傀儡，主戲落幕之後即刻了無生氣，並無法在讀者腦海中銘刻成深刻的印象。如此的「人物」是未經刻畫、雕琢的，沒有鮮明的形象，沒有與眾不同的個性，該篇作品僅以故事取勝，無法讓讀者因為作品中人物的一言一行而感動、共鳴。

俞汝捷《小說24美》曾針對「情節」與「人物」有如下看法：

> 情節與人物，乃小說兩大要素。描寫手段的曲折可使人物顯得飽滿而富於立體感，那麼，情節設計的曲折更是引人入勝的必由之徑①。

俞氏見解雖然正確，但是「情節」與「人物」在其論點中難免有各自為政之嫌。筆者認為：

> 「情節」可以塑造、刻畫「人物」；「人物」可以撐持、

> 貫串情節，優質的小說作品，必然是「情節」和「人物」相輔相成，以收紅花綠葉相互映襯的效果。

因為「情節設計的曲折」固然「引人入勝」，若無人物扮演，則情節無由進展；情節若能引人入勝，必然「人物」有其獨擅勝場之處，人物想有傑出的演出，則要依靠「描寫手段的曲折」。描寫手段不限於平面、容貌的直陳，仍要借助於情節的進行來展現個性。因此，「情節的曲折」也是描寫手段之一，唯有「情節的曲折」和「人物的刻畫」合而為一，人物的形象才會顯得飽滿而富於立體感。

英國小說家佛斯特的《小說面面觀》，將人物分成「扁平的」和「圓形的」兩種：

> 扁平人物（flat Character）在十七世紀叫「性格」（humorous）人物，現在他們有時被稱為類型（types）或漫畫人物（Caricatures）。在最純粹的形式中，他們依循著一個單純的理念或性質而被創造出來：假使超過一種因素，我們的弧線即趨向圓形②」。

俞氏所謂「人物的形象才會顯得飽滿而富於立體感」，即是佛斯特所謂的「圓形人物」（Round Character），「圓形人物絕不刻板枯燥，他在字裡行間流露出活潑的生命③」。但是在小說作品中，「扁平人物」和「圓形人物」的重要性無分軒輊，只有作者刻畫技巧的優劣之別，因為在小說作品的有機結構中，這兩類型的人物是互為映襯的，佛氏為此又特別說明：

> 小說家可以單獨的利用它，但大部份將它與扁平人物合用以收相輔相成之效，他並且使人物與作品的其他面水乳交融，成為一和諧的整體④。

基於二氏的理論，吾人可以得知「小說人物的刻畫」，理應包含「扁平人物」和「圓形人物」，因為兩者的差異僅在「單純的理念或性質」與否，而兩者的相同點則在於「使人物與作品的其他面水乳交融，成為一和諧的整體。」由此可知，「人物」不能獨立於情節、事件而存在，情節及事件對於「人物」則有孕育、塑造之功。因此，本章將就「人物」在「少年小說」中的刻畫詳予立論。

「少年小說」的人物應是正面的，能有助於作品對青少年的啟迪作用，同時又不失青少年天真活潑、好奇、同情心、正義感、負責任……等特性。至於其刻畫方式，可分從直接描寫、間接描寫、外貌刻畫、言語刻畫、動作刻畫、心理刻畫、情節刻畫等方面來進行。

第一節　直接描寫求精確

直接描寫人物，乃由文字直接敘述人物各端，「敘述者」可以是隱身於幕後的作者，也可以交由小說中的人物來見現，但是不管由誰來敘述，都是「主觀敘述說明」的方式，其要求為「精確無誤」。

有關於「主觀敘述說明」的意義，吳淳邦〈中國諷刺小說的諷刺技巧特點〉一文，曾引《小說的修辭學》一書，肯定 Wayne.C.Booth 以傳達者的主客觀態度和直接評述與否為標準，將敘述方法分成說明（telling）和呈現（Showing）兩種方式。說明方式就是作者通過敘述者或作者代言人的陳述，表達出其主觀的評斷與觀察。呈現方式則敘述人並沒有直接向讀者說明評價，而是以情節的推動來揭示作者的寫作主題⑤。

吳文所謂「敘述者」就是作者，「作者代言人」就是小說中的人物，因為是「說明」方式，常在有意無意間表達出其主觀的評斷與觀察，也就是直接描寫人物的外貌、衣著、行為、儀態……，並依作者主觀好惡，或交由小說中人物之眼、之口加以臧否，含有直接評述的成分。

直接描寫要如「靜物寫生」般的精確，可說是「寫實」的手法，針對人物的膚色深淺、器官大小、肢體胖瘦、衣著打扮、行為粗魯或斯文、儀態端莊大方或忸怩不安，進行對焦式的特寫，其標準在於「精確無誤」。

由於「直接描寫」帶有「直接說明」的功能，作者在行文之前已賦予小說人物某種性格，在行文之時已融入作者主觀的好惡，常在字裡行間顯現作者用心，無法像「呈現」般擺出事實，留予讀者無限的想像空間。

「直接描寫」是作者有意的引導，務必將小說人物加以定位，以執行其在情節進行時所必須顯現的作用及功能，描寫得越精確，人物性格也就越加凸顯，在小說作品中發揮其栩栩如生的效果。

「直接描寫」必須使用「白描」、「譬喻」、「形容」、「評斷」等技巧，使得少年小說中的人物，有如曝照於水銀燈下，無所遁形。

一、白描：即是「據實描述」，以「膚色」為例，若是「黝黑」就以「黑」為著墨處，強調不輸給非洲的黑人民族。以頭髮為例，若是「剛硬」就以「硬」為強調處，有人不小心碰觸，手指即被戳傷。總而言之，「白描」時，「垂涎三寸」不可能是「垂涎三尺」；「白髮三尺長」就不是「白髮三千丈」，完全是據實描述的技巧。

二、譬喻：必須動用到「譬喻」的技巧時，必然關係到「抽象字詞」轉化為「具體事物」的過程。「抽象字詞」無法給人身歷其境之感，如有「具體事物」的譬喻，則狀難寫之景如在眼前，可以省掉「白描」的筆墨，也可以避免「形容詞」的靜態堆疊，收效宏大。

仍以「膚色」為例，為摹寫某人「皮膚黝黑」的現象，吾人可以「像炭條一般黑漆漆」，或「好像從黑墨汁中撈上來一般」，使得讀者有具體、深刻的印象。

再以「頭髮」為例，為摹寫某人「頭髮剛硬」的情況，吾人可以「頭髮尖銳剛硬得像鋼針一般」，或是「他的頭上好像植滿鐵釘的釘床」、「帽子好像是被一根根的鋼釘撐起來的。」等譬喻文字，則頭髮的剛硬情況就相當的傳神。

三、形容：即就某些事物最特出的部分，用加上「的」字語詞，如「大的」、「紅的」、「黑漆漆的」……等。或現有的成語，例如：「萬人空巷」、「人潮洶湧」、「水洩不通」等，以摹狀、描寫某些人、事、時、地、物，處於某種狀況下的特殊樣貌，其目的在於使人有身歷其境之感。

在使用「形容詞」之際，若突如其來或單獨使用，容易使人有「突兀」之感，上上之策是先有「白描」，再繼之以「形容」，最後則加上「譬喻」。如此一來，則人物栩栩如生，活靈活現。

因為是「直接描寫」，往往帶有作者主觀的感覺在內，好惡常形諸於筆下，因此，在描寫之後常會出現臧否人物的字眼，若能交由小說中人物來見現、說明，則較具有客觀的效果。

「直接描寫」務求「精確」，其標準在於：用最妥當、最節省的字眼，能對人物做最傳神的刻畫，以切合人物外貌為上乘，並且希望人物個性和外貌能合而為一，使小說人物表裡一致，是有靈魂、有氣息、有血肉之軀，而非行屍走肉一般，或了無氣息的傀儡人物。

第二節　間接描寫求客觀

所謂「間接描寫」，第一層意義，指的是作者下筆之時，僅陳述事實、陳列情況，而不及於其他。第二層意義，指的是作者隱身於幕後，讓小說中人物走到臺前，作者將描寫、批評人物之筆，交由小說人物之眼、口、手來見現、品評。如此一來，既生動又能客觀，使讀者對小說中人物的外貌、個性，更能深信不疑。

「間接描寫」亦屬「客觀的呈現」，在吳淳邦〈中國諷刺小說的諷刺技巧特點〉一文提到：

> 呈現方式則敘述人並沒有直接向讀者說明評價，而是以情節的推動來揭示作者的寫作主題⑥。

事實上，「情節的推動」不限於「揭示作者的寫作主題」，它也可以用來刻畫人物的個性，例如：由自卑到自立到自信，由排斥到猶豫到接納，不只是情節的進行，也是心理的轉變，更是個性的改變過程，用以刻畫人物的個性是極為討巧的舉動。

吳氏提及「呈現方式則敘述人並沒有直接向讀者說明評價」，即是筆者所言的「間接描寫」第一層意義——「作者下筆之時，僅陳述事實、陳列情況而不及於其他。」

因為僅是「陳述事實、陳列情況」，所以是「客觀的呈現」；因為「不及於其他」，所以不做主觀好惡的品評。

唯有「客觀的呈現」及「不做主觀好惡的品評」，讀者才能完全做主，由自己的觀點來月旦小說中的人物，因此是作者將批評之權責交予讀者的「間接描寫」方式。

至於「間接描寫」的第二層意義——「作者隱身於幕後，讓小說中人物走到臺前，作者將描寫、批評人物之筆，交由小說人物之眼、口、手來見現批評。」指的是作者將敘事觀點、見事觀點交予小說中人物，由某甲來介紹某乙，由某乙來品評某丙，由某丙來見現某甲，使得人物的刻畫能和情節進行融為一體。

在「間接描寫」之際，應注意到「事實的呈現」、「視點的轉換」、「情節的配合」、「批評的運用」等技巧，使得小說中的人物逍遙自在的活動，讀者不覺得幕後有人操控，有如伸展臺上的模特兒，接受觀眾的品評而不自知，但是讀者或觀眾，小說中的人物相互之間，絕對擁有批判、品評對方的權利。

一、事實的呈現

小說的敘述者是個全知全能的神祇，可以知道人物的過去、現在、未來，可以描述人物的外表，更可以透視人物的內心，他可以大筆一揮，洋洋灑灑將人物做直接的描述，交代得非常乾淨俐落，但缺點在於缺少客觀性。為求達到「客觀的呈現」效果，小說敘述者可將人物的外貌、生活細節、為人處事、待人接物、內心想法等，有如水獺祭魚般，將其一一臚列，曝曬於陽光下，接受讀者的檢驗、體會，不同讀者會有迥異的解讀方式，使得小說作品更有存在的價值。

在呈現事實時，可以是刻意的、單獨的呈現，採用「敘述」（口述）方式來進行。但此一「敘述」（口述）技巧和「直接敘述」不同，「直接敘述者」是作者，此處則是「客觀敘述者」，作者將敘述的權利交予小說中的其他人物，由小說人物之口說出，因此所給予讀者的感受是大異其趣的。

呈現事實時，也可以是藉由小說人物之眼觀耳聽，將事實經由小說中的當事者來展現。「眼觀」是直接的發現，「耳聽」則是由他人告知，因而此處的展現方式，往往是伴隨著情節的發展而進行，不是刻意為「刻畫人物」而呈現，卻最具有「刻畫人物」的客觀效果。

二、視點的轉換

「視點」（View Point）即是「見事觀點」或「敘事觀點」，也就是小說中的人、事、物、景是由誰發現、看見而予以敘述、呈現。

在「直接描寫」時，「視點」掌握在作者之手，交予作者之眼去觀察，再由作者之口去述說，或由作者之筆去寫作，因此，「視點」是固定不變的。

但是在「間接描寫」時，作者的「視點」已移至小說中，由小說人物代為「觀察」、「敘述」。

如果是「觀察」，則仍維持「見事」原則，仍是由小說人物之眼，客觀地操控事件的進行。

若是「敘述」，則小說人物中的「敘述者」，不但「看見事件」的發展、進行，而且由小說人物主觀地敘述、批評；或僅由小說人物客觀地敘述、說明。無論是主觀或客觀的敘述、說明方式，都和由小說作者刻意的、主觀的、含有批評意圖的「直接敘述」方式不同，因為「間接描寫」所給予人的感受是客觀而公正的，讀者比較容易接受由小說中人物所表達的訊息。

三、情節的配合

人物個性的轉變會決定情節進行的方向，情節的進行更能刻畫人物的個性。

前述的「直接描寫」和「間接描寫」，都是為「刻畫個性」而有意為之，若是一再地口述、呈現當事人的各方面資料，畢竟都只是靜態的方式。若能經由「情節的進行」來配合，則此種刻畫個性的方式就是動態的展現，總要比「直接描寫」或「間接描寫」更客觀、更接近事實，而且讓讀者伴隨著情節的進行，自然而然地認同小說中人物的個性。

情節的配合是動態的，是進行式的，而且是漸進方式展現的，因此在「事件」的篩選上要特別用心，在「情節」的安排上也要合情合理。

篩選「事件」的主要目的，在於利用許多「事件」的「動態展演」（相對於「靜態陳列」）來刻畫個性，因此，「事件」必須對「個性的刻畫」有正面增強的作用才能選用。而有了可以使用之「事件」後，經由文學技巧的處理，將其設計為連串進行的「情節」，力求其「演進」、「變化」，則人物個性的刻畫自然而然地形成。

四、批評的運用

在「直接描寫」時，曾提及「說明方式」是「作者通過敘述者或作者代言人的陳述，表達出主觀的評斷與觀察。」而「呈現方式則敘述人並沒有直接向讀者說明評價。」本節所論述的正是「間接描寫」，只是「求事實」的呈現，何以又論及「批評的運用」？

其實，作者（敘述者）的評斷與觀察是「主觀的」；此時「作者」（敘述者）是局外人，並非小說中的人物，因而是「直接描寫」的技巧。等到作者將「敘述」的權利及身分交予小說中人物之後，「敘事」及「見事」觀點都是「幕前」的小說人物來執行。由於小說人物是身歷其境、親臨現場，他看得真切、聽得分明、感受最深，他最具有資格批評小說中其他的人物。如此的批評方式和「作者」（敘述者）直接跳出來評斷，在「立場」上大大不同，在「可信度」上也大幅度的提高，在「態度」上是客觀的。因此，由小說中人物來批評其他人的方式，仍然是「間接」的描寫。

運用小說中的人物來批評其他角色時，最好伴隨情節的發展來進行，可藉由某一事件，因某人面臨此事的反應，或是處理的方式不盡令人滿意，小說中人物因而對其批評、撻伐或頗有微詞，都是「客觀的」批評的運用，讀者若不細心體會，較難察覺作者意圖。

在「客觀的批評」之時，小說中的批評者可由眼色、表情的不屑，行動的不予理睬，在情節進行中出現疏離的行為等，較和緩的方式來「評斷」。至於借用「對話」時的譏嘲、詈罵、貶抑等方式來批評，則屬激烈性質的批評，讀者可以立即獲知作者用心之處。

第三節　外貌刻畫求神似

第一、二節所論述的「直接描寫」及「間接描寫」，僅是「人物刻畫」的基本原則。至於人物的刻畫，可由能夠見及的外表，可以聽聞的言語，可以目睹的動作，可以察覺的心理，以及利用情節的進行等方面，來使一個角色栩栩如生。由本節開始，將分由人物刻畫的實務來立論。

俞汝捷《小說24美》曾說：

> 小說，是以描述見長的文體，較之以抒情見長的詩歌，它更需要通過流動的描述來寫貌狀物，塑造形象⑦。

因為小說以描述見長，重視的是用洗煉的筆法，將作者本意清楚地傳達給讀者，類似詩歌中以含蓄方式，朦朧表達的「抒情」、「寫意」手法，在小說中應盡量避免。因而「流動的描述」是要使「靜態的語詞」，具有生命，具有神采，同時也要求描述的流暢與躍動。這其中「動」和「靜」的關係互為映襯——「動態」是為了表現「靜物」，「靜物」則依恃「動態」而活化。

「靜態的語詞」和「靜物」，唯有在「流暢的情節」及「動作的狀態」下，才有可能化靜為動。俞汝捷在《小說24美》中又說到：

> 從「動」中表現的「靜」，是有生命的「靜」，有活力的「靜」。……當刻畫人物的外貌或描繪靜止的景物時，如何化靜為動，化美為媚（動態的美），就大有講究了⑧。

「外貌刻畫」是描寫的功夫，而不是敘述的文字。

描寫的文字是靈活的，敘述的文字是堆疊的。

描寫的段落會具有具體而生動的形象，敘述的段落則呈現沉悶而刻板的畫面。

小說特別重視「情節」的安排，唯有「一波三折」，才可能緊扣讀者心弦。「一波三折」就是動態，是小說生命有機體存活的動力，因此單獨存在的敘述文字是死的，唯有許多敘述文字的連綴才能顯示生命。而「描寫」、「刻畫」的文字是活的，她可以脫離情節的進行而獨立，她自己洋溢生命力，因其具有「兩棲」存活的優越條件。

經由上段的論述，吾人可知「外貌刻畫」的極致成就是活靈活現，也就是「神似」。

何謂「神似」？它指的是「神情態度彷如真人」，是點睛之後能飛上天去的「畫龍」。魯迅曾說：「借一斑略知全豹；以一目盡傳精神⑨。」即指「傳神」、「栩栩如生」的「神似」狀態。

「一斑」以知「全豹」，可知「外貌刻畫」不一定要寫出全部的肢體器官。「一目」盡傳「精神」，可知「外貌刻畫」要抓住重點，描摹神采，「眼睛」正是人體靈魂、精神所在，若能著力於此，則人物必可栩栩如生。

要進行外貌的刻畫，可分由「作者可以眼觀而得的」、「肢體的描寫」，再以「動作的狀態」技巧來精雕細琢或加以映襯凸顯。

一、肢體的描寫

「肢體」包括五官及軀體，是小說人物給人的第一印象。身體髮膚，受之父母，是先天已決定，無法予以變更的事實。也就因此，人物各有特色，若在肢體及臉部的五官、表情上能描摹其特徵，拍攝其精神，則此小說人物雖印刷在白紙黑字的平面媒體上，事實上已具有立體、具有呼吸能力，具有顧盼生姿的神采，彷若小說人物已迎面走來，和讀者把臂言歡、高歌狂跳。

想進行「肢體的描寫」，必須具備如「靜物寫生」的細膩功夫。大者如軀幹四肢，小者如筋絡汗毛；明朗如毛髮皺紋，隱密如肌肉紋理，都要使用聚焦鏡頭加以特寫，使用放大鏡加以觀察。再加上使用精當、正確的描述文句、形容語詞、譬喻技巧，才有可能將「肢體」、「表情」的精華、特徵加以「定相」，給予讀者明確不移的訊息。

進行人物個性刻畫的文字，單獨為之，固然有其生命及功能，若能伴隨情節的進行而描寫，則如春水泛舟，使舟船擺盪不已，更充滿動態之感。

二、動作的狀態

小說人物「動作」之時，必然和情節的進行相輔相成。「肢體的描寫」若是單幅的幻燈片，則人物「動作的狀態」就像電視、電影連續的畫面。不只是「動態畫面」具有生命感，小說人物一舉一動也充分具備生命感。

所謂「動作的狀態」，就是寫出小說人物的聲容笑貌，顰蹙舉止；寫出人物在活動時的眼神、手臂的揮動、腳步的挪移、臉色的轉變，使讀者有如親聞謦欬，親炙其體溫，親視其眼眸，親執其手臂，感受「小說人物」成為「活人」的熱力及精神。

小說人物的「動作」狀態，仍應接受作者的規範，絕非躁動、盲動、暴動。其動作是作者為「刻畫人物個性」而設計，因此，小說人物摟抱、親吻小孩的動作，可能就是作者在刻畫他親切和藹、充滿愛心的「個性」。小說人物雙手緊抱在胸前，以冷峻的眼神投向對方，嘴角再出現「不屑」的牽動，可能就是作者在刻畫他冷酷、拒人於千里之外，或是瞧不起對方的「心態」。

由此可知，要描述小說人物的「動作狀態」，就是要善用、解讀「肢體語言」，因為「肢體語言」的背後有其深層的意涵。有所謂「誠於中，形於外」，內心有何念頭，外表即可出現何種動作，因此「肢體的動作」是「表」，「內心的想法」是「裡」，在描寫人物時要選用其深具心理意涵的「動作」，並且要和心理描寫互為表裡以求相輔相成，如此一來，則更具「神似」的效果。

三、流暢的描述

刻畫外貌要求「神似」，能夠掌握「肢體」及「表情」的「動作」狀態，可使人物彷如具有生命，但其先決條件乃在於「流暢的描述」。所謂「流暢」即是「流利通暢」，沒有任何的阻隔。描述時要達到「流暢」的要求，首先是「文句要通順」，其次是「思路要通暢」，再來是「敘述要條暢」，最後是「情節要流暢」。

談到「文句要通順」：即是以最淺顯、最富意涵、最簡潔的文句，把小說人物推介給讀者，由於有通順的文句，對於人物的刻畫才會有平順、一氣呵成之感。

其次是「思路要通暢」：重點在於思考要篩選何種素材？如何著手描寫？才有可能暢通無阻，前後一貫，將小說人物的「個性」以「事例」來刻畫成功。

再來是「敘述要條暢」：「外貌刻畫」必然涉及頭部、頭髮、眼、耳、鼻、舌、眉毛、嘴巴、手、腳、軀幹……。在從事「寫生式」的刻畫時，要特別注意「條暢的敘述」，也就是某個器官、某個特徵經著力描寫之後，再轉至其他部分，切忌東拉西扯亂成一團，使得讀者無法獲得清晰、完整的概念，則「神似」的效果必然大打折扣。

最後則是「情節要流暢」：一篇小說係由無數個情節所組成，情節之間的遞進要像行雲流水，了無罣礙，全無阻攔，彼此之間的銜接自然流暢，看不出斧鑿的痕跡，始為上乘。情節的進行既能流暢，則人物個性的刻畫和情節的進行合為一體，由於歷經一段長時間的演變，更容易掌握人物的個性，使小說人物更

「神似」於真的人。

第四節　言語刻畫求鮮活

少年小說中的「言語」，指的是小說人物的「對話」。「對話」使人有身歷其境之感，並能維持情節的進行，而最重要的功能則在於可以刻畫人物的個性。

在刻畫個性時，有所謂「人心不同，各如其面」的說法，若是使用「言語」來刻畫人物的個性，吾人亦可說是「人心不同，各如其語。」在本節的論述中，吾人暫將「身歷其境」及「推進情節」的「對話」功能撇去不談，主要以「刻畫個性」來立論。

小說中有敘事、寫景、狀物、對話等不同的描述技巧，前三者係由小說作者直接說明，或作者交予小說人物代為觀察及執行，至於「對話」一項則全由小說人物來「交談」，但是幕後的操控者仍是作者。作者為求情節正常的進行，為將小說最精彩段落呈現在讀者面前，也為了利用「對話」來展現人物個性，小說人物的「對話」往往經過縝密的設計，以求達到預期的功能。

此處的「言語」專指「對話」，她與「語言」不同，「語言」是「文字」的同義詞，指的是作者如何遣詞造句？是作者駕馭文字的風格。而「言語」則要表現小說人物言談的風格，由此可以看出小說人物的人格素養、學歷涵養、從事何種行業，個性的趨向、交談時的心理狀態，最能表現小說人物的內在、自我。

小說作者對「言語」的設計也要如刻畫外貌「先觀察眾生面相」一般，從「傾聽眾生聲音」開始，體察不同的音色，各年齡階段不同的對話用詞，各階層人士特殊的對話用詞，不同的情緒迸出何種對話內容。並且對每句話都能深入剖析其深層意涵，再回溯運用在小說人物「「對話」的設計上，以求各段對話正如人心人面，庶幾不致使得對話千篇一律，無由展現人物的個性。

「言語」的設計，是刻畫人物個性各種方法之中最直接、最活跳、最具生命力、最能窺知人物心理的不二法門。為使人物個性刻畫成功，必須妥當運用「言語」，小說中的「言語」設計，必須遵循「日常生活用語」、「與心理結合」、「與心情結合」、「與年齡結合」、「與身分結合」等原則，簡單地說，就是要寫出「人物所應當說的話」，並且要伴隨肢體動作、臉孔表情出現，以使說話者能給予讀者「親臨致詞」之感。

一、日常生活用語

小說在描述人生、展現人生、刻畫人生、指導人生，以期「提升人生」，則其題材必然取自人生。因此，日常生活中的事物、語言，自然成為小說作品援引的標的，也唯有從日常生活下筆，小說人物才有生存的空間，其無形軀體才有附著之處。

日常生活中有白話，也有雅言。並不是「日常用語」指的就是白得、淡得如「白開水」的打哈哈之語。所謂「日常生活用語」就是要考慮到小說人物的身分、地位、年齡、階級、工作、團體、同儕等周遭環境、因素，在與他人溝通交流時所可能出現的用詞。販夫走卒也可能說出頗具哲理的「文雅諺語」，但更多時候說的是他的生意用詞。達官顯要更多時候說的是滿口滿腔的官話，但在與家人團聚，與故舊耆老晤談時，也可能使用令人深感親切、毫無官架子的「白話」。

總而言之，「日常生活用語」的使用要考慮到場合、身分，而且也要注意到小說人物和晤談者的關係才能正確使用，匆忙之中遽下決定，則小說人物所說的話往往是作者的「自言自語」，而非小說人物所該講的話。

二、與心理結合

「心理」指的是「內心的想法」，與「心情狀況」大不相同。「心情」是喜、怒、哀、懼、愛、惡、欲等情緒反應，而「心理」則是自卑、自大、自我、狂妄、酸葡萄、甜檸檬、嫉妒、補償、防衛、攻擊等自覺或不自覺的反應。

以「酸葡萄」為例，小說人物在得不到某項物件或榮譽時，可能對該物件或榮譽有所貶損，在得獎者面前說出「酸溜溜」的話語——該物件不好、有毒、無法長期擁有……。該項榮譽沒啥了不起，我只是不想獲得而已，如果想要獲得該項榮譽簡直易如反掌折枝，根本不費吹灰之力——類此談話內容，即是「酸葡萄心理」的反應。

從上述例子可知，利用和心理狀況結合的「言語」來刻畫人性，是最無隱晦、最傳神、最鮮活的技巧，刻畫成功的可能性極大。

三、與心情結合

人的行為常受「情緒」影響，言語也不例外，所謂「油腔滑調」、「口不擇言」；所謂「口無遮攔」、「口出惡言」、「苦口婆心」、「甜言蜜語」、「苦不堪言」……，都和說話者的心情密切相關。

人的情緒在正常情況下都是「心平氣和」，若有外界事物加以刺激，則會造成心情的波動，依照刺激事物的性質，產生各種情緒，在言語上必有相應的機制。當一個人面臨喜事時，必然眉開眼笑、歡天喜地，所說的話也呈現喜氣洋洋的狀況。若是此人欣逢喜事，精神爽快，卻不露絲毫喜悅之情，形成「喜怒不形於色」的局面，則此人不是看淡世情，便是巨奸大憝，城府甚深，不可測度。

小說作者在設計「對話」時，應思及「言語」及「心情」乃是互為表裡，由「心情」來設計「對話」，或由「對話」來表現「心情」，都足以刻畫成功小說人物的個性。

四、與年齡結合

「年齡」代表老幼、經驗、工作、觀念、身分……的差異，一位七十歲的老者，和一個十二歲的少年人，由於年齡的差異及生活圈子的不同，同儕的互動，在言談之際必然產生用詞上的歧異。少年小說作者在設計人物對話時，必須走入少年群體中，和他們互通聲息，感受其詞彙的生命活力，以求得少年生活用語的貼切性及鮮活性。林良在《淺語的藝術》一書中曾言：

> 那語言必須是「生活裡的真實」。換句話說，那語言必須是真實的語言，……再換句話說，那語言必須是小讀者接觸得到的，會說會聽的語言。……我們必須熟悉孩子的「語言世界」。寫作的時候，我們運用的就是「孩子的語言世界」裡的語言⑩。

此處的「語言」包含少年小說作者的「敘述用語」，以及小說中少年們的「對話用語」，無疑的，在寫作時都得和成人作品、成人的言談用語有所區隔。

在「敘述用語」方面，林良強調：

> 一個夠水準的兒童文學作家，不在作品裡寫「經濟困難」或「情緒低落」。他要懂得運用「家裡沒有錢」、「沒有飯吃」、「懶得說話」、「一肚子不高興」這樣的語言來寫作⑪。

「經濟困難」及「情緒低落」都是抽象的語詞，而「家裡沒有錢」、「沒有飯吃」、「懶得說話」及「一肚子的不高興」，則能夠把抽象的語詞，用具象的感覺及具體的事物來表達、呈現，必然能使小讀者看得懂、聽得懂。

至於「對話用語」，更要從兒童的日常生活用語來取材，必須是真實的語言，小讀者接觸得到，會說會聽，並且是常說常聽的語言，唯有和年齡結合的對話用語才有可能鮮活，也才能夠刻畫人物的個性。

兒童的日常生活用語，指的是在食、衣、住、行、育、樂之時，針對其感覺，採取有話直說的方式，較少拐彎抹角，並且以敘述句型、祈求句型為主，形容詞及成語也比較少見，或是使用之後才被發現是錯誤，因而鬧出笑話，形成「兒童的趣味性」。例如：「開玩笑要『適可而止』啊！」居然被誤解成——「為什麼開玩笑一定要『四個兒子』，我們二個兄弟就不行嗎？」

五、與身分結合

少年小說的主角雖是「少年」，但也會出現老師、父母親、歹徒、警察等「大人」。因此，在寫「對話」時，各個角色所說的話，必須和其「身分」密切相關，也就是要說出「當行本色」的話。這些「對話」又必須考慮到兒童的接受程度，才不致引起兒童的誤解，讀者在閱讀之際也才不覺得有虛假做作之感。對話要朝「日常生活用語」去設計：老師會出現「教訓口吻」的話，也有可能是「和藹親切」的安慰語。歹徒則出現威脅、恐嚇語氣，使得兒童畏縮、害怕的話，也有可能說出欺騙、甜言蜜語，使得兒童無法辨其真偽的話。班上的班長、風紀股長為維持秩序，必然會出現「命令式」語氣的話，也可能「狐假虎威」、「假傳聖旨」，說出超越其權限的話。父母親對孩子則經常出現「限制性」的用語，孩子對父母親則不乏撒嬌、要求的話。在兄弟姊妹間可能和睦相處，出現客客氣氣的用詞，也有可能為爭搶玩具、爭搶掌握電視遙控器而相互叫罵。總而言之，所謂「身分」就是每個人所扮演的「角色」，要依不同的「角色」地位，在不同的場合說出得體的對話來。

第五節 動作刻畫求生動

小說人物在情節進行中會有「言談」、「舉止」。「言談」指的是「對話」，已在第四節詳述其刻畫技巧。至於「舉止」，指的是小說人物的「動作狀態」，也就是「動態」的展現。依照小說人物粗魯或斯文、暴躁或沈穩、易怒或和藹、親切或疏遠的動作，可以看出此一人物的個性。

「動作刻畫」應伴隨「言語刻畫」來進行，有「言語」而無「動作」，則小說人物僅似「機器人」說話，絕對無法予人栩栩如生之感。僅有「動作刻畫」而無「言語」來顯現其心情變化，則小說人物有如「傀儡」、「戲偶」被操控，或甚至觀看一場無聲電影。

「動作刻畫」應包含大範圍、大肌肉的肢體及軀幹動作，也應包括小範圍、小肌肉的臉孔表情，因為人類說話時會隨心情變化而牽動臉孔肌肉。到了最深刻、最激烈的心情變化時，也必然出現更激烈的動作。因此，用「動作」來刻畫人物時，即應「鉅細靡遺」，要求能將人物的動作及表情一併寫入，使小說人物真正甦活過來。

「動作刻畫」易學而難工，何謂「易學」？在一般小說中最常見的描述「表情」、「動作」的詞句，往往是「動詞」加「地」的形式，這完全是由英文的「副詞」（動詞加 ly ）形態而來。描述某甲是「憤怒地說」，描述某乙也是「氣憤地說」，描述某丙仍是「發脾氣地說」。如此的「動作刻畫」，根本就是千篇一律，是「罐頭形容詞」或「罐頭副詞」，完全是撿現成的來使用。所要刻畫的人物缺少「個性」、缺少「殊相」，所有人物的表情、動作都是一個模子印出來的，是非常失敗的個性刻畫。

所謂「難工」就是一般作者都是「想當然耳」，刻畫人物的動作全憑想像，欠缺對實地、真人的觀察，若能在平時從人群中挑選特殊分子，針對有特殊動作的「模特兒」，詳加觀察、記錄、摹寫，等到提筆寫作時，這些特殊的人物必然一個一個浮現，稍加改頭換面即可成為作者筆下頗具個性的人物。對於人群的觀察、記錄、摹寫為何「難工」？因為一般人常「視而不見」，或者未曾「用心去看」，未曾「用心去體會」，或只看見人物活動的「現象」，只停留在「表象」的層面，未能深入去解讀人物動作背後的深層意涵，則所刻畫的人物必然欠缺個性，頗難達到「工巧」的地步。

「動作刻畫」的要求是「生動」，若有適切的摹寫技巧，則人物的一舉手、一投足、一顰一笑、一揚眉一蹙額都各具神態。正如《水滸傳》中的一百零八條好漢，在施耐庵筆下歷經摹寫又塗改、塗改又摹寫，朝朝暮暮和好漢的畫像相處，感受其謦欬聲息，將畫像當成「真人」看待之後所獲得的佳績，一點都無法僥倖。摹寫的功夫絲毫都不能簡單省略，否則，所描寫的小說人物仍如下戲後的戲偶，欠缺聲息、欠缺生命，只是小說作品中一項擺飾用的靜物。

為使動作的刻畫能夠生動，應該注意到「和言語互為闡釋」、「不著一字，盡得風流」、「鉅細靡遺的描寫」、「少用副詞描寫」、「多用形容詞」、「使用比喻技巧」等原則，以幫助小說中的人物具有「元氣」，在小說中各具聲容笑貌。

一、和言語互為闡釋

人類表情達意時，可以高談闊論，也可以輕聲細語；可以比手劃腳，也可以擠眉弄眼。高談闊論可能伴隨幅度甚大的肢體動作；輕聲細語或許要由細膩的臉上表情來豐富其感情。「言談」與「舉止」間，無論哪一方較強勢，總要由弱勢的一方加以闡釋、增強，以追求「表情達意」的效果。

「動作」之時若有「言談」的注解，則人物的「動作」更加傳神；「言談」之後能有「動作」的闡釋，則「對話」更增意涵。因此，「言語」和「動作」在刻畫人物個性時往往是同時出現的，在「心不平，氣不和」時，「動作」會表現得激烈、誇張；在動作斯文、態度和藹時，「言語」必然是親切輕柔，人物的個性就在「動作」和「言語」互為闡釋之時刻畫顯現。

上述「和言語互為闡釋」的原則，是在小說人物「對話」之際，為求「實境虛擬」或「虛境實擬」，以凸顯對話當時的情境，以及發言者的心境，甚有必要運用「動作」及「言語」互為闡釋及增強。至於只有「動作」以顯示「情意」，能夠「不著一字，盡得風流」的情況，更是所在多有。

二、不著一字，盡得風流

「動作」需要借助「言語」來闡釋、增強，畢竟已經落於「言筌」。「動作刻畫」的極致要求是——「不著一字，盡得風流」，由作者設下情境，教讀者閱讀之後，能有「只可意會，不能言傳」的了悟，將比「千言萬語」的刻畫、描寫更加打動人心。

所謂「設下情境」，指的是襯托動作進行的「背景」。在經過設計的環境，刻意塑造的氣氛之下，已經到了忍無可忍的地步，已經到了不得不爆發的臨界點，再讓故意安排又能顯現人物個性的主動作出現，則此一動作震撼讀者的視聽效果，遠比直接刻畫某項動作的長篇大論更具衝擊力。

電影的畫面、鏡頭能夠直接帶到角色身上，因此，在小說作品中一而再、再而三的摹寫，花費甚多的篇幅，其效果可能比不上電影的特寫、焦點鏡頭。因此，在寫作時若能具備電影的「運鏡」觀念，先做總的背景的描述，再進行中距離、中場景的拍攝，最後縮小到最小距離、焦點的畫面，並且保持「靜止」（包含聲音及運鏡）一段時間，則其感動讀者的效果當不言可喻。

小說作者在刻畫人物的表情、動作時，若能引入電影的技巧，必可「不著一字，盡得風流」，以最少的篇幅、最簡潔的文字獲得最高的經濟效益。

三、鉅細靡遺的描寫

此處的「鉅細靡遺」，指的是不要忽略任何一個細微的部分，肢體動作是鉅大，臉上表情是細微；驚天動地的事件是鉅大，個人生活的隱私是細微。越是細微事物的描寫，越可看出作者用心之處。並不是指針對任何一件事進行全盤托出，百分之百的描繪，才是「鉅細靡遺的描寫」。

一個人的心情、個性常可由細微處觀其全貌，所謂「見微知著」即是「由小看大」。思緒、觸覺敏銳的小說家不但對鉅大的事件能全盤操控，對於蛛絲馬跡般細微，卻能用以測知人物心理的線索也不放過，甚至有把握由細微的事件敷衍成動人的情節，刻畫出小說人物的個性，此即「鉅細靡遺」的真正意涵。

小說作品雖以敘事為主調，不強調抒情；以直敘為原則，不鼓勵含蓄，但是「意在言外」、「弦外之音」的境界，仍是刻畫人物個性的極致，只寫出十分之七，卻有百分之百的效果，任誰看了都會擊節讚賞！

總而言之，「鉅細靡遺」指的是蒐集材料時，不容漏失任何重要的環節，但在描寫之際卻可以有保留、有潛藏的部分，應該像一座冰山，露頭者僅佔小部分，重要的是水平面下隱藏的大部分，而這潛隱未發表者，即可留予讀者以更多的想像空間，使其閱讀之後回味無窮。

四、少用副詞描寫

刻畫人物時，最怕出現空洞、抽象、制式化、沒有個性的形容詞，尤其是加上ly 的副詞，更是套在任何一人身上都行得通，類此「罐裝顏料」，色彩全由他人調配，作者根本無權置喙，隨手拿來漆在人物身上，你將發現滿街都是熟悉的色彩，每個人物都欠缺動人的神采，全都是單調的顏色，令人閱讀之後心生厭倦。

套用「副詞」來刻畫人物的表情及動作，是作者技窮，也是作者敷衍塞責，更是作者對生活的不關心，對人間事物不負責任的舉措，他無法對眾生相有正確的觀察及掌握，因為同樣是「憤怒」，可以有如下的行為反應：

㈠他二話不說，從椅子上跳起來，抓起熱水瓶往地上摔去，一臉青白，頭回都不回的就走了。

㈡他脹紅著臉，瞪大眼睛，牙齒咬住下唇，咬得滲出血絲，久久才迸出一句話：「你滾蛋！」

㈢他像一隻餓了三天肚子的老虎，即將把獵物撕碎吞下，揮舞拳頭，衝到仇人面前，老拳像西北雨點般落在仇人身上。

上列三例，吾人可以判斷出當事人為「盛怒」的狀態，如此的「憤怒」有輕重深淺程度上的差異，甚至於還和個人的涵養有關，因而有不同的反應動作，如果只用「憤怒地說」、「憤怒地打人」、「憤怒地走了」的「副詞」來形容，豈能盡得各個人「憤怒」的真妙所在？

為擺脫「副詞」刻畫人物的制約，身為一個作家，眼睛應如獵鷹，能夠分辨每個人最細微的動作，再以蜘蛛結網的精神，一絲一縷勤加描寫，則「憤怒地」、「傷心地」、「快樂地」等「副詞」刻畫人物個性的寫法，必可從此銷聲匿跡。

五、多用形容詞刻畫

很多形容詞和成語脫不了關係，由於有了「成語」的使用，使得文詞顯得簡鍊，令讀者能很快獲悉作者的意圖，作者刻畫人物個性的目的也很容易達成。但「成語」畢竟是古人言語的結晶，以及符合某種狀況時最貼切的語詞，並非現代人說的話，由於時空的乖隔及對字義的誤解，如不細察，恐有誤用之虞，甚至於使用之後違反作者本意，形成「畫虎不成反類犬」的局面。因此，在使用形容詞刻畫人物個性時，應做到「掌握本義」及「描述情境後再使用成語」的原則，在寫、讀之間才不會造成對「成語」的誤解。

除了「成語」之外，「形容詞」大多是含有「的」字尾的語詞，例如「大的」、「紅的」、「大紅的」、「盛開的」、「芳香的」、「甜蜜的」、「搖曳生姿的」、「五彩繽紛的」、「婀娜多姿的」等語詞，都是「形容詞」，都可以用來形容花朵的色、香、味、姿態。可惜的是「形容詞」和「副詞」一樣，大多數也是抽象的字眼，必須加入具象化及具體化的語詞及事物，作者才有可能把本義傳達給讀者。

使用形容詞刻畫人物個性時，一定要有「描述情境」的先決條件，再附上符合情況的形容詞及成語，在「具體事物」和「抽象語詞」相互配合之下，以達到互相闡釋的效果。例如——

> 老王額頭青筋暴脹，臉紅脖子粗，眼睛瞪大成為牛眼，扯開喉嚨，像晴空裡突然響起一陣霹靂：「幹什麼！」原本剛硬的頭髮似乎根根站立，一起把帽子給頂掉，真是「怒髮衝冠」，呈現的是「怒不可遏」的態勢。

在「怒髮衝冠」及「怒不可遏」等成語及形容詞之前，所有描述的文句，都是「具體深刻的印象」，更可得知「具體事物」和「抽象語詞」具有互相闡釋的效果。

六、使用比喻技巧

「比喻」及「形容」詞句往往同時出現，像五、「多用形容詞刻畫」的例句：「老王……扯開喉嚨，像晴空裡突然響起一陣霹靂」就是「形容詞」及「比喻」技巧同時使用，因而給予讀者的感覺也是形象化、具體化的，絲毫也不抽象，這就是「比喻」的妙用。

在使用「比喻」技巧刻畫人物個性時，要注意「比喻者」及被比喻者」之間，具有顏色、聲音、用途、形狀、感覺、性質等其中一種或二種以上相同或相似的條件，才可以進行比喻，並且以「像」、「好像」、「彷彿」、「有如」、「好似」（明喻）……，以及「是」（暗喻）等「喻詞」加以綰合，以完成「比喻」的過程。

「比喻」具有「化抽象為具體」、「化抽象為具象」的效果，對於未曾身歷其境或耳聞目睹的讀者來說，具備「現場示範」、「現場表演」的逼真、生動感覺，在刻畫人物個性時，是讀者對小說人物從陌生到熟稔的捷徑，一個夠格的小說作家，尤其以「少年小說」為寫作職志的作家，更應精研「比喻」手法，用以刻畫生龍活虎般的人物。

為使「比喻」發揮最大的效果，一如「形容詞」的使用，也要刻意經營、塑造某種情境，在「被比喻者」和「比喻者」之間建構連結的橋樑，也才能消除寫、讀間因詞不達意所形成的蔽障。

第六節 心理刻畫求細微

現實生活中的「人」，示現給旁人看的是「肉體」，而支使「肉體」行動的則是「精神意識」，此種「精神意識」就是「心理狀態」。一個「真正的人」，不是只有「肉體的活動」，否則將形成「行屍走肉」；也不是只有「意識的活動」，「四體」則備而不用，怠而不勤的狀態，否則即成纏綿病榻的患者。

一個真正健康的人，必然是「心理正常」、「生理無缺陷」的「完美之人」。唯有「心理正常」，此「人」始能和他人正常的交際來往；也唯有「生理無缺陷」，才有辦法走入人群，結交朋友，和眾人發生關係。

人際關係的運作很複雜，原因是「人心不同，各如其面」，僅憑表面上親切、熱絡的言語，吾人仍然無法判知對方真正的心意，在交往之際往往會多所顧忌，無法真正的「交心」成為刎頸之交。若某甲是心理學家，他必然可以察知對方最細微的動作所代表的心意，針對其善意、惡意或無意、有意，提出因應之道以接納對方或保護自己。

「生理」會因歲月遞嬗而成長；「心理」更會因學習、歲月的流轉而成熟。「人是會改變的」——不只是外表的、生理的狀態；同時也是內在的、心理的增長，因此，唯有在刻畫人物外表後，又能深刻的及於人物心理，一個外貌形象鮮明，內在心理洞明的「小說人物」於焉形成。並且活在小說作品所構築成功的世界中，再跳至現實世界與「真的人」共呼共吸，同聲相應、同氣相求，成為人群中的一分子。甚至經歷若干年代之後，仍然永垂不朽，活在後代子孫的心目中，成為一個民族的歷史、文化所代表的人物——達到如此的榮耀，就是小說人物刻畫成功的極致表現。

常言道「誠於中，形於外」，似乎言之有理，但某些人物雖然「誠於中」，卻「不形於外」，因為他是「喜怒不上心間」的了悟者，或者是善於偽裝者，故而形成「喜怒不形於色」的「冷酷人物」。某些人物則是「不誠於中」，卻「形於外」，就不只是「偽裝者」，而是「偽君子」或「偽善者」，是「披羊皮的狼」。上述所舉例子，正表示人心的複雜，也正是「心理刻畫」所要著墨之處。幸好一般人都把「內心的思慮」，正確反映在「外表的動作」上，因此「誠於中，形於外」的可靠性是相當高的，其可貴性足可以奉為刻畫人物心理的圭臬。

「心理刻畫」要求「細微」。所謂「細微」，不只有限定在不易察知的「動作」及「表情」上，反而是「大動作」、「大表情」，更要作者去探討其背後所代表的「細微心意」。因此，進行

「心理刻畫」之時，絕對不可以只見「秋毫」而不見「輿薪」，簡而言之，「心理刻畫」仍要強調「鉅細靡遺的描寫」。

「心理刻畫」要能傳神，必須注意到「心思」（內心的想法），以及「心思」所反映在外的「對話」、「表情」及「動作」上。只有「心思」而無「表情」、「動作」及「對話」，很容易流於小說人物「喃喃自語」，或是小說作者「夫子自道」，並且只有「靜態說明」的沈悶，而無「動態表演」的生動。因此，「心理刻畫」的技巧應注意幾個細節問題：㈠由「敘述心思」來展示；㈡由「動作」來演示；㈢由「表情」來顯示；㈣由「對話」來表示。

一、由「敘述心思」來展示

人類的「心思」就是「心裡的想法」，原本處於人心最幽微隱晦之處，如果不是當事人自行說出來，則身旁無人能加以測知。那小說的「當事人自行說話」，實際上是由小說作者代為行之。佛斯特《小說面面觀》第五章〈情節〉，對此論點曾有公允的看法：

> 小說的特出之處在於作者不但可以使用人物之間的言行來描述人物的個性，而且可以讓讀者聽到人物內心的獨白。小說家可以闖入個人自我交通的領域，甚至更深入到潛意識領域裡去。……小說家的用武之地即在這種潛意識中隱密情緒轉變成言行的短徑之上。他也可以顯示出這種轉變與獨白的關係。他對內在活動的一切都有權置評⑫。

所謂人物之間的「言行」即是「對話」和「動作」；而「人物內心的獨白」就是「人物的心思」，也就是「個人自我交通的領域」，或是每個人的「潛意識領域」。「人物的心思」包含七情六慾，是一種隱密的情緒。小說家必須設法將隱密、抽象的「情緒」，轉變成外顯、具體的「對話」及「動作」，以彰顯人物的個性。這種隱密情緒如果不肯直接用「對話」及「動作」、「表情」來告知他人，則可以用「獨白」方式來展示。所謂「獨白」即是透過小說家的設計安排，讓小說人物自行「敘述心思」，敘述「心裡的想法」。如此一來，讀者即可聽到人物「內心的獨白」而了解人物的個性。小說作者似乎「放任」小說中人物「喃喃自語」，實則「欲擒故縱」，全在小說作者掌控之中，小說作者對小說人物的內在活動都有權置評，並依情節發展、人物刻畫需要設計「心思」，再設法予以客觀地展現，以取信於讀者，並使讀者心服口服。

二、由「動作」來演示

心裡的想法會表現在「動作」上，這是任誰也都無法否認的事實。亞里士多德曾說：

> 人物顯示作品的特色，動作（Actions）——人物的行為——才能使我們或悲或喜。……所有的人情悲喜，都在動作中表現⑬。

亞氏所謂的「人情悲喜」，其實應是廣義的七情六慾，所有的情緒和慾望，都會在不知不覺中表現在動作上，因此，由動作來演示一個人的性格應是極為客觀的做法。

佛斯特《小說面面觀》第五章〈情節〉，曾對內心的悲喜之情和動作的相關，有鞭辟入裡的說明：

> 悲喜之情還可存在於內心不為人知處，即個人的內在活動（Secret life）中，……。內在活動是一種沒有外在徵象的活動，也不如一般人所想像的，可以從一個偶然的言語或表情中觀察得出。一個不經意的言詞或表情，其實跟長篇大論或謀殺行為一樣是外在徵象；它們所表現出的活動已經脫離內在活動的範圍，而進入動作的領域了⑭。

由佛氏的卓見，吾人可以獲知「內在的活動」即是「心思」，它是一種沒有外在徵象的活動，潛存於人類的潛意識中。小說作家為使讀者認識小說人物，因此積極介入兩者之間，扮演「內在活動」轉化成「動作」、「表情」及「對話」的闡釋者，使讀者獲致具體印象，終而認識作者所著力刻畫的小說人物。因此「小說中的人物，假使作家願意，則完全可為讀者所了解，他們的內在和外在生活都可裸裎無遺」⑮。

由上引各段論述可知，「動作」及「表情」、「對話」都是人類心理狀態的反映，能夠真切表現一個人的個性，除非小說作者封筆不再創作，否則，他一動筆就得碰觸到「人物」。為求刻畫「人物」，就得從人物最隱密、潛藏的內心「悲喜之情」加以挖掘，再用「敘述心思」（靜態）及「動作演示」（廣義、動態）的技巧來刻畫個性，使「內在活動」和「外在徵象活動」合而為一，使得人物通體透明，個性昭然若揭，無所隱匿。

三、由表情來顯示

「動作」是大範圍的「肢體語言」及「肢體表情」，而「表情」則是小範圍、小肌肉的「動作」，在刻畫個性時可以相輔相成，相得益彰。依據「不經意的言詞或表情」已是外在徵象，已是動作領域的原則，用「表情」來顯示人物的心理狀態，再與「對話」、「動作」配合，並且重視「心思的敘述」，對人物個性的刻畫必可圓滿、周到。

「表情」指的是小肌肉的臉部器官的運作，若是能夠「喜怒形於色」，則臉上的表情必然豐富，也能夠真切反應心理狀態。在使用「表情」來顯示心理狀態時，可以由作者直接描述人物的臉上表情的轉變，也可以交由小說中人物互相來觀察，藉由小說人物之口、筆來描述。再者，在人物對話之時，必須緊接著帶出訴說某句話時的「表情」及「動作」，以使這一句話顯得逼真生動。

由「表情」以顯示心理狀況，刻畫人物個性時，只要客觀地描述人物的一顰一笑、一揚眉、一撇嘴、一牽動嘴角……即可，不必加上「欣喜地」、「生氣地」、「憤怒地」、「憂愁地」……等強調狀況的副詞。將人物的心理狀況交由讀者來解讀，是最成功的個性刻畫技巧，作者只「用表情來顯示」，而「不是用表情來解釋」，夠格的少年小說作家必然深諳此道。

四、由對話來表示

前述三種刻畫人物個性的方式，都可以算是間接的表達。此處的「由對話來表示」，可說是直接的敘述，也可以說是間接的表達，若是由小說中的人物直接評述其他人物的個性，則是「直接的敘述」。若是小說中人物在對話時，很婉轉含蓄地評述其他人物的個性，甚至只有呈現各種狀況而不及於其他價值評斷，則此種刻畫方式，仍是「間接的表達」。

用「對話」來刻畫人物個性，因為有「言語」的媒介，讀者可能完全接受，因為大部分的讀者比較傾向於「接受」，欠缺的是「思考」、「評斷」。他們重視的是故事的趣味性，而不在意人物個性的刻畫是否鮮明？因此，「對話」是一種表示，是一種商量、是一種告知，是一種比較直接的刻畫方式。

「對話」最能凸顯人物的年齡、修養、學力、職業、性格、心情及心理狀況。一段精當的「對話」之後，就不必再由小說作者喋喋不休地評斷人物個性，而人物個性自然彰顯，小說作者對於操控人物的「對話」應該有此完全的把握。

第七節　情節刻畫求漸變

直接描寫、間接描寫、外貌刻畫、言語刻畫、動作刻畫、心理刻畫等六種技巧，在刻畫人物個性時，都是在部分時間或情境裡完成，讀者在閱讀之時即可察覺。但是用「情節刻畫」的方式來刻畫人物，是「全程進行」的狀態，是在小說的時空中持續不停地進行。「開頭」即為刻畫人物個性預做準備，在「發展」及「高潮」之際，更是借用情節發展以彰顯人物個性，直到「結束」，人物個性所造成的下場、結局，在此是個總結穴，也是個性刻畫完成之處。

借用「情節」來刻畫個性，絕對不可以躐等貪功，必須循序漸進，與情節進行互相配合。因為「情節刻畫」不是說明式的刻畫，它是呈現式的刻畫；它不是由作者或小說中人物代為行使「刻畫個性」的權利，而是由讀者自行發現人物「個性改變」的睿智。

在浪漫、想像、虛構式的童話故事中，主要角色的個性可在一夕之間轉變，這種「偶然式」的改變，在少年小說中是「絕無其事」的。少年小說中強調的是「必然式」的改變，唯有被讀者認同人物個性「必然會改變」，則作者苦心孤詣所安排的情境、氣氛、情節、場景等烘托、陪襯人物個性改變的措施才算是成功。

因為「情節」不等同於「故事」，雖然「故事」是「小說」吸引讀者的基本要素，但是「故事」及「情節」對「事件」的處理態度、方式是大相逕庭的。為此，佛斯特《小說面面觀》對「情節」及「故事」有極周詳的分辨：

> 我們對故事下的定義是按時間順序安排的事件的敘述。情節也是事件的敘述，但重點在因果關係（Causality）上。「國王死了，然後王后也死了」是故事。「國王死了，王后也傷心而死」則是情節。又「王后死了，原因不明，後來才發現她是死於對國王之死的悲傷過度。」這也是情節，中間加了神秘氣氛，有再做發展的可能。這句話將時間順序懸而不提，在有限度的情形下與故事分開。對於王后之死這件事，如果我們問：「然後呢？」這是故事；如果我們問「為什麼？」就是情節⑯。

「然後呢？」是按時間先後而安排的，在「1」之後必然是「2」，在「2」之後必然是「3」……，這就是在星體運轉之下必然出現的時間因素，也是人類生存體系下所有事件發生的時間次序，因而它是「平鋪直敘」的。而「為什麼？」則大不相同，如此發問的「讀者」，他想知道「國王」和「王后」之死的必然因素，要知道其中的因果關係，也要知道其中的細節問題，只要能把所有的疑問交代清楚，讀者並不在乎「情節」是否依時間先後而排列，讀者重視的是「高潮迭起」，而非「平鋪直敘」，讀者想知道的是「因」所產生的「果」，而且亟欲明瞭其間的牽連瓜葛關係。

基於上述論點，可知「故事」可以出現「偶然」；「情節」的安排則要求唯一的「必然」。為使「必然」顯得合情合理，在「情節」進行時一定要循序漸進。如果借用「情節進行」來刻畫人物個性，也肯定是「必然式」的「漸變」，而非突如其來從天而降式的「突變」。

利用「情節」來刻畫人物個性時，必須注意「情節的連貫性」、「結構的完整性」、「事件的代表性」、「氛圍的一致性」、「轉變的合理性」。

一、情節的連貫性

「情節」是人、事、時、地、物等因素的結合，並且做成最圓滿的安排。每個「情節」必然含有「故事性」，一篇小說作品中，「情節發展」是由「故事」所組成的，而「故事」是由「事件」所提煉。「事件」是依時間順序發生的事情，必須經由文學化的描述才會成為「故事」。為求「情節」有最妥善的安排，

「故事的連貫性」自然有其必要，若是「故事」不能針對、環繞主題而設計，則各個故事成為獨立狀態，前後無法鉤稽，故事鬆散、零落，必然欠缺趣味性，讀者欣賞之時有啃食「雞肋」之感——食之無味，棄之可惜。

因此，所謂「連貫性」，包含一個故事本身要能自圓其說，無懈可擊，不可形成破綻。若由許多故事組成一篇小說，故事和故事間必須是前後關係的串連，而非左右位置的並連。唯有在眾多故事相互串連的情況下，主要角色身處其中，其個性的刻畫，心態的轉變或成長的歷程，才能形成一貫性，並且看出其間的差異，讓讀者感受到少年小說中，主要角色在某方面逐漸改變的事實。

二、結構的完整性

「結構」指的是少年小說的有機構成，包含「開頭」、「發展」、「高潮」及「結束」。在刻畫人物個性時，「情節的連貫性」固然有其功能，但是「情節的發展」仍須在「結構」的掌控之下，唯有「結構完整」，不遺漏任何一個重要部位，情節的發展才有依附之處。

「結構」的完整，意謂少年小說的有機構成是一個「自足」、「自圓其說」的天地，上述的四個過程都得具備，但不一定要依序出現，可以先出現「高潮」，再補述「發展」、「開頭」及「結束」。由於「結構」沒有任何缺漏，因此「人物」的活動亦在其中悠游自如，更可完整地完成其心態的轉變，作者刻畫少年小說人物的企圖自可達成。

在刻畫人物個性時，「開頭」用以鋪敘人物的過去，交代其往事，並指出其心態上有何特殊之處，形成何種局面，小說中人物對其有何反應。在「發展」時乃賡續「開頭」而來，少年小說中的主要人物因在「開頭」所形成的心態，故而和其他人物產生矛盾、衝突、糾葛等狀況。在「發展」的過程中，要依靠「事例」的鋪敘，使其心態有著力點、能具體化、具象化，而不是一堆「事例」名稱的累積。在「高潮」的段落，小說中人物經由一段長、短時期的埋伏，由於故事述說完成，「情節」能前後連貫，又能在完整的「空間」中顯示。因此，人物個性的刻畫就在完整的「結構」（骨架）及連貫性的「情節」（肌肉、內臟等）兩者互為表裡之下刻畫完成。

三、事件的代表性

「事件」既是「故事」的質素，「故事」又能構成「情節」，而且本章強調的是以「情節的漸變」來刻畫個性，因此，作者所選用的「事件」必須具有代表性，也就是對於人物個性的刻畫具有增強的作用。

少年小說的主要角色面臨「事件」時，可以由處理方式看出其個性。在一篇作品中，「事件」接二連三地出現，主要角色若是自始至終保持一貫的處理方式，則可窺知其個性的堅定或固執，若有不同的處理方式，則可知其個性上的轉變或察言觀色。

少年小說所選用的「事件」必須是兒童關心的，並且是他們所能處理的，若是距離日常生活太遠，而且是國家、民族、世界大事，是政治、經濟大計，想從其中看出其對事件的處理方式，並探知其個性上的轉變，藉以判知其個性刻畫是否成功，必是緣木求魚，南轅北轍，難上加難，而且貽乎讀者以不懂少年心理、少年小說之譏。

四、氛圍的一致性

「氛圍」即是「氣氛」，全篇作品所散發出來，並且能夠讓讀者感受得到的氣息。

少年小說和少年生活息息相關，其基調應是充滿歡笑的氣息。但若是描述一個不幸的家庭，則其主要角色必然在此壓力之下，備嘗辛酸苦楚，其基調必是哀傷、可憐的。因此，所謂「氛圍的一致性」，指的是所描寫的「事件」是哀傷，給予讀者的感覺必是哀傷的氛圍；所描寫的「事件」是歡樂，給予讀者的感覺就是歡樂的氛圍。如果是哀傷的事件，卻寫成歡樂的感覺；是歡樂的事件，卻令讀者感受到深沈的悲哀，此即氛圍的不一致。

在「事件」性質和「氛圍」不一致的情況下，則少年小說中的角色刻畫，必會讓讀者有角色混淆，心理和行為不協調之感，讀者自然無法認同其中的角色。

五、轉變的合理性

本章中討論的是「情節刻畫求漸變」，所謂「漸變」即是「轉變的合理性」。

角色刻畫的過程和情節的進行是糾纏前進的，一如麻花辮子兩股合而為一，而且是相互影響、增強的。進行中的情節可以顯示主要角色的心理狀態、處事態度；主要角色的心理狀態及處事態度，又可決定情節進行的方向及速度。若是缺少「情節」的承載，則「個性刻畫」上的轉變就顯得突兀、不合情理，讀者也無法信服。如果只有寫出「從此以後，他就變成一個乖巧、聽話的小孩。」，即是「後來呢？」的故事答案。為求個性轉變的合理性，吾人所強調的是「為什麼？」的情節安排，由情節的進行以引導個性的漸變。

例如林世仁的〈旋風阿達〉作品，主角陳明達對於母親改嫁「王叔」的態度，以及對於異父異母弟弟「亞亞」的接納，在態度上是由「排斥」到「叛逆」到「猶豫」到「接納」，而且是經由許多促使他改變的「事件」來承載，使人有水到渠成之感。

附　註

① 參閱俞汝捷《小說24美》（淑馨出版社）頁二一二，第十九章〈逶迤之美〉。

② 參見英人佛斯特《小說面面觀》（李文彬譯　志文出版社）頁五十九。

③ 同註②，第六十八頁。

④ 同註③。

⑤ 參見吳淳邦〈中國諷刺小說的諷刺技巧特點〉（文載《中外文學》第十六卷六期，頁一四四至一六四。吳氏所引Wayme.C.Booth（W.C.布斯）著作《The Rhetoric of Fiction》（小說修辭學）（Chicago ：The University of Chicago ，1961 ）為第一章〈說明或呈現〉（或譯〈講述與顯示〉）

⑥ 同註⑤，頁一四七。

⑦ 同註①，頁一六七，第十四章〈流動之美〉。

⑧ 同註⑦，頁一六六至一六七。

⑨ 同註①，頁二四三，第二十章〈起伏之美〉。俞氏此段引言係魯迅《〈近代世界短篇小說集〉小引》之語。魯迅認為短篇小說應具備「借一斑略知全豹；以一目盡傳精神。」的人物刻畫技巧。

⑩ 參見林良《淺語的藝術》（國語日報）頁三十至三十一，〈作者的語言跟

個性〉章。

⑪ 同註⑩，頁三十一。

⑫ 參見英人佛斯特《小說面面觀》（李文彬譯　志文出版社）頁七十四，第五章〈情節〉。

⑬ 同註⑫，第七十三頁。

⑭ 同註⑫，第七十三頁。

⑮ 同註⑫，第三十九頁。

⑯ 同註⑫，頁七十五至七十六，第五章〈情節〉，本章對「情節」及「故事」之異，論辯甚詳。

第伍章

少年小說的情節安排

俞汝捷《小說24美》曾說：

> 中國畫，以線條為主要的表現手段。中國民族音樂，特別講究旋律，而旋律正是聽覺藝術中的一條「線」。中國小說，特別注重情節，這情節總是一波三折，緊緊扣住讀者的心弦。……結構的縝密與情節的逶迤有機地交融在一起①。

所謂「情節的逶迤」，即是情節曲折多變化。一篇少年小說作品能夠膾炙人口，或者是情節曲折多變化，也可能是人物刻畫成功，因而深獲小讀者的喜愛。事實上，由於情節的曲折多變化，造成小說作品濃厚的閱讀趣味，進而使小讀者愛上其中的主要角色。也由於主要角色被刻畫得栩栩如生，才使得情節的進行充滿活力、充滿動態之美，沒有沈悶之感，相對地提高該篇作品的可讀性。俞汝捷的《小說24美》對小說「情節」和「人物」的設計與描寫曾有如下的論述：

> 情節與人物，乃小說兩大要素。描寫手段的曲折可使人物顯得飽滿而富於立體感，那麼，情節設計的曲折更是引人

入勝的必由之徑②。

俞氏此段論點，用「描寫手段的曲折」代替「刻畫」兩字；「情節設計的曲折」代替「生動」，僅只論及「刻畫」和「生動」對「人物」和「情節」的必要性。至於「情節」和「人物」互相增強的關係，俞文並未論及，殊感可惜。因為，小說的「人物」用以扮演「故事」（情節）；而「故事」（情節）的發展也足以刻畫人物，關於「人物個性的刻畫」已在第肆章詳言，在本章中則以「情節安排」做為立論的重點。

少年讀者閱讀少年小說時，所重視的是故事的趣味性，因此在少年小說作品中要有一段完整的故事，故事要充滿趣味性，而且要曲折離奇，避免平鋪直敘，要能時空交錯；避免如長江大河之水長驅直下，一洩千里，情節進行時要有懸宕、伏筆，並且要求動作勝於說理，以避免全篇作品太沉悶。

第一節 情節設計要具有趣味效果

李保均《小說寫作研究》對於「情節」的看法是：

> 情節的豐富生動性，並不是指情節一定要緊張、驚險，更不能排除故事平易、淡薄的情節。只要能生動地表現人物，情節的樣式應該不拘一格。不管情節的樣式如何，我們都應該力求使情節豐富、生動③。

由此可知，少年小說的「情節」發展要求生動，要求趣味性，以形成閱讀的吸引力，讓小讀者不忍釋卷。所謂「趣味效果」絕對不是玩笑及胡鬧、打打殺殺，或將兒童日常生活出現的「低級笑話」寫入，以博得、乞求小讀者的認同。要在少年小說作品中形成趣味效果，應重視「氣氛的經營」，以「緊張」為例，在偵探或是冒險小說中，可以安排遭逢敵人、兇手或未知情況的危險。從作品一開始，少年小說的主要角色在生命及安全上即遭受威脅，生命危在旦夕，兇手就在身旁，危機一觸即發。但在緊張的最頂點，由於作者合理的情節安排，終於又使主要角色化險為夷，轉危而安。就在此種「危險」→「安全」→「危險」的擺盪中，小讀者「緊張」的心弦為之緊繃到極點，待狀況解除，心情也為之鬆弛，具有如此的「刺激」功能，小讀者閱讀之時才覺得夠味，充滿趣味的效果。

為使少年小說作品具有趣味效果，作者應做到：「認識兒童的趣味所在」、「使用兒童常用的語言」、「選材與日常生活結合」、「在作品中塑造氛圍」、「生花妙筆的描寫」等要求。

一、認識兒童的趣味所在

兒童的趣味簡稱「童趣」，它來自兒童對外界事物認識不多，用自己的邏輯、思考方式去面對、解釋事物，因此而形成的滑稽、突梯之感。此外，兒童的同情心、正義感、好奇、逞強、對事物結果感到不可思議，是非善惡分明的觀念……上述各項兒童的心理，都是兒童的「趣味」所在，少年小說作者不可不察。

針對「滑稽、突梯之感」而言，即是「反常合道」，少年對事物的體會、解釋，不合於成人世界的原則、規範，在兒童解釋下卻是不無道理，即可形成滑稽的趣味感。

針對兒童的心理特徵，在情節安排時多加利用，使得少年小說具有俏皮生動的對話，情節發展的結果合乎兒童的同情心、正義感等心理，描述事物具有誇張、想像的成份，使其感到好奇、不可思議等，都能在小說作品構成「童趣」。

二、使用兒童常用的語言

「語言」的使用若是「隔」，則無法打入某一族群的生活，無法打動其心坎；若是「不隔」，則能和某一族群的生活融為一體，獲得族群中每一成員的認同。因此，「語言」是使少年小說獲得少年讀者喜愛的利器，作者應投入兒童生活圈，善加觀察、妥為記錄，以備寫作之時使用。

「語言」除掉作者的「遣詞造句」外，在少年小說中還有人物的「對話」，也就是「言語」。唯有「對話生動」、「對話口語化」、「對話年輕化」、「對話生活化」、「對話兒童化」，才能在「對話」上形成趣味的效果。

三、選材與日常生活結合

一篇小說能夠吸引人、感動人，必然有其令人吸引、感動的質素，李喬的《小說入門》道出個中根由：

> 合於人間性，在實際生活的日常情理之中，同時它又是與人間性有某些距離，有超出實際生活的日常情理之外的東西④。

由此可知，小說的題材要與生活結合，但在「情節發展」的過程中，要能有提煉、昇華、刺激、鼓勵的作用，小說作品才會有深度。以「生活小說」而言，少年小說發生的背景離不開學校和家庭，所選用的題材自然和家人、老師、同學有關，不外乎功課、遊戲、少年男女的關係、旅遊、生日慶祝會、各種小東西的贈送，漫畫、卡帶及蒐集品的借用或贈與……。少年讀者閱讀到此類作品時，頓覺熟悉親切，彷彿就在身邊發生，似乎自己就是小說中的一分子，可以從作品中發現自己的影子，必然會對其中的情節設計感到興趣，並且在情節進行的過程中，得到刺激、暗示、啟發、震撼，或對人生有嶄新看法的喜悅。

某些少年讀者對偵探、冒險、科幻的作品也甚感興趣，在設計少年小說情節時，依據作品的性質，不妨選用一些具有想像力或誇大某些事實的題材，加以生花妙筆的描寫，雖不是自其日常生活取材，卻與其對世界事物的好奇及想像密切結合，亦可形成情節設計的趣味效果。

四、在作品中塑造氛圍

「氛圍」是一種氣氛，一種感覺，一種令讀者極欲往下閱讀以一窺究竟的吸引力。作者能在作品中經營出某種氣氛，讓小讀者不忍釋卷，即是「情節安排」深具趣味效果最重要的因素。

俞汝捷《小說24美》，對「氛圍」的看法是：

> 氛圍決定於形象，而形象總是生活在一定的環境中。所以氤氳之美不單表現於單個人的行為和心理，表現於人與人之間的衝突和交往，而且也表現於環境描寫⑤。

由此可知，事件、人物及場景，都是「塑造氛圍」的著力點。

「氛圍」是要塑造的，從少年小說的一開始就要培養出某種氣氛，並且維持到最後，絕無冷場，小讀者才能獲得閱讀的樂趣。作品從開頭到最後都維持某種氣氛，必須由場景來烘托，由事件來堆疊，更重要的是要藉由小讀者對於書中角色的關懷、同情，他才會在意作品中主要角色的遭遇，注意其一舉一動，關心其生命安危，與作品中的主要角色共喜同悲。

要令小讀者和主要角色共喜同悲，具有同理心、同情心，則此角色必然要「可愛」，笨要笨得可愛，頑皮也要頑皮得可愛，完美也要完美得可愛。總之，主要角色必須像個人，像個活生生、有血有肉的小朋友，始能博得小讀者的認同，關心其遭遇，將注意力放在作者所設計、安排的情節之上。

「事件」能一再發生，一波未平，一波又起，能夠互相堆疊、鉤稽、串連，自然而然會在作品中形成某種氣氛。若寫恐怖的氣氛，就得讓小讀者嚇得手腳發抖、心跳加速、牙齒打顫，不敢獨處一室、不敢獨自上廁所、不敢熄燈睡覺……。但是作品越恐怖，小讀者越不想把作品丟棄，小讀者能有此「既期待，又怕受傷害」的心情，即是作品氛圍塑造成功，具有某種令小讀者不忍釋卷的趣味性。

「場景」的烘托相當重要，它是事件發生的「背景」，讓事件具有演出的「舞臺」，又能夠讓事件所欲塑造的氣氛強化、深化。因此，在塑造氛圍時，「事件」未曾開始發生，「場景」的描寫就得率先進行，有「場景」的烘托，則「氛圍」的塑造即可收到「事半功倍」的效果，而使得情節的設計具有趣味性。

五、生花妙筆的描寫

情節的進行想要具有某種趣味，作者的描寫就得下功夫，平淡無奇的敘述無法吸引小讀者一讀，唯有幽默、風趣、誇張、生動、流暢的生花妙筆，才能在字裡行間顯示趣味，因為「事件」及「場景」都是「死」的、靜態的資料，唯有生花妙筆才能使其活化。

作者應具有「流暢」的文筆，遣詞造句親切自然、平易近人、通暢無阻，對小讀者的閱讀不產生「隔」的阻礙，小讀者才會發現其中的趣味性。

至於「生動」的要求，作者應有「說故事」的心態，是與小讀者面對面訴說，而不是「撰寫故事」。唯有「說故事」，用字用詞才會「口語化」，甚至能在訴說之際，揣摹小說人物的言談舉止，以增加描述人物、事件、場景的生動效果。

再談到「幽默」，作者必須是個「大孩子」，不是「老學究」，要放下身段——「俯首甘為孺子牛」（魯迅語），做牛做馬為少年服務。作者應探討小讀者的心理，他們想聽到哪種話，想看到哪種表情，想知道哪些秘密，想觀看哪些事件如何發生。如此一來才能投合其所好，在對話、描寫、敘述事件時，擺出一道道豐盛、幽默的菜餚，以滿足兒童的「眼食」及「耳食」。例如侯文詠《頑皮故事集》及《淘氣故事集》中的人物、事件及描寫，都是「幽默」兩字的最佳注腳。

第二節　情節安排要完整

「情節」和「故事」的相異，一在「為什麼？」，一在「後來呢？」故事只在強調「結果」；「情節」則在強調「過程」。「故事」只要「答案」，「情節」則要「詳述經過」，此即「情節」比較「故事」更複雜之處。既然要「詳述經過」，則小說作品本身的起、承、轉、合的有機結合必須非常牢靠，才不會貽人以鬆散零落之譏。

少年小說的「起」就是「開頭」，必須將主要人物、問題所在、困難的癥結，以及主要角色所要完成的目標、解決的難題，在「開頭」之時一一交代清楚，以放出一條眼睛看不見，卻真實存在於字裡行間的「線索」，用以貫串其後的「情節」，為「發展」（承）及「高潮」（轉）預做準備，並且「開頭」也能和「結束」相互呼應。

「開頭」的描寫要新穎、多變化，要能使讀者閱讀之時，能有眼睛為之一亮的吸引力，因此應具有「鳳頭」式的五彩繽紛、光鮮亮麗。

沒有「開頭」的少年小說作品，小讀者無法掌握該篇作品的重要諸元，他們無法確定主要角色是誰，作品中人物為何目的而存在，作品中的人物誰善誰惡，也無法預測小說可能的發展和結局，因而減低其閱讀的興致。若是「開頭」能有「鳳頭」式的設計，即可具有先聲奪人的效果。

「發展」承接「開頭」的設計，進行著解決難題、走向目標的情節安排。「發展」是作品中最重要的段落，「情節」一一展現，也次第結束，都能為「開頭」的難題抽絲剝繭，又能剝筍殼般往「目的地」、「謎底」而前進。

「發展」是「承」，只要和「開頭」所設難題及目標有關的事件都可一一列入，而且是在為小說「主題」的呈現而努力。「發展」如果平鋪直敘，必然欠缺趣味性，讀者可以一眼望盡，了無新鮮、神秘感，因此，「發展」的段落最好能夠迴環曲折，高潮迭起，正如「豬腹」般，其中的腸子迴轉環繞，以容納更多的「內容」，既有充實的「內容」，又有生花妙筆的描述，則「發展」的精彩自然不在話下。

「高潮」是「發展」的一部分，但也可以是獨立的段落，它承接「發展」的段落而設計，因而和發展中的情節有關。但是「高潮」的「情節」，其蓄積的能量要比「發展」更加充實，更具爆炸的威力。最好能像「活火山」一般，在爆炸之時，既有隆隆如雷鳴之聲，又有熾熱的岩漿、赤紅的火焰，沖入雲霄的火山灰。岩漿有如長江大河，又如千軍萬馬般奔騰而下，氣勢雄偉壯觀，又讓讀者感受到其光和熱。光度之強令人不敢逼視，而熱力之高令人不敢接近，因而「高潮」就是「爆炸」、就是「熱量」、「能量」的代表，在該爆的節骨眼就必然要爆炸開來，以顯現「高潮」的威力及吸引力。

俞汝捷《小說24美》對於小說「結束」的看法是：

> 對小說和敘事詩來說，結尾是主題的完成。……結尾……對小說而言，它可以出人意料，可以渲染氣氛，可以發人深思，可以預示未來……⑥。

「結束」具有交代及說明的功能，凡是開頭、發展及高潮時所沒有描述清楚的情節及事實，在「結束」的階段要交代清楚。至於「結束」之後的可能結果，也要在此進行「預言」，以使小讀者知道事件的來龍去脈。「結束」也要和「高潮」配合，共同浮現作品的「主題」意涵。

此外，「結束」的處理也可以是看似不結束，事實已結束，卻餘音嬝繞，讓小讀者回味無窮。或者是「續集」的預告，讓小讀者滿心期待，這時，「結束」的設計就得預留伏筆，像《湯姆歷險記》就為《頑童流浪記》預謀出路，以便情節的賡續，自然而不露痕跡。

由此可知，「結束」的功能有四：一是顯現主題，二是為全文做一總結，三是餘音嬝繞，讓小讀者唱嘆不已，四是為續集預留伏筆。因為「結束」比較趨向於「整理」，往往是餖飣小事的說明，比較缺少故事性的情節。

「結束」比較欠缺情節並不代表它不重要，絕對不可以草草了事，如果全篇小說呈現的是虎頭蛇尾式的情節安排，就是失敗的「結束」，也是一大敗筆。相對於「鳳頭」、「豬腹」及「活火山」，「結束」應該是「豹尾」，在一剪、一掃之際具有無比的威力，令小讀者具有豁然開朗、恍然大悟或回味無窮、滿心期待之感，以增強全篇作品的閱讀趣味。

上述的「開頭」（起）、「發展」（承）、「高潮」（轉）及「結束」（合），僅是少年小說形式上的「完整」，強調的是全篇作品所有「情節」在設計及連貫上的完整性。

至於「單一情節」的完整性也該論述，此處所謂「單一情節」就是「一個事件從頭到尾的處理過程」，換言之，即是「人、事、時、地、物最妥當、最完整的安排」，事件本身擁有一個小時空，必須具有「自圓其說」的周全、圓滿性質，此亦「情節設計應完整」的另一涵義。

少年小說的「情節」安排，如果是「甲情節」完整之後，再敘述「乙情節」，之後是「丙」、「丁」……如此依照次序描述，會有「平鋪直敘」的缺點。因此所謂「情節的完整性」，指的是在作品中要做完整的處理，有妥善的交代。至於一個情節跨越「起」、「承」、「轉」等三階段，或是涵蓋、貫串兩個階段，理論上不但不應予以禁止，而且要給予鼓勵，因為在描述的過程中必然會運用到伏筆、懸宕等技巧，能夠吊足小讀者的胃口，也能增加該篇作品的趣味性。

第三節 情節安排要起伏

情節的「起伏」，指的是情節進行時「節奏」的快慢，節奏快是「起」，指的是「人物」、「事件」間的矛盾、衝突、糾葛產生或激化。節奏慢是「伏」，指的是「人物」、「事件」間的矛盾、衝突、糾葛和緩或解決。

按時間先後來陳述是「平鋪直敘」，而事件的出現、安排，其重要性差距不大，如果恐怖時無法使人心驚肉跳；高興時無法令人雀躍蹦跳；生氣時無法使小讀者具有「同情心」，全篇作品有如一杯白開水般淡而無味，小讀者的閱讀情緒必然無法被挑高，由此可知「情節安排要起伏」的重要性。

俞汝捷《小說24美》曾說：

> 矛盾的推出，是「起」；矛盾的緩解，便是「伏」。只起不伏，甚不足取。……讓節奏一張一弛，起起伏伏，伏中有起，起中有伏⑦。

唯有如此，才能形成小說吊人胃口，令人懸念的趣味性。所謂「起伏」，就是「波峰」與「波谷」，情節處於波峰，其重要性加強；處於波谷，其重要性隨之減弱。既是「緊繃與鬆弛」，也是「主要與次要」、「顯筆與隱筆」、「描繪與情節」、「實寫與虛寫」的交錯運作。

一、緊繃與鬆弛

情節的緊繃，表示作者一直在處理事件，無暇顧及人物的刻畫、場景的描繪、氛圍的經營。「事件」一直像「走馬燈」般地運轉，令人目不暇給。情節的鬆弛，指的是兩個事件間的緩和段落，例如描繪某個場景，敘述交代往事、描述某個人物、塑造某種氣氛，看似不關情節，實則為下一情節蓄勢，營造氣氛，使下一個情節能在肥沃有力的土壤上生根發芽、長葉茁壯、開花結果，因此，在一緊一鬆之際，自然形成情節設計的起伏效果。

以戲劇為例，緊繃似「武戲」，鑼鼓喧闐，充滿陽剛之美；而鬆弛則似「文戲」，絲竹管弦，有如澗底流水，流暢自然、幽幽滑過，充分表現陰柔之美。一篇小說作品，應當妥善運用緊繃與鬆弛，相互調劑，剛柔並濟的技巧，才能構成情節上的起伏。

二、主要與次要

主要角色所扮演的是主要情節，次要角色則扮演次要情節，重要情節是起，次要情節是伏。

主要角色是「紅花」，次要角色是「綠葉」。只有「紅花」，未免流於孤芳自賞；只有「綠葉」，則陷於單調乏味。唯有主要角色稍稍讓出舞臺空間，讓次要角色出場亮相，整個舞臺才會活潑變化，同時也能襯托出主要角色的地位及重要性。

主要情節是滿漢大餐，次要情節是清粥小菜。光吃大餐，未免膩口；只品小菜，又嫌滋味不足，唯有「主情節」搭配「副情節」，眾多「副情節」環拱「主情節」，才能收到一鬆一緊，高低起伏的效果。

三、顯筆與隱筆

明寫、直寫是「顯筆」；暗寫、曲寫是「隱筆」。「顯筆」是直接呈現，在情節安排上是「起」；「隱筆」是間接暗示，在情節安排上是「伏」。

既是「顯筆」必屬主要情節，而「隱筆」則是次要情節。「顯筆」要急弦繁管，熱鬧登揚，以造成「高潮起伏」；「隱筆」要慢板輕拍，悄悄進行，以造成「暗潮洶湧」，以便為次一重要情節而蓄勢。

讀者由「顯筆」而知情節的「起」，僅是中等智慧者，能由「隱筆」而知情節的「伏」，其未來則是另個迭起的高潮，才是高智商的讀者，可謂深得欣賞少年小說情節起伏之美的箇中三昧。

四、描繪與情節

以「靜物寫生」而言，「靜物」是「主體」；「背景」是「客體」。同樣的，「情節」可比「靜物」，具有「主體」的地位；而「描繪」即是「背景」，是陪襯的「客體」。一幅靜物畫之所以會栩栩如生，必得「靜物」及「背景」搭配得宜，否則光有「靜物」而無「背景」，則「靜物」懸空毫無確定感；徒有「背景」而無「靜物」，則「背景」渙散而無聚集感，都不成為一幅畫。

在少年小說中，「情節」固然吸引讀者，但一直是情節在進行，欠缺人物及背景的描繪，必然無法塑造某種氣氛，也勢必不能緩和一洩千里，毫無掣肘制約的情節發展，不但無法形成神秘感，以滿足小讀者的猜測心理；也會使讀者緊繃得喘不過氣來。因此，人物、背景及氣氛的描繪及塑造雖然無關「情節」，但是「情節」非得依靠「描繪」，事件的時空才有依附之處，人物的外貌、特徵才能明顯呈現，而某種吸引人的氛圍也才可能塑造成功。

因此，「情節」是「起」，「描繪」是「伏」，「起」「伏」是相輔相成，互為依存的。

五、實寫與虛寫

針對「情節發展」而寫作即是「實寫」，暫時擱下「情節發展」從事其他的描寫，即是「虛寫」。小說的情節發展要依靠其他描寫而存在；其他描寫也因為能襯托情節的發展而益顯珍貴。此為「實寫」及「虛寫」的第一重意義。

安排主要角色的情節即是「實寫」，若是次要角色的言行即是「虛寫」，前者是重點，後者是附屬。因此，在一篇小說中，不可能由主要角色一直佔據舞臺；唯有空出舞臺，讓次要角色「虛晃一招」，始能獲得虛實相生的效果。此為「實寫」及「虛寫」的第二重意義。

安排「伏筆」之際即是「虛寫」，至於其他正在進行的情節也因為線索的「暫停」，成為「懸宕」而列為「虛寫」，唯有如此，情節的安排才不至於落入「單線進行」的「單調」局面。此為「實寫」及「虛寫」的第三重意義。

安排「副角」的情節若是有意安排得特別詳細，「主角」的情節反而簡略帶過，甚而隻字不提，形成「輕者重之」，「重者輕之」的反常之筆，實為「象徵」手法的運用，目的在於「借此喻彼」。例如〈旋風阿達〉的最後一篇作文〈我最敬佩的人〉，即藉由「張中儒」之筆，描述「陳明達」助其追到公車上的母親，用以「象徵」陳明達接納他一向排斥的再嫁母親的愛。如此一來，「張中儒」雖「主」而「副」，陳明達雖「副」而「主」，即是「實寫」及「虛寫」的第四重意義。

第四節 動作勝於說理

兒童的天性大多活潑好動，同儕聚會必然洋溢歡聲笑語，進行各種遊戲及競賽，此為「動態」的遊戲。

在閱讀之時，情節進行連續不斷的少年小說，也能滿足其「遊戲」的慾望，對於小讀者而言，此為「靜態」的遊戲，乃在「欣賞別人的遊戲」，進而融入小說中的人物言行，甚至於化身為小說中的人物，進入小說天地和小說人物起居作息，此乃小說「靜態」本質轉化為「動態」遊戲的具體表徵。

俞汝捷《小說24美》的論點，筆者深表贊同：

小說的形象性和美感的直接性決定了描寫比敘述具有遠為

> 重要的作用。……有描寫才有具體生動的形象，才有小說藝術，才能引起美感⑧。

基於上述理論，再與兒童心性發展互相配合，吾人當可獲知，少年小說要「動作」勝於「說理」的必要性，也就是說「動態的進行」勝於「靜態的展示」。換句話說，少年小說要強調的是，情節的精彩、生動，動作的熱鬧、頻繁，而不是說理的義正辭嚴，也不是說理的頭頭是道。因為後者欠缺一段有趣的故事，而且板起臉孔來說教，彷彿進行一段「生活與倫理」或是「公民教育」課程，若在閱讀「少年小說」，正想放鬆心情之際，又接受上課般的疲勞轟炸，小讀者真是情何以堪？

少年小說中的「動作」、「動態」，包含情節的進行、人物的對話狀態、人物的所作所為，人物所出的點子……要求的是出現電影般的連續畫面，而不是幻燈片般靜態的逐幅展示，唯有「電影」才具有動態感覺，具有吸引小讀者的魅力。在「動作」勝於「說理」，「動態進行」勝於「靜態展示」的原則下，作家應該將「動作」的主導權交予小說人物，而不是由作者一路敘述，應由小說人物自行表演，始能出現動感，若由作者越俎代庖、喋喋不休，則全篇小說必然顯得沈悶乏味。

作家要想保持少年小說的「動態感」，則「情節如串珠」、「對話如面談」、「行為似演戲」、「創意像繁星」、「描寫如脫兔」的原則應善加把握。

一、情節如串珠

所謂「情節」即是人、事、時、地、物最妥當、完整的安排，強調的是「過程」，要說明的是「為什麼？」，而不是只有揭曉「結果」。因此，一個「過程」和「前因」、「後果」的完整架構，即是「情節」。如果一篇小說等於一串項鍊，其中的「情節」就是珍珠，由眾多的珍珠串穿成一條項鍊，每個珍珠自成一個單位，但又前前後後互有關聯，此即「情節如串珠」的真義。

一篇少年小說絕對不止一個情節，也由於許多情節的組合，才能讓小讀者了解「為什麼？」，換言之，每個情節就是一個小故事，同時也負有解釋「為什麼？」的功能，因此，前後情節的精神是一致的，是承先啟後的，是圓圈的開頭，也是圓圈的結束，是起點也是終點，基於此一認知，每個情節既是獨立，也是相互依存的狀態。

「情節」是由人物適情適性演出的段落，是對話、動作、表情的展現，也是行為互相糾葛、衝突、協調、妥協的過程，絕非由作者直接敘述。因此，它是「動態的演出」。如果「情節」能連續地出現，則全篇小說必然充滿「動感」，小說中的人物如話劇角色般輪番上臺，對話、表情、動作清晰可見，並且適切地演出一段事件，則不會陷於只有作者「夫子自道」的沉悶狀況。

二、對話如面談

傑出的少年小說作家能引導小說人物來到讀者面前，和小讀者進行交心的晤談，使小讀者能有參與及認同小說人物的感覺。

對話要求能和小讀者面談，則用詞不能太文言，不能太深奧難懂，必須是小讀者的日常用語，作者在行文之際，「對話」才有可能生動，被小讀者了解、接受而呈現「動態」感覺。如果少年小說中的人物對話，寫的都是「古人」的話，則全篇都是「錄鬼簿」，小讀者難以理解，必然無以終篇而掩卷太息，如此一來，即是失敗的「對話」。

「對話」要求生動的極致是「面談」，「親聞謦欬」只是單方面的發聲，唯有說出、寫出小讀者所聽、所說，並且是內心所想說的「對話」，才是真正的「面談」，也唯有「面談」才具有動態的感覺。

「對話」不能只是聲音的傳達，必須是聲情及動作的結合，否則該段對話即和機器人呆板的「機器發聲」無異。經驗豐富並且善於刻畫人物的作家，在運用「對話」之際，必能說出讓讀者「心有戚戚焉」的言語，而且說話者的表情、動作同時顯現，使其擔負在小說中的角色功能，又能擔負起說服讀者的媒介功能。基於此一命題，「對話」的「動態感」益形重要，而「對話」非得說出讀者的心裡話，又能重視表情、動作的搭配，無以達到「動態」的情境，也唯有「動態」的對話才有「面談」的效果。

三、行為似演戲

少年小說要充滿動態的熱鬧氣氛，小說中人物的一舉一動需要一番雕琢——也就是刻意的安排，寧可「誇張驚奇」，不願「平淡無奇」。

「誇張驚奇」具有引人一讀的趣味效果，更具備動態效果的感覺，而「平淡無奇」則波平如鏡，一片死寂，類似於「靜態的展示」。一般人在日常生活中的表情、動作都只求能夠達意，不會特意誇張某個動作，以免被視為精神異常。但在少年小說中為求營造熱鬧的氣氛，「行為」必須「演示」出來。所謂「演示」即是刻意強調，放大動作幅度，以求吸引讀者的目光，因而具備

「動態」的特性。

少年小說中的人物某個舉動的結果，若讓讀者臆測屢中，必然欠缺戲劇性的效果，若是人物行為的「下場」，在讀者意料之外，具有轉折性的變化，即能具有「戲劇化」的感覺。

四、創意像繁星

少年小說的讀者喜好新奇，不愛人云亦云，也不樂意閱讀老套窠臼的故事，更不接受老夫子式的行為及說教，要的是「驚奇誇張」，要的是「新點子」頻頻出擊，創意汩汩流出有如密林春泉，創意點點浮出有如暗夜繁星。唯其有創意，作品才具新鮮感，而新鮮感也正是一種「動態」，是活潑、是動感、是精靈的魔術棒，能夠化腐朽為神奇，能夠點動小讀者惺忪的睡眼，睜大慧黠的雙眼，一睹少年小說中精彩生動的情節。

有創意的情節，絕非由作者平鋪直敘而展現，係由小說人物各稱其職，各司其功，做躍動式的演出，因而形成動態的情節。易言之，有創意即是有生命，充滿動態，充滿活力，一篇有創意的少年小說，在情節發展、人物個性及動作、表情、對話上，必然不至於承襲故舊，人云亦云，而是新觀念、新點子、嶄新風格的遣詞造句、出人意表的情節發展，可說是「無一不動」的局面。

要求「無一不動」，則其創意、新鮮感絕對不是只出現在某一段落、某一情節，而是通篇如此、創意不斷，有如夜空繁星俯瞰世界，與小讀者黠慧的雙眼上下呼應。

五、描寫如脫兔

「描寫」用在人物身上，以求凸顯特徵，給予讀者深刻的印象；用在描繪場景，使少年小說人物擁有演出的空間，整個情節具有搬演的舞臺。因此「描寫」在少年小說中極為重要，必須運用具體的語詞、具象的觀念來活化抽象的語詞，唯其如此，情節的開展才會具有動態的趣味。

抽象的語詞是呆滯、靜態的，無法給予讀者身歷其境之感，如果抽象語詞使用過多，則全部情節必然陷入濫用古人言語、成語的泥淖，無法和時代脈動相結合，無法敲開少年讀者容易感動的心靈，減低少年讀者接納的意願。

具體的事物和具象的觀念，任何讀者都可以得知、可以感受，在閱讀作品時彷若身歷其境，使其具有參與感。具體事物及具象的觀念能妥善使用，必然形成作者獨特的遣詞造句風格，從字、詞、句、段落以至於全篇，到處可以聽到人物的心跳、言語、謦欬、腳步聲，彷如一隻能急速跳躍奔跑的野兔，被主人加以馴服，能隨觀眾需要，做出因應的表演技巧。

少年小說的描寫能達到「脫兔」的境界，則全文動感十足，趣味湧現，比較那靜態的說理更令小讀者激賞。

第五節　時空交錯勝於直線進行

「時空交錯」的目的，在於打破「自然時間」的限制，提升小說的藝術成就及可讀性。金健人的《小說結構美學》曾言：

> 一切藝術，總是力圖擺脫自然又力圖逼肖自然。……時序從自然狀態中的解放，是小說家能動地處理現實內容的需要⑨。

「時序」是小說內在「故事」的組織者，但是如果不依「時序」來描寫，是用「敘事時序」來代替「事態時序」，就成了「情節」，因此「故事」和「情節」的不同在於：

「故事」強調「結果」，讀者常問「後來呢？」，所謂「後來」即相對於「已經」，因此是以「時間先後」為考慮的重點，所依據的時間是以事件發生的時間為主，而空間則依時間的不同而變換，時間是直線進行，空間則附屬於時間而存在。

「情節」強調「過程」，讀者會問「為什麼？」，所謂「為什麼？」即是「為何會如此？」，因此是以「邏輯推理」為考慮的重點，所依據的是「情節發展的全面性」，而不在乎時間的次序，因其重視的是「時空交錯」之後所造成的曲折離奇、懸宕伏筆、令人猜臆、原來如此的閱讀趣味，以滿足讀者欲一探究竟「為什麼」的好奇心。

時間上的「直線進行」，是以地球自轉及公轉的時間為準，白天及黑夜輪替。上午、中午、下午、夜晚依次出現。春去夏來，秋去冬來的四季遞嬗。昨天之後是今天，今天之後是明天，是一種過去、現在、未來的時間流程。許多的人在時間流程中不知不覺地生存活動，許多的事件在時間流程中循序漸進地上演發生，許多的物品在時間流動過程中被製造、存在、腐朽以至於毀滅。因此，直線進行的時間迄至目前為止，可謂「凡人無法擋」，是一種「成、住、壞、空」的歷程，是人類「生、老、病、死」過程中無法逃避的約束力量。

少年小說的「事件」仍依「直線進行」的時間而發生，但是「事件」只是「素材」而非「情節」。因此，面臨將「素材」處理為「情節」時，作者可以將「地球時間」弄亂為「小說時間」。「地球時間」是外在的，及於地球上的人、事、地、物。而「小說時間」是內在的，全依小說的情節發展需要而加以調整，重新安排，務期「情節發展」的曲折變化，以免因平鋪直敘而被一眼看穿，毫無神秘性、趣味性可言。

所謂「小說時間」即是「時空交錯」後的時間，它仍具備「過去」、「現在」、「未來」的質素，但有如一塊黏土任憑作者捏塑，時間的進行已非直線，而是交錯出現。在小說時間中，「現在」之後可以是「過去」，也可以是「未來」；「未來」之後可以是「過去」，也可以是「現在」；「過去」之後可以是「現在」，也可以是「未來」，並未缺少時間的任何一個環節，但是時間的次序確乎已經打亂，因而形成小說情節曲折變化的效果。

少年小說的情節發展，既然是「時空交錯」勝於「直線進行」，作者在寫作時就得注意到「凸出精彩部分」、「打散時空順序」、「擇取主觀時空」、「壓縮時空」、「運用時態變化」的技巧。

一、凸出精彩部分

事件的發生都是依「地球時間」而進行，而且包含「原因」、「經過」、「結果」、「善後」等四個過程。相對應於少年小說的發展，則是「開頭」、「發展」、「高潮」、「結束」。因此，「結果」及「高潮」是作品中最精彩的部分，若是將「結果」

及「高潮」置於作品的最前頭，必然具備無比的吸引力，使小讀者有一窺究竟的慾望。

作者要將最精彩的精節置於前頭，首先要對一篇少年小說的所有情節瞭若指掌，才能確立其中最重要、最精彩的事件發展過程，而且不考慮到時間的先後，將其挪至作品的開頭，再使用倒敘或回憶的技巧，則「時空交錯」自然形成，全篇作品也能避免「直線進行」式的「平鋪直敘」缺憾。

二、打散時空順序

要利用「倒敘」或「回憶」技巧以形成「時空交錯」的格局，首要打散時空順序。

時間有如縱式積木，空間則似橫式積木，利用縱橫積木能架構成玩具高樓大廈及各種物體，其先決條件是兩者能密切結合。同樣的，在少年小說中，事件必定附屬於時間的長河而進行、發展，也必定落實於廣闊的空間而展現、存在，如果遵照事件時間來寫作，則不免於「平鋪直敘」，唯有將時空切割成片段，再予以重新組合，構成少年小說中具足無缺的時空，則時空雖已弄亂，但並不損於情節的完整性，又能要求讀者重組「時空積木」，從中獲得閱讀樂趣，效用精宏。

三、擇取主觀時空

少年小說中的時空可以區別為「事件的時空」及「情節的時空」。

「事件的時空」是客觀的存在，居於其中的人物，同享一樣長短的時間，共處同樣廣狹的空間，它可由時鐘的運轉，光陰的挪移而察知；也可由皮尺的丈量，視線的掃視而測得。因此，只要「事件」既已形成，直到目前為止，無人能夠改變既定的事實，這是「事件時空」的公正、公平，也是其冷酷、無情之處。

「情節的時空」則是主觀的存在，而且只存在於小說或戲劇作品中。基於寫作的需要，從情節的重要程度而言，主要的情節，即使「事件時間」短暫，仍應推衍鋪展成連篇累牘，佔用全篇作品絕大的篇幅，佔用讀者甚多的閱讀的時間。而次要的、無關緊要的情節，在作者「主觀」的秤量上，即使是數十寒暑，可能僅以三言兩語交代，在讀者兩眼之下輕輕滑過，其時間僅只數秒。此為「情節時空」霸道及不合「自然時空」之處。

少年小說作者，皆應熟稔「事件時空」及「情節時空」迥異之處。為作品情節推展的需要，應捨去「客觀的時間」，擇取「主觀的時間」，妥善運用「自其重者而觀之，則須臾為永恆；自其輕者而觀之，則千年為一瞬」的技巧。如此一來，事件的輕重緩急經過調整，情節的發展不至於出現「直線進行」的弊病。

四、壓縮時空

少年小說中的時空經過壓縮之後，則質地更密，比重更重，密度更高，也就是「尺寸之幅」而有「千里之勢」，能在短小的篇幅中述說更多的事件，此為「壓縮時空」的討巧之處。梁啟超用佛家語形容小說：「一毛孔中，萬億蓮花；一彈指頃，百千浩劫。」即在形容「小說時空」的妙境。

亞里斯多德（Aristotle）分析希臘古劇時曾提出「三一律」的原則。所謂「三一律」即是「三條協律」（Three Unities）即「一日之內」（Unity of time），「同一地點」（Unity of place），

「情節單一」(Unity of action)。少年小說想「濃縮時空」就得使用「三一律」，尤其是採用「一日之內」的協律，更能融「過去」、「現在」、「未來」於一爐，使得少年小說的密度達到最高點。

雖然「三條協律」規定「時間」、「地點」、「情節」都要「單一」，好像不容許有其他的時間，事實上採用「回憶」、「幻想」的方式，即可從「現在的時、空、情節」跳至「其他的時、空、情節」，只要在「一日之內」完成，即能使小說質地達到最密實的地步。因此，「壓縮時空」就是「時空交錯」，也就是克服「平鋪直敘」的利器。

五、運用時態變化

前述的「打散時空順序」及「壓縮時空」，目的都在淆亂「地球時空」，針對少年小說的情節需要，擇取作者需要的「情節時空」，也就是「主觀的時空」。因此「時態變化」的運用技巧，是造成「時空交錯」的必要手段。

「時空交錯」即是「過去時空」、「現在時空」及「未來時空」的交替出現。基於地球人類對於「地球時空」的認知，一件事情絕不可能在「同一時間」、「同一空間」發生兩次，所以「事件的重演」，必然是「同一事件」在「不同時間」或「不同空間」發生。而「同一時間」及「同一空間」則絕對不可能發生兩件事情，唯有利用「時態的變化」，不同的「事件」及「時空」才有可能在少年小說的「現在時空」展現，以達到「時空交錯」的效果。

因此，「時態變化」及「打散時空順序」、「壓縮時空」，是

「時空交錯」三個必要的條件。

第六節 利用伏筆以求呼應

少年小說的情節發展如果是一洩千里，毫無神秘性可言，欠缺吊人胃口的機制，必然一如「平鋪直敘」般令小讀者一眼望盡，讀之有流暢之感，卻無猜測、懸疑的趣味牽引，也就是缺少追究「為什麼？」的動機，小讀者的閱讀趣味在無形中已受到剝奪。

再從少年小說的藝術要求而言，缺少「前伏筆、後呼應」式的設計，情節發展必然無法曲折離奇，將與一般描述事件的「原因、經過、結果、善後」的記敘文無異。若能妥善運用「伏筆」，則情節發展有如「石灰岩地形」的地底河流，由甲地鑽入地下，從丙地冒出地表，在乙地雖杳無蹤跡，實則於地底持續奔流，仍是和甲地、丙地的地表河流前呼後應的局面。

「伏筆」可以是「宣告」，也可以是「暗示」。前者是明白告知「某人、某事、某物」即將暫時退場。後者則是作者在情節發展到某一段落之際，暫時擱置不談，另起一條線索，而此一線索到某一段落是和伏筆相互呼應的。不管「宣告」或「暗示」，「伏筆」總是代表某一情節暫停，或某一人物暫時銷聲匿跡，直到適當段落再行發展，為全篇作品組織成嚴密的網絡。

為使「伏筆」能發揮適當的功能，少年小說的作者應該注意「懸宕的構成」、「懸疑的使用」、「前後的呼應」、「趣味的形成」等技巧與原則。

一、懸宕的構成

「懸宕」指的是「暫時岔開情節，形成宕越的情形」。情節應該像「串珠」般連續進行，但為求達到曲折變化的效果，可以運用「跳島策略」，在甲情節結束之後，岔開接續的乙情節，先說丙情節，之後再回頭述說乙情節，則在甲、乙情節之間，因為丙情節的介入，立即出現「懸宕」的情形，如此一來，也可以避免出現情節平鋪直敘的缺失。

「懸宕」的時間有長有短，短者可在人物「對話」之際來表現，長者甚至可在好幾個情節之後再出現，因而相隔的時空非常的長久、廣闊，兩者造成情節變化的效果是一致的。

二、懸疑的使用

「懸疑」不同於「懸宕」，後者是一個或數個完整情節的經營，而「懸疑」則是某段對話、某一事物，或某種氣氛所造成的可疑現象。「懸疑」的使用可使讀者有一窺究竟的焦躁及懸念，而「懸宕」只是情節安排的間距。相同的是，兩者皆能形成文氣的變化，以及情節安排的曲折變化，對於小說趣味的維繫有莫大的助益。

從「某段對話」而言，少年小說中人物「欲言又止」，吞吞吐吐的對話方式，即能吊足小讀者急於一知答案的胃口，此即「懸疑」的妙用。

從「某一事物」而言，少年小說中的某些事物所形成的疑點，不在情節進行的當下即時加以揭曉或展示，而是拖到另一情節、另一場景再揭示答案，類此情形，即是懸疑的使用。

從「某種氣氛」而言，即是先行塑造一種氣氛，瀰漫在各個情節中，作者雖不明說，小讀者卻能感受，並亟欲知道究竟是何事物而造成此種氣氛。則全篇小說作品即是一個最大的謎團，基於小讀者追根究柢的好奇心理，該作品的趣味效果必可在情節進行時顯現出來。

三、前後的呼應

少年小說作品為使情節的安排多變化，因此而設下「伏筆」以增加閱讀的趣味性，此種舉措固然值得嘉許，但也要求「伏筆」能夠形成「前呼後應」的局面。

所謂「伏筆」即是「埋伏之筆」，先埋下一個變數，再於另一情節中予以解答或解除。在解答或解除之時，即有「發掘」、「挖起」的作用，因此「伏筆」是「呼」，「揭曉」是「應」，乃是緊密契合的狀態，若是「呼而不應」或「應而無呼」，都不是良好的「伏筆」設計。

四、趣味的形成

「懸疑」及「懸宕」的作用，都是給予預告而不立即給予答案，用此來緊扣讀者心弦，以引起小讀者亟欲求知答案的焦躁及渴望的心理，而少年小說作品內在的趣味性也由此而形成。

運用「懸疑」及「懸宕」之時，必得撒出滿天迷霧以模糊小讀者的視線，藉以導向不正確的判斷，在猜測及尋求答案之際，少年讀者的智商備受考驗；在揭曉之際，少年讀者願意接受作者安排的事實，以檢討自已判斷的對與錯，對則雀躍欣喜，錯則恍然大悟，有「原來如此」之感，即能構成閱讀的趣味性。

附　註

①參見俞汝捷《小說24美》（淑馨出版社）頁一四七，第十二章〈縝密之美〉。文中論述「中國傳統藝術」重視「線條」之美，而西洋藝術則重視「團塊」之美。

②同註①，頁二三二，第十九章〈逶迤之美〉，談到中國藝術的一個鮮明特徵，就是「充滿蜿蜒曲折之美」。

③參見李保均《小說寫作研究》（湖北人民出版社）頁一四三第三章〈小說的藝術情節〉之㈢情節的豐富性。

④參見李喬《小說入門》（時報文化出版公司）頁一三三至一三四〈「情節過程」最要緊〉。

⑤參見俞汝捷《小說24美》（淑馨出版社）頁一二一，第十章〈氤氳之美〉。文中強調：小說的氛圍與所塑造的形象不可分割，氤氳之美正是通過栩栩如生的形象渲染出來。

⑥同註⑤，頁一五四至一五五，第十三章〈健舉之美〉。文中強調：只有結尾得力，才能與前文銖兩相稱；只有結尾不凡，才能餘音繚繞，回味無窮。

⑦同註⑤，頁二三九，第二十章〈起伏之美〉。本章強調：節奏宛如人的呼吸、海潮的起伏，均衡中有著無窮的變化。唯有節奏多變，時起時落，才能引人入勝。

⑧同註⑤，頁一八三，第十五章〈不隔之美〉。本章強調「描寫」的功能可以使得形象生動，讀者有身歷其境之感，不會有「隔」的缺憾。

⑨參見金健人《小說的結構美學》（木鐸出版社），頁十八。本書在小說的「時間」質素上，分成「時間」、「時序」、「時差」、「時值」等方面來討論。

第陸章

少年小說的主題顯現

「主題」是作品的主要意旨、中心思想。

「主題」是作者期待讀者看完作品後，能夠從其中獲得教訓、啟發，因而在心智上獲得成長的道理。

「主題」是作者理想、思想、觀念的總呈現，它是作者借助於人物、故事、情節、對話、個性……而顯現的設計，也是作者寫作該篇小說的主要目的。

「主題」是讀者學識、經歷、體驗的總應用，它是讀者從字裡行間，人物個性、對話、表情及動作，整個情節的發展……而發現的意旨，也是讀者閱讀該篇小說作品之後的最終收穫。

方祖燊教授《小說結構》一書曾說：

> 小說所表現的主題，無論「長篇或短篇」，都可以用「很簡單的一句話」來說明它；也就是說長篇或短篇的小說所要表現的，都只是作者心中的一個意念或思想①。

「作者心中的一個意念或思想」各有不同的表現方式，如果是「諺語」則採明說方式，若是「寓言」則利用一段簡短的故事，再於故事結束時明白告示讀者。若採用「詩歌」方式，必然含蓄婉約，利用比喻、形容、抒情等方式來表達意念或思想。但在「小說」及「戲劇」中，必然借助人物對話、表情、動作、心理及情節的進行來顯現。少年小說是「小說」的分枝，為使小讀者讀完作品能夠心有所得，其「主旨」的顯現方式一如成人文學的小說及戲劇。

少年小說的作者也有其應負的社會責任，他的理想是使社會變得更光明美好，此一「理想」必得經由作品來實現。作品因有「理想」而具有內涵，作者因有「理想」而創作，自然不會流於「無的放矢」，因此，作品的「主旨」是作者心中衡量世事的一把天秤，每個少年小說作者都應妥為應用。

方祖燊教授《小說結構》又言：

> 中外小說大都是一樣的，不但要訴之「趣味」，並且要訴於人類的理性和良心，以提高人類的道德觀，以發揮作者的理想。……第一流的作品也應該是有健全完美的教育意義的。……好的小說能給人理想，能教人高尚的道德，能淨化人的情性，能創造人同情的感念，能給人完美的生命②。

方教授能強調小說的社教功能，觀念極為正確。因為小說作品除了讓讀者快樂，怡悅的「娛心」功能之外，更多的功能在於作者針對人類社會的價值觀、道德觀、人生觀、宗教觀、政治觀等，提出「主觀的評價」，但是他不能大聲疾呼式的呼喊，唯有站在幕後，設計許多人物、故事、情節來顯現作品主題，如此一來，才能具有梁任公在〈論小說與群治關係〉一文所言的，具備了「熏、浸、刺、提」的功能。少年小說乃針對少年讀者而寫作，其主題更應光明正大、冠冕堂皇，以給予少年讀者正確導引的方向，以及正面提升的力量。

針對少年小說的特殊教育功能，在設計及顯現主題時，作者應注意到下列原則：「主題必須自然顯現」、「主題應具正面意義」、「主題應有明確意涵」、「主題應具多樣面貌」、「主題應與情節互為表裡」、「主題應與對話互有指涉」，利用人物的言行、心理及情節的進行，將「主題」做藝術化、文學化的處理，而不是呼口號、教訓式的直接灌輸。

第一節 主題必須自然顯現

楊昌年《近代小說研究》，對「主題」的表現有如下的看法：

> 小說正是描寫人生、表現人生、啟示人生、創造人生的，因此，小說之中，必有作家的思想及人生觀，而作家的思想意識，人生觀透過小說形式、藝術技巧表現出來時，便是小說的主題③。

所謂「透過小說形式、藝術技巧表現出來」，即是本節重點——「自然顯現」——的同義詞。

「主題」必須「顯露」，也就是「外顯」而「發露」，但絕對不是直截了當的教訓及說明。「主題」若由作者直接說明，將與「話本」時代無異，係由「話本」編撰、蒐集、寫作者明言，再由「說書者」代為傳達，是注入、灌輸方式，而非情節和主題融為一體的藝術處理方式。

「主題」要自然顯現，可以利用人物的對話、動作及表情、心裡的想法、情節的進行等方式來達成。

一、利用人物對話來顯現

「人物對話」係由小說作者所設計，除了刻畫人物個性之外，尚能促進情節的進行，並可在有意無意間顯現作品主題。小說中的人物是作者的「代言人」，若是主題由作者直接宣達，將不免於說教，交由小說人物間接暗示，仍可達成作者目的，但能給予讀者「客觀」的感覺，也正由於「客觀」，讀者比較樂意敞開胸懷來接受，作用及效果較為宏大。

二、利用人物的表情及動作來顯現

「對話」是利用言語來顯現，而「表情、動作」則是肢體語言，同樣能夠用來表達人物內心深處的意念，因此可以用來顯現主題。

運用人物的表情及動作來顯現主題，必須和「對話」配合，例如：某甲述說某句簡短而有關「主旨」的話，某乙抱持著肯定的態度，即是正面的增強，更能由此確認少年小說的「主旨」。反之，若是抱持否定的態度，即是負面的削減，表示某乙反對某甲的說法，在表情上施以不屑的態度，而且在動作上施以抗爭的行為，即可由相反的一面、相對的說法來展現主旨。

三、由心裡的想法來展現

心裡的想法可能付諸行動，也可能只是喃喃自語，或悶在心中毫不吭聲，但是無論哪一種形態，都逃不過作者先知先覺的法眼，都會在作者筆下浮現。在少年小說寫作之時，若是某一角色的「心裡想法」時常浮現，並且和言行舉止互相配合，或者一再出現囈語式的獨白，自然而然地會引起小讀者的注意，從少年小說人物的行動、獨白中獲得概念，逐漸增強加深印象，因而形成對某一思想、觀念的接納、定型，甚而影響小讀者一生的言行。

四、由情節的進行來達成

由對話、動作及表情、心裡的想法來展現主題，可能集中在少年小說中某個特定人物的身上。若是由「情節的進行」來顯現主題，則是作者在進行「無言之教」，作者只負責展示情節，只控制少年小說人物的一言一行，讓許多角色演出故事，而其結局或過程、下場，將可給予小讀者警惕或學習的作用，此為由「情節進行」來展現主題的妙用。

由於「情節的進行」具有連續性、全面性、全篇性等特徵，因此，由情節來展現主題，必然是從少年小說的「開頭」到「結束」的封閉空間中，是由情節的進行以帶動人物的漸變，由人物心理及行為、言語的漸變，慢慢地浮現少年小說的主題。

少年小說的「主題」能蘊藏在字裡行間，能和情節的進行融為一體，是最成功也是最藝術化的處理方式。而且由於其「不著一字」，小讀者可以「盡得風流」，能夠多方面、多角度去思考問題，追求答案，以獲致其所需的「主旨」，對其行為發展有正面的甄陶作用。

第二節　主題應具正面意義

楊昌年《近代小說研究》將「主題與小說」的關係，歸納成「無主題」、「主題模糊」、「主題歪曲」、「主題正大」等四類④。

由此可知，在成年人的小說作品中，「主題」可以是灰色的人生觀，也可以是暴力、流血的價值觀，更可以是淫穢不堪的享樂觀……因此，在成人的小說作品中，「主題」並不等於「道德意識」，一切以「唯美」、「藝術」為主要訴求，一切以「娛心」「消遣」為消費需求，甚且有「不要主題」的小說創作理論。

多個流派的小說創作論或文學理論各有其著眼點，皆能敷演一套完整的理論體系，各宗派之理論不獨無可厚非，吾人皆應予以肯定、讚揚，唯其有如此繁多之文學理論，才更見文學花園中的繁花似錦。

但是在少年小說作品中，「主題」乃必備之「善」，不但不可缺乏，而且應要求「真、善、美」兼備。少年小說的「主題」應是正面的、光明的、積極的、向善的、向上的、立意高尚的，是一種「純白潔淨」的主題，不可以是「黑暗」、「灰色」、「紅色」或「黃色」等，戕害小讀者心靈的不正當主題。

「主題」在少年小說作品中，是一種啟發、教育，更嚴厲的說法是「一種教訓」，其目的在陶冶少年小說讀者的品德，提升少年讀者的心靈層次。因此，少年小說的「主題」等於「道德意識」，一切以少年讀者的心性培養為著眼點。

楊孝濚在〈社會問題與少年小說的社會功能〉一文，明確指出：

> 少年小說的功用在於：「使少年對自己產生高度的信心」、「使少年對自己的家庭有歸屬感和責任感」、「建立少年對於我們社會發展的信心」、「使少年充分認知我們的世界，充分認識『我們只有一個地球』的觀念」⑤。

楊孝濚所謂的「社會功能」，指的都是「少年小說」的主題，由此可知少年小說的「主題」應該朝向「正面」、「積極」、「光明」、「向善」、「立意高尚」等方面來經營，並在不著痕跡中予以顯現，以收到陶冶青少年品德的宏效。

㈠**正面的主題**：強調「是非分明」，強調「信賞必罰」，重視人性，尊重個人，又能肯定團體的必要性，眾人所琅琅上口的倫理道德觀念，全都是正面的主題。

「正面」的相反詞則是「唱反調」，故意致使是非混淆，黑白不分，忠厚老實者遭逢不幸；行險僥倖、詐騙取巧者偏獲成功……如此一來，必然汩沒青少年心性，混淆其價值觀。少年小說若有反面的主題，必成反面的教材，不但無法提升青少年的品德，甚且使得青少年的心性沉淪到無以挽救的地步。反之，每篇作品的主題都具有正面的意義，並且有如羚羊掛角般將主題和作品融為一體，則少年讀者將在不知不覺中受到作品的感動及陶冶。

㈡**積極的主題**：所謂「積極」即是強調積極進取、奮發向上，凡事樂觀，努力不懈，不怕失敗，肯定「耕耘」必有「收穫」，「正義」必然戰勝「邪惡」，成功不會突然而來，不會從天而降，強調成功應流血汗，不認為成功乃由行險僥倖而獲得。若是遭逢失敗也不應氣餒，仍然要堅持到底，爭取勝利，因為凡事抱持「積極」的信念，因而意志堅定，信念正確，行事不至於半途而廢，內心深信必能扭轉乾坤，化不可能為可能，是打擊不倒的意志力。

少年小說中能有如此的主題，則小讀者閱讀作品之後，必能受到少年小說中人物及情節的感化，培養出積極進取的品德。

㈢**光明的主題**：所謂「光明」，指的是人生的光明面，要朝向光源，朝向太陽，而不是看待黑影，看待人生的黑暗面。

社會並不全然光明，血腥、暴力、灰色、黃色之素材、角落、事件極多。積極者發現人生及社會的溫馨，發現人生的可愛及社會的多采多姿，並從其中取得對應、融入之道。消極者則惶惶不可終日，認為人心險惡，社會冷酷無情，無法在弱肉強食，爾虞我詐的社會中生存，因而頹廢沮喪，墮落沉淪到無以自拔的地步。

少年小說的作者，其社會責任乃在於揚棄人生的黑暗面，揀擇人生的光明面，利用人物、故事加以強調，以堅定青少年的信心，使其迎向光明，抗拒黑暗，以陶鎔少年讀者健全的品格。

㈣**向善的主題**：「向善」的主題，其目的在於循循善誘，借助少年小說的人物及故事善言善行的安排，在潛移默化中使青少年讀者能趨向於善良。

「善良」指的是助人而不算計他人，利人而不圖利自己，犧牲自己而不破壞團體，口出善言而不詈罵他人，心存感激而不怨天尤人，仁民愛物而不殘害周遭人物。

青少年若在心靈深處有潛存「邪惡」的因子，即可借助於閱讀，仿效少年小說中品德高尚，十全十美的小說人物，取得認同並且以之為師，必能去除邪惡的心理，遠離邪惡的人事，走向善良的路徑，行為因而獲得導正，長大之後不至於作奸犯科，此乃「向善的主題」教化之功。

㈤**立意高尚的主題**：所謂「立意高尚」，指的是境界高超，看法卓越，不與一般芸芸眾生同樣的見解。立意高尚者，其心意能超凡入聖，其心靈層次能朝向倫理道德的要求來提升，能以「人」的立場來就事論事，能釐清「人」和「動物」的界限，遠離「動物」界的「生物本能」，不從「享樂」、「爭奪」、「殺戮」等「競爭」層面來設想，而是從「互助互利」的觀點來立意

以小讀者彼此間的糾紛來說，其解決之道，高尚的立意應該「以德報怨」，其次是「以怨報怨」，等而下之的則是「以怨報德」。再以人生的目的來說，最高尚的立意在於「人生以服務、犧牲、奉獻為目的」，其次是「人生以享樂、追逐名利、積聚財富為目的」，最低級的層面則是「人生以算計、陷害、搶奪為目的。」

由上述理論及實例可知，高尚的立意和「倫理道德」是密切契合的，其目的在提升人類的心靈層次，從「本我」到「自我」到「超我」，以達到「人之所以為人」的境界。少年小說讀者屢屢閱讀立意高尚的作品，其見解、觀念之高超自然迥異於凡夫俗子。

第三節　主題應有明確意涵

少年小說的「主題」可以「顯露」，但是不可以「明說」。「明說」的結果是，「主題」變成「單一」，小讀者所獲得的

訊息也是「唯一」，勢必減少小讀者想像、思考的空間，小讀者只有「接受」，而無回饋給作者的機會。

「顯露」的優點是，「主題」並非「單一」，而是「多元」，小讀者所獲得的訊息紛紜多端，可以增加小讀者思考、判斷的能力。從少年小說的人物言行舉止，以及情節的進行來確認「主題」，不獨小讀者收穫豐碩，作者也可由此管道去反思自己未曾關注、碰觸的主題。

「主題」應是「開放」性質，讓小讀者依照其生活經驗、成長背景、學識高低、思考角度……的差異，而有不同的體會。一篇作品的「主題」若能讓小讀者各取所需，都能從作品中獲得啟發，則此作品的價值不言可喻。

既然少年小說的「主題」以能「開放」為上乘，因此在刻畫人物、安排情節時即應朝「正面」、「積極」的方向來設計，也唯有如此的經營，「主題」才不致偏離倫理道德的規範。換言之，少年小說的「主題」應該有明確的意涵，小讀者能獲得正確的主題訊息，不會誤解作者本意。

所謂「明確意涵」，指的是：作品能和主題契合、能明確地顯露、不可模糊不清、不是灰色地帶。茲分別論列如下：

一、作品能和主題契合

小說係由「人物扮演故事」，再由「故事表現主題」，少年小說亦然，唯有作品中的人物及情節能和主題互相契合，此篇作品才不至於無的放矢，浪費筆墨。

「主題」是存放於作者心目中的一把天秤，也是其作品的創作南針。當作者確定「主題」之後，所有的人物、事件、言行舉止都該歸於「主題」的統攝，一再地呼應主題，不可偏離主題，如此一來，「主題」才能具有明確的意涵，作品才真正是和主題密切契合。

所謂「明確的意涵」，並不是「明說」，而是「不被誤解」。「明說」式的主題類似於教訓，「不被誤解」式的主題具有明確的指涉，其是非善惡的觀念是清晰易於辨認的。少年小說的主題特別偏重教育性，若是涉及社會黑暗面，必須點到為止，不可以鉅細靡遺地描繪犯罪細節，以免導致少年讀者誤解作品的主題，並從作品中習得犯罪手法。否則，「兒童讀物」適成「兒童毒物」，必然乖違作者創作少年小說的本意。

二、能明確地顯露

作品和主題兩者能互相契合，只是消極的要求，若是主題能夠明確地顯露，則屬積極的要求。唯其能夠明確地顯露，才不容易遭致誤解，也更凸顯作品的藝術成就。因為由於人物的言行舉止，由於人物扮演成功的故事，具有孕育主題的功能，主題能蘊藏在字裡行間，不必經由述說，即能明確地顯露，在小讀者閱讀之後，可以輕易、正確、完全地覺知「主題」何在，即是作品最大的成就，及其最應達成的功能。

前已述及「主題」不可「明說」，即在規範作者的權利範圍。作品容許有「主題」，此為作者的權利，至於「主題」的宣示及顯露，則是小說人物及情節的職責。少年小說的作者應將權利釋予小說人物及情節，不可越俎代庖，以免逾越現代小說「作者」應該隱身幕後的創作規範。「作者」應保留蛛絲馬跡讓小讀者按圖索驥，由露頭冰山的七分之一為線索，去尋找水線之下的七分之六，如此一來，小讀者付出愈多，收穫也必然愈大。

三、主題不可模糊不清

主題應有「明確意涵」前已述及，並且是主題顯露的遵循原則。此處的「模糊不清」，指的是焦點模糊，作者的寫作能力無以規範主題，人物及情節無法烘托「主題」，使其明朗確切。換句話說，全文欠缺寫作重點，欠缺「主題」來領導人物及情節，也由於「主題」的模糊不清，必然使得人物及情節零落、鬆散，無法貫串成篇。

主題如果「模糊不清」，不管是有意如此或是無心之過，小讀者閱讀之時必然如墜五里霧中，迷惑、迷失、迷茫、迷惘而不知正確的方向，則小說作品熏、浸、刺、提的功能不彰，此篇作品必然不是理想的少年小說作品。

四、主題不應是灰色地帶

白色加上黑色是為「灰色」，大是和大非之間即成「是非混淆」的「灰色地帶」。成人文學的小說作品主題可以有灰色地帶，因為人性是複雜的，黑中有白，白中有黑，還有不黑不白的灰色雜廁其間，唯有描述人性中最複雜的成分，人物之間的衝突才會白熱化，增加故事的趣味性，提升小說作品的藝術成分。如果小說作品只是斬截的使用「二分法」，非忠即奸，非惡即善，必然是糾葛、衝突、矛盾最少的作品，則「高潮」必然無以形成，全文無甚可觀。因此，成人文學的小說作品，重視的是「黑白混淆」地帶的人性刻畫。

但在少年小說中要傳達的是明確的訊息，要給予小讀者的是鮮明具體的印象，明確清晰完美的偶像，因此少年小說的「主題」必得使用善惡分明的二分法，並且是「邪不勝正」、「善惡果報」的主題，切忌騎牆、見風轉舵、搖擺不定、模糊事實及主題的「灰色地帶」，以免小讀者有無所適從之感。

若是「主題」屬於無所謂「對錯」、「是非」的性質，只要小讀者做出價值判斷，做出孰先孰後的決定，則此類的作品不應視為出現「灰色地帶」。面臨寫作此類作品時，作者應將正反二端的背景，公平、全力、毫無隱晦地描述，給予小讀者判斷的根據，留予小讀者思考的空間，則此類作品的「主題」融入方式，更值得擊節讚賞。

第四節　主題應具多樣面貌

李喬的《小說入門》，對於「主題分析」有獨到的見解：

> 小說，離不開人生，小說寫的就是人間的內外生活。那麼，人生、生活的種種就是小說要表達的主題了。人生最大的課題是生死、愛恨、戰爭、名利追逐等。然則，小說的主題也正是這些。不過，人間千情百態，所以小說上探索的，也就必然是萬綠千紅了⑥。

由李喬的高論可知，主題應和生活經驗結合，是一種心領神會，各有所得的體驗。因此，同一篇作品，由於讀者思考的角度不同，可能會有不同的「主題」出現。

「主題」是「理性」的，針對少年小說作品的內容、事物加以理解；又是「感性」的，喚起內在的意識作用，由少年小說中的人物、對話、舉止以及情節的進行，思考出富於「人生哲理」的部分，以期能對少年的人生觀、功課、友情、愛情、家庭、成功、失敗、奉獻、服務、犧牲等觀念有所啟發，使少年在長大之後，面對人生、人群、人事、人際、人物……擁有正確的認知，並能堅定地奉行不渝。由此可知「主題」在作品中的重要性，應凌駕於少年小說各質素之上。

創作給少年讀者的小說作品，應自日常生活、歷史事件、科技事物、寵物、犯罪事件、詭異事件……以及初開的情竇來取材，因而其「主題」也應該是多樣面貌的。

一、有關「人生」的主題

即是「人生觀」。每個人面對成功、失敗應有的態度，處世態度應積極進取或消極退縮，做事應全力以赴或敷衍了事，對自己應嚴格自律，對他人應寬鬆對待；對金錢應妥當支付或隨便花費，……凡此種種都會影響個人的一生，若能及早讓少年讀者具有正確的人生觀，則其一生必然充滿自信與快樂，成功的機會也一定更大。

二、有關「人群」的主題

即是「群己關係」的和諧。處於群體，應以眾人利益為優先，應做團結合群者，不可淪為害群之馬。面對利益能落於人後，面對災難能勇往直前，當仁不讓地去克服、完成。並且要有「我為人人」的服務、奉獻襟懷，做個付出者、貢獻者、施予者，而非每次都是接受者、獲利者、享福者。處於人群中，要與眾人融為一體，不分彼此，若是自外於人群，自絕於群體，必成孤癖者，久而久之，必然無人願意與之親近。

三、有關「人事」的主題

即是「做事態度要負責任」的培養。現代年輕人常是「對己不反省」、「對人不尊重」、「對物不珍惜」、「對事不負責」，一切以自我為中心，一切以自利為依據，一切以自私為考慮，因此對事情的處理無法負責到底，常丟下爛攤子需要別人幫忙善後。針對此一弊病，少年小說應設計「負責任」的主題，用精彩、生動的故事來表達，培養少年讀者長大之後勇於任事的態度，每件事情能夠有始有終地完成。

四、有關「人際」的主題

相對於「群己關係」，此處的「人際關係」，指的是人與人之間往來的關係，是個人對個人的相處態度。

人際關係良好，到處受歡迎；否則，必定到處受排擠。若是少年讀者對待其他人能夠開誠布公，真誠往來，能以他人利益為旨歸，不佔他人便宜，能搶先為他人服務，必然深獲人緣。少年讀者在處理人際關係時，必得脾氣溫和，笑臉迎人，不嫉妒他人成就，不搬弄是非，不中傷他人，凡事容忍，寬宏大量，必可結交眾多朋友，廣結奧援，處理事情之時，助力來自四面八方，比較容易成功。

五、有關「人物」的主題

「人際關係」所強調的是「民吾同胞」的「仁民」精神；

「人物關係」所強調的則是「物吾與也」的「愛物」精神。具有「愛物」精神的少年讀者，必能具備「物力維艱」，節儉不浪費的美德。

對物能珍惜，對人必然能尊重，換言之，「仁民」及「愛物」是一體的兩面，其出發點都在於內心充滿「愛」，愛自己、愛他人、愛物品，對事情自然能夠盡全力去完成，因為此人愛惜羽毛、重視聲譽、尊重生命，對任何事情皆能負責到底、戮力完成。

少年小說作者若想宣揚「愛物」的主題，可以借助少年讀者的蒐藏品、豢養的寵物、日常學習的用品，娛樂休閒的玩具為主要內容，安排情節，於生動有趣的故事中，達到潛移默化的陶冶效果。

上述有關人生、人群、人事、人際、人物的主題，乃是少年小說讀者，甚至成年人都必修的課程，若在少年時代能有完善的教育，長大成人必是身心健全的社會一分子。因此，為使主題顯露易懂，則少年小說的題材自不可太理想化、太哲學化，換句話說，若是題材距離少年讀者的日常生活太遠，則空有偉大的「主題」，因其欠缺附著的「故事」，則「主題」仍只是一個觀念，無法成為事實。

主題雖然分成五大項，但在寫作之時，五項主題必有互通之處，因此，可以聯絡二個或以上的主題，做最完整的表達，以發揮少年小說最大的功效。

第五節 主題應與情節互為表裡

楊昌年《小說賞析》，對「主題處理原則」有四點看法，其中和人物及情節有關者是：

> 一、不可利用主題作小說之開始，當由人物與故事來襯托，而不可由主題來牽引故事。
>
> 二、主題應是含蓄而非顯露的：成功的小說中，沒有一個主題性的字句，要使讀者主動地去自己尋找。如藥溶於水，有效而無痕⑦。

楊教授的高見是「主題」與「情節」、「故事」密不可分，並且不可明說，誠為的論。小說人物用來扮演故事，而故事（情節）則用以表現主題。因此，「主題」和「情節」是互為表裡的。

「情節」是外顯的，有如軀殼之人人可見，而「主題」是內涵的，有如靈魂之存在，眾人皆可感知，卻無法瞧見。易言之，「主題」是不落言筌，不形諸於文字的，全靠個人的體會，類似於「禪悟」，是一種「感知」，而非言語、文字的「告知」。

「情節」能夠越生動，則必更能吸引讀者一讀，並能使得讀者更容易把握「主題」，不至於偏離作者事先的設計，藉由情節的導引媒介，作者和讀者的心靈在「主題」的空間中交會，互相激盪出智慧的火花，兩者將有惺惺相惜之感。

「情節」要能表現「主題」，必得人物、題材、故事及情節都經一番精密的設計，能針對「主題」來發展情節，人物及題材、故事都具有凝聚「主題」的功能。「主題」依附於「情節」而存在；而「情節」的進行及安排，其主要目的則在表現「主題」，因此，兩者是相應相求，互為表裡的狀態。

「情節」既與「主題」互為表裡，「情節」的設計與安排必得考慮到如何表現「主題」。一篇少年小說的情節發展目的都為表現主題，但在所有情節中，有的是主要情節，有的是次要情節，有的是連續發展的情節，有的是獨立完整的情節，情節的類別雖多，但是只要精心設計，都可以用來表現「主題」。

筆者認為「情節」為求彰顯「主題」，應該可以「用獨立情節表現主題」、「用連續情節表現主題」、「用所有情節表現主題」、「用高潮段落表現主題」、「用人物行為表現主題」等五種方式，將「主題」進行多種技巧的展現。

一、用獨立情節表現主題

所謂「獨立情節」，指的是在少年小說中，獨立發展的人、事、時、地、物，不必和其他情節結合，自己能成為一個圓滿具足的空間，既能交代「人」的過去、現在、未來的事情及心理，又能表現此「人」和他人之間的關係，以及因為此一關係而形成的一段「故事」。

獨立情節不必借助於其他情節的串連輔助，即能述說成一段完整的故事，因此，作者可以將「主題」蘊涵其中。此一獨立情節在全篇少年小說中，必然是屬於「主要情節」，係由主要人物來扮演，是少年小說中的重要情節，最精彩、生動、吸引人的段落，蘊涵其中的「主題」更吸引讀者的注意，更具有深刻的意義。

「獨立情節」雖然自成一個單元，但仍是全篇少年小說的一部分，絕對不可自外於所有情節，才能和其他情節融為一體。「獨立情節」在全篇作品中，負有承先啟後的關鍵作用，看似和前後情節毫無關連，實則「停而不斷」，在整個情節的設計及進行時，仍如地底河流的流動，呈現的是暗中進行的狀態。

二、用連續情節表現主題

情節的進行能刻畫人物個性，表現人物的心理，連續情節若安排得當，其功用較諸有意的刻畫，或寫得長篇大論要顯得事半功倍。同理，連續情節也可用以表現主題，而且其效果是顯而易見的。

所謂「連續情節」，指的是相同的人物，在不同時間、物件、地點的條件下，一再發生的事情，這些事情從頭到尾是互相關連，互為終始，呈現「連環」的狀況，從任何一個情節切入，都可以當開頭，也可以是結束，但其先決條件是要圍繞「主題」而設計。

「連續情節」是連接許多「次要情節」或「副情節」以構成全篇少年小說的內容，因為是「次要」及「副」情節，所以無法獨自表現某一「主題」，唯有集合所有情節之力，始能構成一篇情節曲折離奇的作品，也才能表現出一個完整的主題。

由於表現主題的情節是屬於連續進行的狀況，因此，「主題」的表現是「盡在不言中」，是不用言詞說明，而是使用人物的表情、動作及心理，並且是用不斷發展的情節，一點一滴地累積，是由隻字片語，細碎事物、瑣碎事件凝聚而成的，作者雖不明言主題，但主題則隨情節的連續進行而自然展現。

三、用所有情節表現主題

所有的情節指的是主要情節、次要情節、連續發展的情節以及獨立完整的情節。一篇結構完整，兼顧內容充實，情節生動有趣的少年小說，必定運用各種不同的情節安排方式，以求情節的進行多變化，藉由情節的引人一讀，讓小讀者體會其中的「主題」。

用所有的情節來表現主題，可以確保主題的完整表現，也可以確保少年小說的小讀者在欣賞之後，能有各種不同的體會，而此種體會和少年讀者的年齡、家庭背景、生活經驗有莫大的相關。換言之，生活的體驗越豐富，則從少年小說作品所獲得的「啟示」也越多元化，作品中的「啟示」就是「主題」的同義詞。

用所有的情節來表現主題，其優點在於全由人物的動作，以及許多接連不斷的故事來吸引讀者，完全是動態的展示，而非靜態的說理，完全符合少年讀者活潑、好動的個性，少年讀者喜愛精彩生動的故事，不喜歡板起臉孔式的說教，因此，全由情節來展現主題的方式是極為討巧的。

四、用高潮段落表現主題

「高潮」是小說情節發展中最重要的段落，所有人、事、時、地、物的糾葛、衝突、矛盾、不一致，在高潮的段落都要得到紓解、緩和、協調及統一。少年小說亦然，當「高潮」出現，是代表「精彩生動」，也代表「完結落幕」，若在此處蘊含主題，少年讀者在「高潮」氣氛的帶動下，必然深受感動，緊記不忘，在行為上得到陶冶，趨於向上及善良、積極的一面。

少年小說的作者想用「高潮」段落來表現主題，其先決條件在於此一「高潮」在少年小說情節中具有代表性、必然性。換言之，情節的安排到此一段落，已如地底火山岩漿不得不衝出地殼，少年小說作品中的所有情節之安排設計，也必須擁有此一衝出地表之動力，才具有「代表」及「必然如此」的說服力。

「高潮段落」所以表現主題，絕非言詞式的表白，而是動作及行為的顯示，因為「高潮」是所有事件都必須解決之處，其情節安排必然是偏向「動態的表演」，用以吸引少年讀者沉迷於故事的趣味，而非味同嚼蠟式的、長篇大論式的訓詞，明乎此一「高潮段落」表現「主題」的真諦，少年小說作者當更能妥為運用，以求獲得最高的效果。

五、用人物行為表現主題

上述四種用情節、用高潮段落等方式來表現主題的安排，都偏向於少年小說本身的故事性，也就是以「閱讀趣味」為著眼點。此處的「人物行為」，也就是少年小說中人物的一舉一動，由其日常生活的言行舉止，得到其應有的結局為著墨的依據，再於「行為」的過程或結局中蘊含主題，讓少年讀者在閱讀作品時，從其中人物的「行為」及「結局」的「因果安排」效應下，獲得啟示，以對其行為產生一定的影響。

「人物行為」若是規規矩矩、正正當當的，在少年小說的情節設計來說，可能顯得刻板而缺少變化，必然無法吸引少年讀者的注意力。若能從「負面行為」來著筆，但又不要鉅細靡遺的寫出犯罪過程，並且安排「作姦犯科」者以應有的懲罰，如此一來，既可維持情節本身的曲折性，又使作品本身具備高度的趣味效果。既能吸引少年小說讀者的閱讀興趣，又可讓少年讀者對於「不良行為」知所警惕，不要企圖越軌或重蹈覆轍。由此可知，「負面行為」不是不可出現，端看作者如何妥當處理較為適宜。

由「人物行為」來表現主題，作者極不宜跳至臺前說教，而是全部交由小說人物盡情演出，是一種行為的教育，而不是言詞式的訓導。因此，由「人物行為」以表現主題，是由讀者從觀察去接受教訓，而非由聽覺去接受言教，如此的安排，少年讀者必定較能接受。

第六節 主題應與對話互有指涉

「主題」最忌諱「言傳」，「說教式的主題」不但無法引起少年讀者的好感，而且效果可能適得其反，因此才有第五節所謂用「情節」以「表現主題」的技巧。

至於本節的「主題」應與「對話」互有指涉，絕對不可將「對話」視為作者的說教，也不可將「對話」解為少年小說中的人物在「解說主題」，因為這二者皆非本節的原意。

所謂「主題」和「對話」互有指涉，指的是少年小說中的人物在對話之際，說出自己的心聲，說出對人生的體會，說出對事物的看法，而且此類對話的內容，都富有哲理，都能對少年讀者有所啟發。少年讀者也能由此感知作者意圖，達到與作者交流的目的，甚而以少年小說中人物的言行，當做模仿、效法的對象，發揮少年小說對少年讀者「熏」、「浸」、「刺」、「提」的功能。

「主題」的確是少年小說作者的寫作意圖，但不能打開天窗說亮話，也不能明白地宣示，因為「主題」必須潛藏在字裡行間，必須附著於人物言行中，必須由進行的情節來展現，尤其是長時間的人物心態的改變，更是「主題」最好附屬之處。但由於隱藏式的主題比較隱晦難懂，某些少年讀者悟性不高，或是粗心大意，只能看少年小說作品「熱鬧」之處，無法窺知其中「門道」，則作品中的主題為何，少年讀者未能深入體會，看完全篇作品，無法對自己思想、行為有所啟發，必然白白浪費時間精力，殊為可惜。因此，少年小說的「主題」，可藉由「對話」做「無心」的展現，讓小讀者做「有意」的發現。

要使「主題」和「對話」互有指涉，應該注意到以下原則：「由小說人物口說」、「不可全盤托出」、「情節為裡，對話為表」、「對話鋪敘，主題精鍊」、「動作輔助對話以顯現主題」，茲詳述於後：

一、由小說人物口說

同樣是表現「主題」，有的是作者口說（如大部分之「說書人」）。有的是作者隱身幕後，但在字裡行間明說。有的是交由小說人物口說。少年小說一如成人文學中的小說作品，為求其成為藝術品，「主題」應該採取隱涵方式，若逼不得已，則應交由小說人物口述，以免造成「主題」流於教條化的弊端。

小說人物要「口述主題」，可交由主角，也可交由次要角色，甚至可交由毫不起眼的角色來述說。

在「口述主題」時，要在自然的情況下述說，例如在「對話」

之時，「無心」地述說，而非「刻意」地強調。

小說人物在「口述主題」時，應該伴隨其他的「對話」內容，而非赤裸裸地宣示。「主題」和其他「對話」一起出現，即是一種「沙裡淘金」的方式，少年讀者唯有披沙瀝水之後，才可能發現其中的「黃金」(主題)。

二、不可全盤托出

如果小說的「主題」係由作者、小說角色，或由第三者全盤托出，必然有如「命題作文」一般，所有的「情節」完全在解釋「主題」，作者的注意力及才華一專注於此，便容易忽略小說的各個層面。少年小說的作者可以在情節進行、人物對話之際「碰觸主題」、「照顧主題」，但是千萬不能一直「擁抱主題」或「糾纏主題」，以免損及作品之藝術價值。

而所謂「全盤托出」，即是全部明說出來，如此的「主題」出現方式，已經不是「顯現」而是「宣示」，已類似於「呼口號」。「主題」的浮現應以含蓄方式為之，只可說出七、八成，而非百分之百地講述。應留下給予少年讀者想像、體會、思考的空間，則其收穫必然更大，不至於造成注入式、灌輸式的「教訓」主題。因為注入及灌輸容易形成「唯一的主題」，而想像、體會、思考則容易形成「各取所需」、「各有體會」式的主題，對少年讀者的心理成長有更大的助益。

三、情節為裡，對話為表

在靜物寫生中，「主題」即是「靜物」，「背景」即是「桌布」、「牆壁」、「地面」等其他附屬品。少年小說的「主題」浮現也如「靜物寫生」,「主題」不能空懸在空間中,不能孤獨地存在,否則即像「格言」、「諺語」。

「主題」要浮現、要顯現,必須依賴「情節」來襯托,讓「情節」有如「流水」,「主題」有如「一葉扁舟」,則「情節」有如裡襯,有如綠葉,「對話」有如表層,有如紅花,必可得到完整的襯托。

「主題」既藉由「情節」而浮顯,若能有「對話」稍加透露「玄機」,少年讀者將因作者的「引導」,而能有比較正確、比較快速的體會,使其心有所得。基於此一目的,既有完整的情節為裡襯,仍要有精當、確切的對話為表層,將「主題」拱衛出來,則少年讀者的收穫必然更多,體會也必然更深。

「對話」固然可以表現主題,但仍要注意述說的技巧,以免落於「宣講」,否則,即是犯下「主題太露」的缺失。

四、對話鋪敘、主題精鍊

少年小說的「人物對話」和日常生活結合,其主要目的在促進情節的進行,也在刻畫人物個性。「述說主題」只是次要目的,絕對不可喧賓奪主。在浮現主題時,若是和情節進行、刻畫個性有關的對話,應依據事實需要詳加鋪寫,而「主題」的浮現,若和「對話」互有指涉,應採取「精鍊」原則,三言兩語即能涵括全篇作品的意旨,以便少年讀者能確切地掌握。

「主題」要求「精鍊」,也不是「精鍊」到宣講口號,或是撰作「格言」、傳播「諺語」,否則,仍是流於「主題太顯」的弊病。此處的「精鍊」指的是「對話」能一語中的,涵括情節本意,而非蕪蔓糾纏,言不及義。

「精鍊」的「主題」和「對話」互為表裡，可以採取「弦外之音」、「言外之意」的方式為之，「對話」在述說某人某事某道理，而「主題」則另指其他人事物理。如此的安排，若是人間的「共相」，即是「象徵」的技巧；若是人間的「殊相」，即是「影射」某人或少數人的特殊言行，則此「主題」必然更具深意。

五、動作輔助對話以顯現主題

所謂「動作」，即指「肢體語言」（包含臉上表情及肢體動作），和「對話」能有增強互補的功能。「對話」既和「主題」互有指涉，「動作」又和「對話」互相增強，則「肢體語言」亦可用來強調「主題」。

「對話」之於「主題」既有上述四節的顯現方式，但在「對話」之際，人物的表情及動作不可能刻板毫無變化，因此，若有「肢體語言」的描寫、刻畫，則人物的「對話」更能傳神達意，則其浮現主題的功能必然更加顯著。

安排「對話」之時，「肢體語言」可在對話前後出現，一則強調「對話」的聲音感情，二則刻畫人物個性。而且藉由動作的強調，少年小說的小讀者，可以從「動作」中窺知為何此段「對話」要如此安排，其用意何在，必可體會作者心意，進而發現其中的「主題」。

「動作」屬於「動態的描寫」，和「情節進行」有極大的相關，因為少年小說之所以能夠推展，必得藉由對話、動作及情節來達成，而這三者正好是少年小說全篇「故事」的骨幹，乃由「人物」來扮演，而「故事」既能表現「主題」，則在「對話」之時強調「動作」的輔助乃事屬必須。

附 註

① 參見方祖燊《小說結構》(東大圖書公司),頁二七三,第十七章〈長篇小說〉,第一節「小說主題與題材」。

② 同註①,頁十六至十七,第二章〈小說的界說〉,第六節「小說的作者應有完美的理想,這樣才能產生不朽的作品」。

③ 參見楊昌年《近代小說研究》(蘭臺書局),頁十六,第二節〈小說的主題〉。楊昌年認為「主題是小說的靈魂」、「主題亦為作家思想意識的表現,作家人生觀的表現。」

④同註③,「主題與小說」的關係共分四大類:

1. 無主題:所表現的思想、中心意識,作者人生觀、寫作動機,企圖影響讀者、啟示讀者的均無。
2. 主題模糊:將使讀者產生猜測,猜測作者創作動機與意旨,甚至發生誤會。
3. 主題歪曲:糜爛人心使之消沉墮落,或鼓動仇恨、盲目反對現實等。
4. 主題正大:亦須有良好的表現技巧,因小說不同於政論專論,而是藝術品,發揮主題方法必須自然(主題應隱藏在技巧之後)。

⑤ 參見楊孝濚〈社會問題與少年小說的社會功能〉文載《認識少年小說》(中華民國兒童文學學會),頁十六至十八。

⑥ 參見李喬《小說入門》(時報文化出版公司),頁二十八〈主題分析〉。

⑦ 參見楊昌年《小說賞析》(牧童出版社),頁十二。其他兩點原則是「主題之大小應與篇幅之長短配合」、「避免陳舊之主題,力求新鮮特殊」。

第柒章

少年小說的結構設計

劉勰《文心雕龍・附會》曾云：

> 何謂附會？謂總文理，統首尾，定與奪，合涯際，彌綸一篇，使雜而不越者也。若築室之須基構，裁衣之待縫緝矣。

劉彥和所謂「築室之須基構」、「裁衣之待縫緝」，即指文章「結構」的必要。唯有事先規劃，能「總文理，統首尾」，確定規模、形式之後，再蒐集材料，「定與奪」，重視剪裁功夫，組合各方資料，才能構成一篇文章。少年小說作者自然不容忽視這段至理名言。

金健人《小說結構美學》將小說結構分為「內部結構」和「外部結構」，其意義是：

> 「內部結構」主要指創作一部作品對具體材料的組織安排，它一直接受著內容的影響；而「外部結構」主要指的是某一文體發展到某一特定階段所具有的大致法規，它在一定限度內可以離開內容而獨立存在①。

少年小說的「情節安排」是偏向內容的設計，重視的是故事如何吸引人，強調的是內容述說的先後次序，即是所謂的「內部結構」。

而「結構設計」則是偏向形式的設計，重視的是說故事的技巧，希望能藉技巧「引人」以「入勝」(精彩的故事內容)，強調的是形式的規劃，即是所謂的「外部結構」。

「結構」是骨架，是樑柱，是枝幹；而「情節」則是血肉及臟腑、是牆面及地板、是花葉及果實。「結構」是形式，「情節」則是內容，因此本章各節討論重點兼顧「內部」及「外部」結構。

俞汝捷《小說24美》，對於「結構」的要求及看法是：

> 謹嚴和縝密，代表著結構的總要求、總體美。在這總體美之下，結構可以有種種具體的講究。從情節的開展說，可以是單線，可以是複線；從事件發生的時間說，可以順敘，可以倒敘，也可以從中途敘起；從人物的關係說，可以有一個主人公，也可以有許多主人公②。

「結構」的設計，在少年小說的創作理論中，可以分從「主從」、「時空」、「顯隱」、「環形」、「平行」、「漸層」、「線索」、「敘述方式」等方面來經營，既兼顧俞汝捷的「情節的開展」、「事件發生的時間」、「人物的關係」，又能討論到俞氏所忽略的「外部結構」(形式設計)，較其理論更完整。

第一節　主從設計

所謂「主從」，即是「主要情節」和「從屬情節」。

「主要情節」指的是主要的人、事、時、地、物，它在全篇少年小說中居於關鍵的地位，不但能刻畫人物個性，更包含多段感人的故事，而且全篇作品的「主題」往往在此顯現。因此，「主要情節」是最精彩的段落，全篇作品的高潮由此產生，人物對話及言行舉止，都經過一番細密的設計，並藉此來網絡其他次要、從屬的情節。

「從屬情節」指的是次要的人、事、時、地、物，因在全篇少年小說作品中屬於附屬的地位，必須有「主要情節」的牽引、網絡，它才有存在的可能。「從屬情節」必然多於「主要情節」，其情況猶如眾星拱月，恰似綠葉之於紅花，更似背景之於主體，兩者互為依存，相得益彰。若全篇少年小說中只有「主要情節」，必然顯得突兀，且因光憑「主要情節」的進行，全篇作品的「節奏」甚快，不但毫無遮掩，欠缺懸疑、懸宕的效果，少年讀者一眼望穿結果，其趣味性必然大減。

若全篇作品只有「從屬情節」，則輕重不分、主從不明，全文欠缺一個提攜、著力之處，必使少年讀者無以把握全文重點，無法體會全文意旨，全文顯得零落、鬆散。「從屬情節」無法獨存，「主要情節」亦然，必得兩者互為呼應，全文看來才會肥瘠得當，胖瘦適中，主要、從屬情節各安其位，則全文「力點」恰當，不致有傾圮之虞。主要情節和從屬情節能相互協調，必使全篇少年小說作品更富於節奏感。

「主要情節」和「從屬情節」各有其先後次序，無法躐等逾越。「從屬情節」必然在「主要情節」之前，而且「從屬情節」要次第出現，漸次增強，最後才出現「主要情節」。「主要情節」發展到最高點，必然是「高潮」的情節，也由於「從屬情節」的塑造、堆疊、聯綴、陪襯，才使得「主要情節」更具重要性，也使得「高潮段落」逼於臨界點，不得不爆發，使得全文更具戲劇效果。

在「主要情節」之後，仍要有「從屬情節」為之緩和，以交代尚未明確之人、事、物。由此可知，「主要情節」因被護衛於「從屬情節」中，而顯現其重要性。

在短篇的少年小說中，「主要情節」只有一個，至於長篇的少年小說作品中，「主要情節」依據章、節需要，必然高潮迭起。但不管短篇或長篇，「從屬情節」必經由作者依情節發展需要而設計，而且由於一再出現、次第推展，更將「主要情節」推於巔峰的位置，以備「高潮」的出現。

「主要情節」全由主要角色演出；「從屬情節」則由次要角色，或主要角色和次要角色搭配扮演。換句話說，由角色的地位高低也可推知情節的重要性，以及情節的精彩程度。

在「力點」的分配上，「主要情節」的篇幅若佔全篇作品的百分之四十，「從屬情節」則佔有百分之六十。而其重要性恰成反比，「主要情節」的戲劇效果及重要程度高居百分之六十以上，而「次要情節」則只佔百分之四十或更少的比率。因此，由篇幅長短及重要程度的百分比，亦可推知何為「主要情節」，何為「從屬情節」，高明的少年小說作者，在「主從」的設計上，必然有其周到的考量及巧妙的安排。

第二節 時空設計

在「情節安排」時也曾討論「時空安排」，此時指的是「內容」在「時空」控制下的跳接出現。

在「結構設計」時，「時空設計」專指時間及空間如何架構成「四度空間」，形成一組又一組的骨架，以使少年小說的故事內容能有附著之處。

金健人《小說結構美學》，把「小說結構」分從「時間」、「空間」及「時空交錯」三方面來立論：

> 小說結構，是以細節為最小單位，縱可以事件為結構重心，沿事件的時間關係串聯細節，體現各種社會現象之間的因果聯繫；橫可以場面為結構重心，按場面的空間關係並聯細節，突出各種社會現象之間的特徵對應；還可縱橫交錯，在時空並進、人物與情節的交相發展中，上下幾千年，縱橫數萬里，自由地表現社會生活的各個方面，在非常廣闊的生活場面，非常複雜的社會關係以及非常隱密的心理活動等各個層面上，調動各種表現手法去進行藝術組接③。

金氏此段文字乃以「事件」的敘述方式為立論重點，強調的是依「時間」、「空間」、「時空交錯」及「心理」（意識的流動）諸元來安排情節，體現不同的表現「結構」，可謂獨到精闢。

少年小說的結構一如成人的小說，也要講求「時空設計」，其目的在避免依時間順序述說故事，形成「平鋪直敘」的弊端，欠缺曲折變化的趣味感覺。也在避免同處一個空間，場景相同，又依時間的更迭而敘述，因為地點不變而很難跳脫敘述其他場景的故事。少年小說的情節若在「時空設計」上無法有新穎的設計，則全篇作品的藝術價值必然降低，因此，少年小說在「結構設計」上，也應講究「時空」的不同組織、架構方式。

少年小說的「時空設計」可分成「以時間為縱軸」、「以空間為橫軸」及「時空交錯」三種方式來立論。

一、以時間為縱軸

「時間」指的是「古往今來」，是「歷史」的賡續，是從上到下的傳承過程。

在少年小說作品中，若以時間為縱軸，則其他空間都要附著於時間長河的流逝中。換句話說，過去、現在、未來的時態中，都可以有相同的空間，而且因為空間相同，時態的變化有極大的自由，可以避免「平鋪直敘」的缺失。

以時間為縱軸，則「時間」是「變項」，「空間」可以不變，在相同空間中，描述在不同時間中，某一人物或許多人物的故事，此為第一種結構方式。

同以時間為縱軸，若「時間」固定不變，則「空間」可以是「變項」，在相同時間中，描述在不同空間中許多不同的人事物，此為第二種結構方式。

再以時間為縱軸，時間及空間都是「變項」，但是「空間」的改變係隨「時間」進行而變化，而不是「時空交錯」的狀態，此為第三種以時間為縱軸的結構方式。

小說作品所表現的正是人物在時空背景中所發生的事實，因此，少年小說作品也逃脫不了「時空」的控制，但是高明的少年小說作者，必然化時間為我用，是「役使時間」而非「役於時間」，如此一來，少年小說作品必因時空的結構變化，而愈使作品趣味橫生。

二、以空間為橫軸

「空間」指的是「上下四方」，是「地理」的綿延，是六合之內的充塞情況。

若是「空間」不變，「時間」為「變項」，此為第一種結構方式。在少年小說作品中，同一空間（指同一場景）的限制下，不可能在同一時間內，由一個人發生許多件事情。因此，若以空間為橫軸，再搭配時態的進行，小說作品才有辦法開展相同人物的情節，此為「空間」的先天限制。

若以「空間」為「變項」，「時間」固定不變，可以由許多人事物在同一時間的不同空間中，扮演不同的情節，此為第二種結構方式。但由於「情節」係由不同的人事物來推展，全篇作品必然呈現鬆散的情況，必得由一關鍵人物加以統整，如此的結構方式才顯得有意義。

若以「空間」為「主軸」，「空間」及「時間」都列為變項，則空間改變，時間也必然改變；時間改變，空間也跟著改變，再加入「人物」的因素，必然形成多元化的「時空結構」，如此的「結構設計」，將使少年小說的情節安排更有揮灑的空間。

三、時空交錯

「時間」及「空間」互相交纏前進，有如兩股細繩結為一條大繩索，時空互生影響，人物及故事、情節，則在此一時空中進行完整的表演。運用「時空交錯」的結構設計，最常見的是和人物的「意識流動」互相配合而往前進行。

對於「時空交錯」，劉世劍《小說概說》有周詳的說明，吾人可以知悉其內蘊：

> 這是一種現代情節結構類型，其突出特點是尊重人物心理發展的規律。情節的結構是外殼，心理的結構是內核；情節發展以人物的心理變化為中軸，事件和場面以過去、現在、未來頻繁交替的形式出現，時間和空間被敲碎④。

第三節 顯隱設計

在戲劇中有所謂「明場」與「暗場」。「明場」指的是在舞臺上搬演的情節，「暗場」指的是在舞臺外交代的事項。舞臺劇在短暫的演出時間中，無法將事情一一呈現，只好挑選精彩、感人、重要、震撼人心的情節來演出，此即「明場」部分。至於瑣碎、不重要、過場的事項，則由旁白或字幕交代，或由劇中人物以口述、對話方式帶過，此為「暗場」部分。

劉世劍在《小說概說》談到〈結構形態的審美要求〉時曾說：

> 正反對照，顯隱互見也是一種佈局美。如經過意匠調遣和安排的美和醜的人物、行為，表面的說法和內心的念頭，莊嚴的場面和諷刺的鏡頭，公開的線索和暗藏的故事，等等⑤。

筆者所謂的「顯隱設計」較類似於劉世劍的「公開的線索和暗藏的故事」。

在少年小說中，為求「結構」多變化，作者應區隔事件的大小，釐清其重要性，做妥切、精當的描述。事件大又重要，居於關鍵地位，能貫串全篇作品者，應「顯明」地鋪寫。至於瑣細事項因無關緊要，居於次要位置，並不妨礙情節進展，只要稍微描述即可，此即「隱晦」式的結構。

「顯隱」設計對少年小說作者而言，是一種「明暗場」的分配。明場要有對話、心思、表情、動作等設計，重視的是「表演」。暗場要有敘述、描寫、說明等設計，重視的是「交代」。一篇少年小說作品中，若全用「顯明」式的鋪寫，則全文的結構無輕重大小之分；若全用「隱晦」式的結構，必然完全流於作者敘述，陷於沈悶無趣，欠缺小說中人物自動、自在表演的熱鬧氣氛，全篇作品無法精彩、生動。

「隱顯設計」的目的，在使隱晦事項偏於「輕薄短小」，明顯事件偏於「重厚長大」。如此一來，全篇作品在「結構」上有明顯的變化，不至於「輕者重之」，「重者輕之」，力道的大小合度，篇幅長短也必然合宜。

少年小說的情節發展四大過程中，「開頭」及「發展」、「結束」三個段落可以使用「隱晦」設計，也可以運用「顯明」

設計，但是「高潮」的段落，必然是「顯明」的設計，不可以由作者三言兩語來做隱晦式的交代，「高潮」一定要用熱鬧、生動的「明場」演出。

在建築中有所謂「樓中樓」的結構，在雕刻中也有所謂「球中球」的作品。如果運用在少年小說作品中，則「顯明」和「隱晦」兩者可以合用，以使「結構」更複雜化，情節的安排也更能曲折變化，益增少年小說的藝術價值。至於其中的變化，不外乎是「顯明包含顯明」、「顯明包含隱晦」、「隱晦包含隱晦」及「隱晦包含顯明」四種，其訣竅謹論列於後：

一、顯明包含顯明

採用「顯明」設計結構的段落，是「高潮」以及「發展」中重要的情節，全由人物串場盡興表演，場面呈現熱鬧的情況。但為使結構更有變化，或是遇到必要「時空交錯」的情節發展時，則正在演出的「大明場」可以暫停，岔開到另一時空，開展另一個「明場」的演出，直到「小明場」結束，再切回原來的「大明場」繼續發展，此為「顯明包含顯明」的結構設計，顯而易見的，要比單一的「明場」更富於變化。

二、顯明包含隱晦

即在「顯明」設計的段落，遇到必須回溯已往，以及述說心境時，可以利用小說中人物「口述」的「暗場」方式處理，則正進熱烈進行的「情節」發展必然為之中斷，呈現靜態的狀況。如此的結構安排，在於調節「情節」進行的速度，使得全文的節奏放慢，也可吊足少年讀者欲圖一窺究竟的胃口，具有「剎車」的功能。

三、隱晦包含隱晦

在以「口述」或「描寫」、「回溯」交代的段落，即是「暗場」的隱晦設計，由於欠缺小說人物的現場演出，因而顯得沉悶、靜止，是「動態」和「動態」之間的過渡文字。

若在「口述」的段落中，又有回溯已往的敘述，即是「大隱晦」的結構包含「小隱晦」，完全是「靜態」的敘述。固然有回憶往事、述說心事、交代未來的功能，但未能交由少年小說中的角色來演出，缺乏栩栩如生的臨場感，閱讀的趣味感必然隨之驟減。

「隱晦」包含「隱晦」的結構設計，可歸為「連環套」，套住人物的活動，套住情節的發展，扼阻趣味性的散發，還是少用為妙。

四、隱晦包含顯明

此種結構設計和「顯明包含隱晦」一樣，都是「動靜互用」的技巧，具有調節情節進行速度的功能，是先動後靜。而「隱晦包含顯明」，則口述、回溯及交代之際，又拉開「表演」的布幕，讓少年小說人物出場表演，使原本因「口述」而快速進行的節奏，得以調慢速度，由少年小說人物精彩演出給少年讀者欣賞。

也由於「隱晦」的結構設計偏於靜態、沉悶，能搭配不同時空、情節的「顯明」設計，立即可使全文氣氛顯得輕鬆活潑，類此動靜得宜的設計，必然極為討巧，極易獲得少年讀者的垂青。

第四節　環形設計

所謂「環形設計」即是大圈包含中圈，中圈包含小圈，是採取大圓圈圍繞小圓圈的結構方式。

環形設計中的「小圓圈」處於核心的地位，其中的人物是全篇作品中的主要角色，所演出的情節，必然是全文中極重要的段落。在「核心情節」進行完畢之後，主要角色必須進入中圈的情節，和其他人物扮演另一段故事，而且由於情節的推進，越接近高潮的發展，段落也越加重要。最後則進入最大一圈的情節，牽涉到的人物最多，情節的發展最精彩，所佔篇幅也最大，全文的「高潮」就在此一段落爆開，並寓含全文的主題，此為由小到大的環形結構設計。

環形結構的另一處理方式，則採取「抽絲剝繭」的情節安排，由大圈的眾多人物、情節進入中圈，再由中圈次多的人物及情節縮小到小圈，在小圈中的人物所扮演的故事，即成全篇作品中最重要的段落，情節最生動精彩，全文的主題也在此時浮現，此為由大到小的環形結構。

環形結構中的「大圈」或「小圈」在順、逆層遞時，是屬於最後情節，因此，在一篇少年小說作品中可能只出現一次。但是居中的「中圈」情節，因處於橋樑的過渡地位，不是非常重要，但又不可欠缺，因此可以只有一個「中圈」情節，也可以有數個「中圈」情節。此一環形設計的「中圈」部分，全視作品的情節發展需要及篇幅長短而決定，因「中圈」情節只是次要的段落，人物也屬次要角色。

第五節 平行設計

少年小說的「平行設計」，指的是兩個以上的事件，由兩組以上的角色來演出，各自在不同的時空來推展情節，直到最後才由某一關鍵人物加以統整。由開始的毫不相關，到統整之後，各情節即因關鍵人物的出現而互有關係。

「平行設計」的結構，在各組人物及事件敘述完畢之後，若能將情況纖毫畢呈，留待少年讀者去判斷、去體會，而不藉由某一關鍵人物加以綰合，應是最標準的「平行」而「不交叉」的結構設計。但一牽涉到「結尾」的處理，仍以關鍵人物加以統整較為妥當。

「平行設計」的結構，代表各個情節的重要性是銖兩相稱，等量齊觀。但在平面處理的少年小說中，各個情節不可能在同一時間一起出現，仍有時間上的先後次序。少年讀者可能不了解作者的匠心設計，誤以為最先出現的情節比較重要，無法掌握全文旨意，此為這類設計的特徵與缺憾。高明的作者應在眾多平行的情節中，亦能針對最重要情節，加以詳細描述並寓含主旨，以使少年讀者知所把握、遵循。

「平行設計」亦可採用「分章」、「分節」方式進行，例如由某位角色擔任串場角色，經歷各個不同的事物、場景，和其他人物互有關係，最後再由此人加以總結。由於各章、各節的重要性相同，而且各自成為一個完整的單元，因此可稱為「平行設計」的結構。

第六節 漸層設計

修辭學中有所謂「層遞」的修辭法。「層遞」有「順層遞」及「逆層遞」，前者為「層層遞加」，後者為「層層遞減」，不管哪種性質的層遞，都是一種「漸層」的設計方式。少年小說的情節可以由緩到急，由快到慢，由緊張到舒緩，由靜態趨於動態……情節的重要性是按輕重緩急，漸漸增加或減少，如此結構設計，即是「漸層設計」。

在少年小說中，「漸層設計」可以是人物由少到多，或由多到少；也可以是情節由靜到動，或由動到靜；也可以是「主題」漸漸地顯現，因此「情節」的重要性也是漸漸增加的狀況，可分三方面來敘述：

一、「人物」的漸層設計

可以區分為人物的多寡、人物的重要性來探討。

從「人物的多寡」而言：可以是由少到多，也可以是由多到少的設計。但是不管人物的多少，都必須和主要角色互有關連，能夠演出一段精彩的故事。

從「人物的重要性」而言：依照「高潮」在最後才出現的原則來設計，人物的出場應該是由「輕」而「重」，由「不重要」到「重要」的安排方式。當最重要的人物出場，也是高潮出現的段落，應無其他更好的方式可用。

二、「故事」的漸層設計

「故事」是由「人物」扮演的，既然人物是由「不重要」到「重要」，則「故事」也必然是由「不重要」到「重要」，由「重要」到「最重要」，「最重要」的「故事」，即是寓含「主題」的「情節」。

三、「主題」的漸層設計

「人物」既已扮演「故事」，則「故事」必能表現「主題」。前已述及「人物」及「故事」皆已設計成「不重要」到「重要」，「重要」到「最重要」的結構方式，則「主題」必依「情節」的重要性而漸次增加。在「高潮」的情節段落，也就是「主題」的寓含之處，此處的「主題」即是全文最重要的意義所在。

第七節 線索設計

劉世劍《小說概說》，對於「線索」的看法是：

> 線索，這是個比喻的說法，情節的發展就像一條線似地延伸。
>
> 小說情節線索是人物關係的發展脈絡和由此形成的事件的發展脈絡的統一。
>
> 小說中如果有兩條以上的情節線索，就發生了線索之間的關係的問題，或有主有次，或互相平行，或主次和平行兼而有之；同時也就有了線索的安排的問題，或齊頭並進，

或有分有合，或交替延伸，或接力前進⑥。

明白「線索」的意義、作用及運作方式之後，吾人可知小說「結構」談到敘述的「線索」，可以區分為「單線式」、「雙線式」、「多線式」等三種設計方式。依據「線索」的增多，人物、情節也跟著複雜化。

「線索」指的是少年小說「情節」進行的脈絡，單純的脈絡是「單線式」的，也就是只有一組人物在演出故事。至於「雙線式」的設計，則是兩組人物在演出故事，但彼此互有相關，猶如麻花一般糾絞在一起，最後甚至結合成一條線索而結束。最複雜的「多線式」，則有三組以上的人物在演出故事，各組的人事物和其他組的部分人事物互有重疊或相關，彼此互相牽引帶動他組的情節，使得情節的進行顯得複雜化，而益增少年小說故事的趣味性。

短篇的少年小說，情節不太複雜，人物也不宜太多，因此在結構上較多「單線式」的設計。至於中、長篇少年小說，因所涉及的小說人物可能歷經一段心理成長的過程，而使得時間綿長、空間廣袤，人事物也因而複雜化，如果採用「單線式」的結構，不但使得全文的敘述單調，而且單一的線索在時間及空間上也無法容納、負荷繁多的人物及情節，因此，中、長篇的少年小說作品，較宜採用「雙線式」及「多線式」的結構設計。

一、單線式

劉世劍對於「單線式」的界定是：

> 這種結構類型的特點是，以一個主要人物為中心，一線到底地展開情節。這類結構的小說人物突出，事件集中，最易於給讀者以單純、明瞭而統一的印象⑦。

本結構方式極為簡單，人物不多，事件單純，若按時間先後敘述，容易流於平鋪直敘，因此在時間及空間上需要費心設計，以形成曲折離奇，高潮迭起的效果，「時空交錯」的手法正足以彌補「單線式」的缺憾。

「單線式」的敘述結構僅由一組人物演出，自開頭到結束，該組人物都在「自圓其說」的軌道中運行，不至於逸出該一特定的時空，也不必和情節之外的人物建立關係。由於僅是三、五人之間的「故事」，少年小說讀者很容易了解小說人物彼此間的關係，也清楚其人所演出故事的精義，並正確解讀出該篇作品的主題，是「單線式」結構方便之處。

「單線式」不同於「直線式」，前者是「人物線索的簡單化」，後者是「時間線索的進行式」，甚至是「平鋪直敘的寫作方式」。為求擺脫「結構單純」、「敘述刻板」的缺失，「單線式」的小說結構，應採「時空交錯」技巧，以「現在時空」為基準，用回想、追溯的方式，開展過去的時空，在其中發展過去的情節，再帶至現在時空，並與現在發生的情節接續，甚或和未來時空、未來情節交接。如此的寫作方式，即是單純的人、事、物、情節求助於複雜的表現手法，以提升小說的可讀性，乃「單線」結構為求吸引讀者的不二法門。

二、雙線式

劉世劍對於「雙線式」的界定是：

> 複線結構中最單純的樣式是雙線結構。雙線結構的兩條線索常常是一主一副，副線配合主線，主副線也有表現一明一暗的，如《藥》。還有兩條線索基本上平行發展的雙線結構，如《安娜·卡列尼娜》⑧。

本結構的描述有兩個線頭，先敘述「甲線索」或先敘述「乙線索」均可，但最後的限制、要求則是「雙線交合」，有如麻花般糾纏成一股。或如英文「Y」各自開頭，到某一段落則合併成一股，以形成「高潮」的段落。此一結構在人物、事件、情節、篇幅上，均較「單線式」來得複雜、多變化，因而比較適合於中、長篇少年小說的結構方式，因中、長篇少年小說的篇幅容許「雙線式」結構有揮灑的空間。

「雙線式」在各自發展之時，可以有各自的時空，不同的人物，不同的事件，給人有如「平行式」結構設計的感覺。但是越接近高潮的段落，兩股線索越是互相接近、倚靠，直至合而為一，形成共同的時空，進行共同的事件，而原本各自演出的人物則經過一番整合，次要的人物不再上場，重要的角色繼續演出。「雙線式」的情節雖是如此地對待其他次要人物，但並不否認次要角色的貢獻，因為沒有次要人物的奠基，則無法過渡到主要的人物及情節。

「雙線式」的結構設計，由於給予讀者「彷彿述說兩個故事」

之感，不覺得枯燥、乏味、單調缺少變化，因此可用「直線式敘述」，也可以採用「時空交錯」技巧。而同一時間分由兩組人物在不同空間表演故事，也是不錯的結構方式。至於同一空間的演出，則必須有「時間差」加以區隔，否則在同一時空演出，彼此皆已認識對方、建立關係，何必等到最後才合夥演出？

三、多線式

劉世劍對於「多線式」的稱呼是「複線結構」：

> 具有兩條以上情節線索的叫複線結構，此種結構適於表現比較複雜的矛盾。
> 複線結構更常見的樣式是多線索並存，各條線索間的關係及其發展狀況比較複雜⑨。

本結構方式，一開始即出現數個端緒，並且在作者調配之下，情節的發展也依序進行。其中的人物有多組，其中的時空有多個，至於情節、事件則由多漸少，由複雜趨於簡單，並且要向某一焦點人物，或某一中心情節集中，譬如「群山磅礡」必有「主峰」；「龍袞九章」，但挈「一領」。其「主峰」及「一領」即是居於領導地位的「人物」，以及居於主導地位的「情節」。

「多線式」的結構方式，人物、事件、情節相當紛繁，而時間延續極長，空間牽連甚廣，非得有大篇幅加以配合不可，因此，主要人物的一生或某段較長的事件，就得採用「多線式」的結構設計。由於擁有從容表達的時空，作者可以著眼於主要角色成長的心路歷程，也可以經營次要情節，由次要情節來烘托主要情節的重要性，更可以藉由刻畫次要人物的個性以凸顯主要人物。

「多線式」顯現的藝術成就，是場面的壯闊，人物的眾多，情節的紛繁以及氣勢的磅礴，但在重視「大處」之時，也不可忽視人物心理及個性的刻畫。並且不可以因為場面盛大，故事線索紛起而不分主從，以致「主題」被忽略或無法以主要情節來附著，而減低少年小說應負的啟發、導引功能。因此，「多線式」的結構設計，是一種鉅細靡遺的經營方式，既重視大手筆的「樑柱牆面」，更重視精雕細琢的「畫棟雕樑」，如此的設計唯有長廣時空的「發展」、「成長」及「蛻變」歷程，才能相得益彰。

歷經分析之後，少年小說作者應依人物、事件、情節、時空的不同，選用合宜的敘述線索，其理至明。

第八節　敘述設計

所謂「敘述設計」指的是少年小說的「敘事結構」，在撰寫少年小說時，採用何種說故事的方式，其目的在使少年小說顯得生動活潑、曲折多變化。「敘述」的技巧有「正敘」、「倒敘」、「插敘」及「補敘」等四種方式，雖是「敘述」的設計，事實上和「時空」及「情節安排」脫離不了關係。

「敘述」是說故事的技巧，「時空交錯」及「情節安排」則是「內容」的呈現方式，唯有二者相輔相成，少年小說作品才會顯得趣味盎然。

少年小說是平面的藝術，因為一張嘴無法同時唱兩首歌；一枝筆無法同時寫兩件事；一張白紙無法同時呈現兩個情節，所以，做為平面的文學藝術，在兩件事同時發生時，也只能安排先後加以呈現，絕對無法像電影及電視採用「分割畫面」同時呈現，藉以表示兩件事情不分前後，乃是同時發生。由此可知，白紙黑字平面化的文學作品，由於借用媒體的限制，在敘述及表現上非得受到時空限制不可。

文學作品會受時、空限制而使情節有先後之分，但絕對不妨礙全篇作品結構的嚴謹性，以及情節的周密性、事實的完整性。為求達到嚴謹、周密、完整的效果，在「敘述」設計上即應嚴加規劃，用「倒敘」及「插敘」以補「正敘」的不足，以及力有未逮之處。至於「補敘」則為全篇少年小說做「補充說明」及「補強」的工作，甚至於為少年小說預做廣告，為另一篇作品的開頭留下蛛絲馬跡。

明白「敘述設計」在少年小說的功能之後，茲分別論述「正敘」、「倒敘」、「插敘」及「補敘」的使用方式。

一、正敘

李喬《小說入門》對「正敘」的認定是：

> 順敘型：即依故事情節的時空順序，按部就班敘述情節⑩。

事件是寫作少年小說的素材，由於是在人類存活的時空中發生，因此脫離不了時空的約束。如果在寫入少年小說作品中，仍然依照自然時空中事件進行的順序而展現，即是「正敘」的敘述方式。

事件的發生必然有其一貫的過程，即是「原因」、「經過」、「結果」及「善後」四個重點。「正敘」即是依照事件的四個重點而寫作，「平鋪直敘」是其缺點，但是「清楚明白」也是最大的優點。

使用「正敘」的敘述技巧時，時間及空間均得交代清楚，場景也應全力刻畫，以營造「事件」發生的氣氛，並種下事件發生的「原因」種子，則其後的「經過」及「結果」必可應運而生花長葉結果，毫不突兀。

「正敘」受到時空非常嚴謹的約束，時空是一條看不見的繩索，卻具有貫串全文的約束力量，因此，「正敘」必得依時間順序而進行，不得有逾越躐等而進的狀況。

純正的「正敘」甚至把「倒敘」、「插敘」及「補敘」等「時空交錯」的敘述方式都排斥在外，「回憶」及「幻想」等技巧幾乎都用不著。「時間的連續性」以及「情節的一貫性」、「場景的一同性」、「氣氛的一致性」是「正敘」所應遵守的原則。

㈠時間的連續性：在自然時間中，早晨之後是中午，下午則緊接著中午而來，黃昏、夜晚又在下午之後，若是採用「正敘」，則小說時間等於事件時間，事件時間等於自然時間，其規律性絕無例外。

㈡情節的一貫性：配合時間進行的事件，在寫入少年小說之後已成為「情節」，既然「時間」是「連續性」，則依時間次序而進行的「情節」，也必然有其「一貫性」。此外，一個事件從頭到尾完整地敘述完畢，也是「情節一貫性」的另種界定。

㈢場景的一同性：「場景」係跟隨「時間」而存在，既然

「正敘」不必有「時空交錯」的安排，則「場景」必然較固定，不隨時間的回溯而移至另一空間，僅隨時間的往前進行而出現。因此，「正敘」的「場景」不能獨立於現在的時間之外，此為「時間」及「場景」的一同性。

㈣氣氛的一致性：每篇少年小說作品因其所敘述的事件不同，而有其情感上的基調，不管哪一種情緒都要強調前後的一致性。若有情緒上的改變，也必須具有說服力，使人深信前後的氣氛不一致是不得不如此，是因情節進行而引起的漸變，而非莫名其妙的突變。

二、倒敘

李喬《小說入門》對「倒敘」的解釋是：

> 先描述結尾高潮處（或鄰近），然後倒敘前面情節，這是「全倒敘型」；在情節的中間關鍵處落筆，扣住讀者興趣之後，倒敘前半情節，倒敘完竣，然後以「現在進行」敘述後半情節，這是「半倒敘型」⑪。

相對於「正敘」的遵守時空連續性、一同性，在「倒敘」中則將自然時間加以分割，某些段落採「正敘」，某些段落則採「倒敘」。但不管多少個「正敘」或「倒敘」，全部情節總計之後，仍是一個完整的結構，只是少年小說的「開頭」並不等於事件的「開頭」，在小說作品中另有「小說時間」。「小說時間」是作者的抉擇及設計，是依「開頭」、「發展」、「高潮」及「結束」的過程而安排的，因此，「小說時間」無所謂「倒敘」，只有和

「自然時間」及「事件時間」相互比對之後，才有可能出現所謂的「倒敘」技巧。

「倒敘」的目的在於突出少年小說中最精彩的部分，以吸引讀者一讀並加深其印象。運用「倒敘」技巧之際，時空必然重加組合，而且「現在」及「過去」是交互出現、交錯進行的。正由於有「現在」時空，才有可能出現相對的「過去」時空，因此，「倒敘」無法獨立存在，必得有「正敘」的時空為其憑依及映襯。

「正敘」太平鋪直敘，而「倒敘」則使全文氣勢大起變化，也使得情節發展不至於一洩而下，發揮「控制閥」的功能，產生掣肘的作用，因而使得情節的進行深具神秘感，挑起少年讀者企圖一探究竟的慾望，由此可知「倒敘」在少年小說寫作時有其充分的必要性。

所謂「倒敘」並不一定從「結束」(善後)、「高潮」(結果)、「發展」(經過)、「開頭」(原因)一路「倒」著「敘述」回來，而是在某一必要段落，中斷正在進行的情節，岔開到另一個時空中，而此一時空相對於正在進行的情節，是已經「過去的時空」。當作者將敘述的基點拉到「過去的時空」之後，在開始敘述之時仍是「正敘」的技巧，有如錄音帶及錄影帶在「倒帶」之後，必然又由「開頭」順序播放。因此，採用「回溯」的倒敘技巧時，事實上只是相對於此一時空的「正敘」，而不一定非得從「結束」寫到「開頭」，才是真正的「倒敘」，吾人對此應有正確的認知。

三、插敘

李喬《小說入門》對「插敘」的界定是：

> 此型和「半倒敘型」相近，不同的是，「現在進行」和「回憶」揉雜敘述；不過，此型的「回憶」的性質只是補充背景資料而已，而且這插敘的回憶，不必維持實際的時空關係。總之，能達到補充說明的意義即可⑫。

（至於第四種敘事結構——「意識流動」，筆者認為不適於少年小說，故不贅述。）

插敘是情節進行中，針對某一人事物所做的補充說明。它與「倒敘」最大的不同是，「倒敘」是一個完整的情節，而且是另一時間、另一空間，或另一時空所發生的事件，它與「正敘」居於銖兩相稱的重要地位。「插敘」並非完整的情節，它只針對某一情節做加強式的說明，使重要情節中的人事物，形象更為鮮明，給予讀者的印象更為深刻，因此「插敘」是附屬於某一情節，而不是包含其他情節。

「插敘」的作用亦是中斷情節，發揮控制閥的功能，它可以用來交代某人的背景資料，也可以用來交代某事的前因，更可以用來交代某物的來源，以及某物與其他人事的關係。「插敘」因能中斷情節的進行，由作者或小說中其他人物進行背景式的說明，此種情況非常類似於中國宋元明「話本」時代，「說書人」的角色及功能，具有「緩和」情節進行節奏的作用，此亦少年小說作者可資運用的「懸宕」技巧。

「懸宕」和「懸疑」不同，前者是隔開、中斷情節，後者則是留下「伏筆」，製造疑問。前者是揭開人、事、物之間的關係，後者則是故佈疑陣，留下讀者猜臆的空間，等到後面的情節再予揭露。因此，「懸疑」（伏筆）歷經若干情節之後，必須有「解答」的段落，此一段落即是「插敘」，它使得發展中的情節暫停，將相關的人事物交代清楚之後，再向其他的情節出發。

「插敘」可以分為「對人的插敘」、「對事的插敘」及「對物的插敘」三種方式。

㈠**對人的插敘**：針對某人個性的成因，某人的行事風格，某人的學經歷、交遊，某人的往事，某人的家世背景，某人的思想觀念……進行背景式的交代，使讀者對於某一人物有深刻的了解，進而接受某人在此篇作品中所扮演的角色，對於「人物的刻畫」有靜態、襯托的作用。

㈡**對事的插敘**：在甲事及丙事之間，插入乙事做橋樑式的說明，具有銜接的功能，使得情節的進行顯得合理化。或是針對事情發生的原因做補充敘述，使得讀者對於情節進行能有全貌式的掌握了解，並藉以判斷情節的原因及結果是否合情合理？

㈢**對物的插敘**：寫入少年小說中的「物」必然居於關鍵地位，有必要予以補充說明。「人物」及「事物」若加以細分，即是「人和物」、「事和物」。在少年小說中，對於「物」本身的敘述，以及「物」和「人」、「事」的關係都必須加以釐清，以使「物」在少年小說中有明確的定位。

四、補敘

「補敘」即是「補充敘述」、「補充說明」。在少年小說中，往往用在某情節結束後，或全篇作品結束之處，用以交代人、事、物的後續發展。

「補敘」可以就是「結尾」，把情節發展中無法及時加以說明者，在「結尾」進行「補充說明」，使得人、事、物的關係及發展更加明朗化。

「補敘」可以是宣示「主題」，強調人物的報應及下場，使得少年小說讀者知所警惕。若在「補敘」的段落強調教化功能，則「主題」太露，不符合主題的顯示原則。此種做法極類似於「話本」時代，在講說結束之際，由「說話人」直接說明「主題」。此種「補敘」方式，不合於創作的藝術原則，頗不足取。

「補敘」可以「預留下文」，亦即使得人、事、物有意猶未盡之感，有後續發展的可能性。但是如此的「預留下文」不可以「獨立存在」，必然要和主情節有絕大的相關，換句話說，是一種在該篇少年小說「有機體」生命結構中，另行萌發的嫩芽，可以承先啟後，可以發展出另外一棵枝繁葉茂的少年小說之樹。

「結構」的設計是「形式」上的設計，為的是要求如何把小說述說得生動吸引人，因而要特別講究。而事實上，做為少年小說的「實體」——內容及主旨，才是作品的精神、靈魂所在，「實體」必須豐腴精壯，神采奕奕，才有吸引人一讀的魅力。在少年小說的創作藝術中，要求的是以內容及情節為主，結構及技巧為副，不可本末倒置。

「結構」的設計，目的是使少年小說讀者看到完整的外觀，有具體的形象可資欣賞閱讀。至於現代的小說理論家有所謂「解構主義」者，在少年小說中應該不予使用。

「結構」是「內容」、「情節」依附、存活、發展的根據，唯有完整的「結構」，才會有充實的內容以及生動的情節，整篇少年小說作品才是個有機體，凡是少年小說作者，都不可忽略「結構」的重要性。

附　註

①參見金健人《小說結構美學》（木鐸出版社），頁八。其所謂「內部結構」實為「情節安排」；「外部結構」則是「形式規劃」，或是每種文體固定的寫作法規。

②參見俞汝捷《小說24美》（淑馨出版社），頁一四六，第十二章〈縝密之美〉。

③同註①，頁七至八。此段文字係以「內部結構」（情節安排）為主要的論點。

④參見劉世劍《小說概說》（麗文文化公司），頁一七〇。第六章〈結構：小說的骨架〉。

⑤同註④，第五節「結構形態的審美要求」。本節共分「結構」、「氣氛」、「色調」及「佈局」四個重點。

⑥同註④，頁一四八，第五章〈情節：人物的運動〉的第三節「線索、場面、細節」。

⑦同註④，頁一六六，第六章〈結構：小說的骨架〉之「三、情節的安排」，本節所論有「情節的單純化和統一性」、「情節結構的方式和類型」。

⑧同註⑦，頁一六七。

⑨同註⑦。

⑩參見李喬《小說入門》（時報文化出版公司），頁一二九〈關於結構〉，共分「順敘」、「倒敘」、「插敘」及「意識流型」四種。

⑪ 同註⑩。

⑫ 同註⑩。

第捌章

少年小說的場景描寫

「場景」即是少年小說情節發展的空間背景，是情節進行的根據，人物附著的空間。因此，「場景」應包含「環境」(時空)、「場地、景物」(狹義的場景)、「場面」(人物、情節) 等三大方面。

方祖燊《小說結構》曾言：

> 描寫環境在渲染氣氛，加強情節。
>
> 氣氛 (atmosphere) 一作氛圍，它是表現某一個環境的情調或色彩：有的是悲傷，有的是淒涼，有的是緊張，有的是恐怖，有的是煩悶，有的是熱鬧，有的是喜悅，都含有人們濃厚的感情或意緒在內①。

方教授的高見告訴我們：「場景」若無情節的演進，則其描寫的段落僅是景物的「描寫文」。情節進行若無「場景」可資依靠，則成為飄浮空中的狀態，欠缺背景的襯托，閱讀者也無從知悉該篇少年小說發生的地點究竟在何處，無法給予少年讀者明晰的印象。由此可知：少年小說的「場景」和「情節進行」是互為依存的關係。

「場景」描寫的範圍，可以是人物存活的時代、社會大環境。可以是風景、臥室、居住環境、活動空間、也可以是擺設的物品、移動的物品。可以是人和人互為場景，或以許多人為背景充當場景。若以「人事」或正在進行的情節為背景，則形成所謂的「場面」，是廣義的「場景」。更可以是音樂、影像，颷風、下雨、氣溫、天地等自然現象，都可以列入「場景描寫」的範圍。因此，廣義的「場景描寫」實則包含「人」、「事」、「物」、「景」，應視需要而寫作，切勿偏廢。

林文寶認為：「景物描繪」可以「顯示人物心理」、「製造故事氣氛」、「構成意象」以及「烘托暗場」②。所言甚是，但林教授將「地點」和「景物」分開敘述，筆者仍認為用「場景」比較妥當。

「場景」可以用來告知少年小說的發生地點，促進情節的發展、塑造少年小說的氛圍，也可以映帶少年小說人物的心情、烘托人物的身分。而其描寫則要求貼切精當、趣味生動，行文要求簡潔明瞭、情景交融。「場景」不能自外於「情節」而存在；「情節」也無法像楊花柳絮飄浮於萬紫千紅的春天。

第一節　場景用以示知地點

少年小說作品大多以日常生活為題材。「家庭」、「學校」、「教室」是最常出現的場景。至於「電影院」、「電玩店」、「速食店」、「漫畫店」、「鄉村」、「郊外」、「青山綠水」、「樂園」、「動物園」等地點，則依需要而設計，由此可知「場景」仍有「主」、「副」及「大」、「小」之分，其描寫的篇幅要依「場景」在少年小說中的分量予以擴充或剪裁。

一、主場景

少年小說中主要人物活動最頻繁的空間，即是主要的場景，「主場景」常伴隨「主情節」而存在，因此，「主場景」要詳細描寫，充分展現，完全配合情節發展，以達到烘托人物、塑造氛圍、推動情節進行的功能。

二、副場景

副場景的地位不如主場景，在其中發展的情節也是次要的。雖然副場景及副情節都是「綠葉」性質，但是「主情節」和「主場景」無法獨行，由於有眾多的副情節及副場景的襯托，才顯得主要情節和場景的重要性。

三、大場景

所謂「大場景」指的是區域大、場面大，感覺雄渾如「大漠孤煙直」、「長河落日圓」、「大風起兮雲飛揚」、「風蕭蕭兮易水寒」等大鏡頭、全面攝影的景物，給予讀者的是一種浩瀚盛大的感覺。在「大場景」中展開的情節，也自然是重要的、關鍵的情節。

四、小場景

所謂「小場景」指的是小事物、小範圍、小區域，感覺秀麗，如「細雨魚兒出」、「微風燕子斜」、「寶簾閒掛小銀鉤」、「燕尾繡螢弧」等小鏡頭、聚景、對焦、特寫式的景物，給予讀者的是一種精緻秀美的感覺。在「小場景」中開展的情節，可以是次要的，也可以是表現心理的關鍵情節。

「主場景」、「副場景」及「大場景」、「小場景」定義、重要性已如上述，其對「情節發展」的影響不言可喻，但其最主要目的則僅在「示知地點」。

少年小說不如「童話」寫作，對於故事發生的時空可以採行模糊主義，少年小說是落實於現實生活的作品，在「場景」的要求上也必定符合現實環境，除掉「科幻小說」的場景可在第N次元之外，其他體裁的少年小說，有關「場景」的描寫，其目的都在示知地點，給予少年讀者正確的時空印象。

第二節 場景用以促進情節

任大霖《兒童小說創作論》，對於「場景」描寫的看法是：

> 環境描寫並不是無足輕重，不值一談的問題，它在具體創作過程中和人物形象、故事情節緊密相關，具有同樣的重要性。……少年兒童比成年讀者有更強的好奇心和求知欲，兒童小說的環境描寫更應該真實地反映現實③。

由此可知，「環境」是人物生活的空間，是情節演出的舞臺，應傾全力加以描述。某些少年小說作品常是「情節未動，場景先行」，而「場景先行」的目的，即著眼於「情節發展」時能有確定的時空，由於有明晰的舞臺空間，少年小說人物始能在舞臺上盡情地演出。

為配合「情節」的演出，「場景」有不同的出現方式：可以獨立描寫，也可以和「情節發展」錯雜描寫，但其作用都有助於情節的發展。

一、「場景」獨立描寫

此即「場景」先行描寫，乃獨立於情節之上，看似與情節無關，實則情節和場景環環相扣。獨立描寫的場景，是容納少年小說作品的箱櫃，是少年小說的外在結構；而少年小說作品本身的開頭、發展、高潮、結束，則是少年小說的內在結構。

由於有獨立描寫的場景，少年小說的人物才有登臺演出的空間。場景並非少年小說的內在結構，卻在少年小說的「時空定位」上居功厥偉。

場景雖可「獨立描寫」，但並非陷於「場景」和「情節」各自為政，互不指涉的僵局。一個高明的少年小說作家，「場景」雖「獨立」存在，實則負有「引帶」情節的功能。為圖「引帶」情節，則「場景」必得依「情節發展」需要而設計，因此，「場景」雖「獨立描寫」，卻無法「自主存在」，實因「場景」和「情節」環環相扣之故。

二、「場景」和「情節」錯雜描寫

「場景獨立描寫」是在情節出現之前即已描寫，此處的「場景」和「情節」錯雜描寫，則是兩者密切的互動：「場景」要依靠「情節」發展而描寫；「情節」則要根據「場景」描寫而發展。「場景」是靜態的描寫，「情節」則是動態的描述，二者相輔相成，必得動靜合宜，少年小說作品始能擁有開闊的空間，讓少年讀者悠遊其中，享受閱讀的樂趣。

「場景」和「情節」錯雜描寫，是以「動態的情節」引帶「靜態的場景」，此乃「場景獨立描寫」用以引帶「情節發展」最大不同之處。「情節」進行到某個段落，有必要刻意描寫「場景」，塑造形成某種氛圍，用以增加「情節」的生動性及說服力，則必須進行靜態的場景描寫，此乃相應相求的存在及憑依，以故此處的「場景描寫」無法獨立的存在。

「獨立場景」必是關鍵性的場景，甚或是主要的場景。而和「情節」交錯出現的「場景」，則可能出現次要的場景，是一種邊敘述、邊描寫的情況。此刻的「場景」和「情節」關係，可說「遇大則大」、「遇小則小」，也就是依照「場景」對「情節」所發揮輔助功能的大小而決定，或是「情節」大小，對於「場景」要求範圍的廣狹而做決定。

第三節　場景用以塑造氛圍

少年小說「氛圍」的塑造途徑多端：可由情節進行以塑造某種氛圍，人物對話、動作亦能塑造氛圍，「場景描寫」更是塑造氛圍的不二法門。

「氛圍」是少年小說形成某種趣味性，使少年讀者讀之不忍釋卷的絕大因素。換句話說，少年小說作品中呈現出來的是「氣氛」，而少年讀者閱讀之後則是形成某種「感覺」，乃是「作品」和「讀者」的互動狀態。

「場景」要能塑造「氛圍」，必須描寫和「情節進行」相關的人事物景。若所描寫的人事物景和情節進行互不相關，則不但情節進行缺少依附的空間，少年小說作品所形成吸引讀者一讀的氣氛付諸闕如，整篇作品的組織也不夠謹嚴，如此的「場景描寫」即是敗筆。

「場景描寫」在塑造氛圍時，可以「全般描寫」，也可以「漸層描寫」，至於「場景」中的「人、事、物、景」，也有其應行注意的描寫重點，茲臚列如下：

一、全般描寫

林文寶對「全般描寫」的看法是：

> 所謂全般描寫，那是根據某個環境中真實的景物，一一據實地描寫下來，作者的筆觸是詳細的，態度是客觀的，不予增減，也不予選擇④。

筆者認為「全般描寫」是將「場景」在情節進行之前就描寫完竣，再引帶「情節」進入發展，和「獨立描寫」相似，其差異在於「獨立描寫」是就寫作方式而言，而「全般描寫」則從寫作內容立論。

「全般描寫」固然有一窺全豹的勝場，但少年讀者也容易遺忘，則作者所辛苦經營的「氛圍」在瞬間潰散。一俟「情節」開始進行之際，「氛圍」無法完全凝聚，無法造成對少年讀者閱讀時的衝擊，則「場景描寫」功敗垂成，乃是「全般描寫」值得商榷之處。

二、漸層描寫

即指「場景」和「情節發展」同時進行，而且在迫切需要之時才描寫，並且步步進逼，以收「逐漸增強」的效果，必能使少年小說中的某種氛圍漸漸增濃，少年讀者隨時受到「場景」的暗示、強調，其心理必能和氛圍相互制約，處於高度關懷的情緒之下，其閱讀興味自然濃厚，始終不會低落。

「漸層描寫」的「場景」和「情節」互為依存、引帶，因有「場景」的增強，「情節」的進行使人有身歷其境之感。因有「情節」的推波助瀾，「場景」的描寫更使得少年小說讀者具有「立體」、「逼真」的感受。

三、以「人」為場景

「人」本是少年小說推動情節進行的「主力」，何以成為「場景」。其實此處的「人」不必是一人，也不必是少數人，而是成群結隊、各自行動、芸芸眾生之「人」。以如此深具「動態」之「人群」，來襯托少年小說中主要人物之「個體」，則「人」必然成為「場景」，值得大書特書。

四、以「事」為場景

「人」、「事」本具一致性，兩者無法分割獨立，因而若著眼於「人群」，即以「人」為場景。若將重點放置於眾人「行事」之上，則以雜遝進行的大小「事項」為場景，在紛雜、模糊、忙亂的「眾多事件」進行中，融入一件聚焦、特寫、明確的「特定事件」，因「特定事件」容易引人注目，而「眾多事件」僅如浮光掠影，無法予人以深刻印象，則「眾多事件」即可成為「場景」描寫的對象。但是用「眾多事件」來當場景，由於牽涉到「人的活動」及「事的進行」，因此也可以說是「場面」的描寫。

五、以「物」為場景

「物」即指「物品」、「物體」、「動物」、「靜物」。「物」可以是「靜態的擺設」，也可以是「動態的存在」，其重點在於此「物」對於情節進行居於舉足輕重的地位，則作者必然予以深入、周到的刻畫，以凸顯此物的重要性，構成少年小說的「場景」，以使情節的進行具有公信力、說服力。

六、以「景」為場景

此處的「景」是狹義的「風景」、「景物」，可以是大自然、天成的美景；也可以是人為、建築而成的空間或建築物。它可以是靜止的景物，也可以是動態的雷電、風雨等自然現象。可以是變動中的景象，更可以是「停格」般的畫面。不管是哪種背景的「景物」，一定要能塑造氛圍，不但要和少年小說情節所顯露出來的氣氛一致，而且也要有「增強氛圍」的作用，如此一來，才是「情景交融」，所描繪的「景物」才算真正的發揮功能。

第四節 場景映帶人物心情

場景描繪如果只是單純的刻寫景物，無法成為少年小說情節發展的酵素，必然有如照相機拍攝空無一人的景物，只有存在而無動感，只有景物而無人物，只有現象而無感情，將此景物抽離也不妨礙情節的進行，也不影響人物的刻畫，則此「場景描繪」即無存在的必要。

「場景」在「示知地點」、「促進情節」、「塑造氛圍」之外，也應「映帶人物心情」。

所謂「映帶人物心情」，即在要求「情景交融」。「映」是反映；「帶」是牽引。「映」是靜態的功能；「帶」是動態的作用。「人物心情」如果只靠作者敘述、描寫，未免流於「孤芳自賞」，若有場景為之映襯，則心情和景物相輔相成，相得益彰，得到相乘的倍數效果。

「心情」是很「幽微」的，作者的描述是企圖將其「外顯」，但是礙於「場景」的隱晦，未能充分顯現，因此，「場景的描繪」就具有「燭照」的功能。換言之，唯有「場景」的明朗、清晰，始能加強「心情」的透明度，終至被少年讀者接受。

少年小說讀者對於全由文字來描繪心情變化，或許由於生活經驗不足，或礙於對文字無法正確的把握解讀，對於人物「心情」的體會，未能和作者完全契合，若能憑藉「場景」為之「映帶」，則少年小說人物的心情變化，當更能躍然紙上，而為少年小說讀者所喜聞樂見。

針對「場景」能「映帶人物心情」，可由「反映」及「牽引」來討論：

一、場景反映人物心情

用場景來反映心情是一種靜態的功能，僅在利用場景的晦暗明朗以「證明」小說人物具有某種心情，因此，其功能是消極性、解釋性的。

「反映心情」是一種映襯的作用，是背景、是說明、也是補強性質，目的是使「場景」所顯現的氣氛和人物心情趨於一致。用場景來反映心情，是使得少年小說人物的「心情變化」顯得確有其事，雖然事屬消極、解釋，但總比人物心情趨於幽隱，無處尋覓、無法體會，要來得具有建設性、指示性。因此，用「場景」反映人物「心情」，在少年小說的寫作時仍應時常運用。

「反映心情」可以是事前反映，也可以事後證明。既然是「反映」心情，人物心情和場景就得各自獨立描述，完整呈現，以使少年小說讀者「覺察」到彼此的相關。

「事前反映」指的是情節尚未進行，人物心情尚未刻畫，即已描述而形成某種氛圍，再將情節及人物納入其中加以發展及刻畫，則人物心情及場景描寫所形成的氛圍即可趨於一致。

「事後證明」指的是情節已經完整表述，人物心情也刻畫在先，少年小說讀者可從情節的發展及人物心情的刻畫，體察其中的「氛圍」，在心理上，已向少年小說人物取得「同情心」，經由作者再描述周遭的場景，而此「場景」乃經特別挑選，是和「情節發展」及「人物心情」正相關，具有「證明」的作用，則「人物心情」的變化愈趨明顯，因而取得「反映心情」的共識。

二、場景牽引人物心情

人的情感意緒中有所謂「見景傷情」或「觸景生情」，就是外在的「景物」觸發內在「情緒」的牽引過程，此為外鑠的機制。至於內在「情緒」的激動，導致「景物」皆有「我」之「深情」附著其中，形成所謂的「移情作用」，致使花能解語，鳥能識情，此為投射的作用。

此處的場景是「牽引」人物心情，指的是「場景」的描繪，能夠在少年小說作品中形成某種氛圍，而使得少年小說人物的心情隨之哀傷喜樂，並且增添情節感人的力量。因此，重視的是

「見景傷情」或「觸景生情」，強調的是外在的景物描繪，用景物以牽引、觸動人物心情，使得情節發展名正言順，順理成章，毫無勉強斧鑿之跡。

場景既然在「牽引」人物心情，則在描繪之際，必然是事前為之，先行塑造某種氣氛、情節，再進行發展或刻畫人物個性，既已發揮引導的作用，則其效果必然事半功倍。

除掉事先進行場景的描繪之外，也可以採行「場景描繪」和「情節發展」交錯進行的方式，如此一來，「場景」和「情節」是同時進行，是並駕齊驅，而非事後的證明。唯有事前的描繪或同時進行的描繪方式，才具有牽引小說情節的發展，以及刻畫人物個性的功能。

人的情感意緒受到波動，誘因多端，因此，牽引小說人物的心情以及小說情節的進行，可以利用「人」、「事」、「物」、「景」等廣義的「場景」，甚至再加入任何場景及人物都脫離不了的「時間」因素，以增強「場景」牽引情節及反映心情的效果。

第五節　場景烘托人物身分

人物的身分有世俗、人為的高低貴賤，不同身分的人物，身旁必有各階層的人物和其交往，因此，由某人的交遊情況，可知其身分地位的高低。在少年小說中為顯現某一角色在作品中的地位，也可以經由場景的描繪及烘托，分辨其輕重雲泥之異。

用以烘托人物身分的「場景」，除掉靜態的「景物」，更多的場合、情況可以說是「場面」。「場面」是「動」的，是由人氣堆疊、塑造而成的。若是某人跟前有成千上萬僕從供其趨使，行走之時有僕從簇擁，形成前呼後擁的人潮，言談之間，大有睥睨群雄，不可一世之感，則此人必非泛泛之輩。

「人」可以撐起「場面」，「物」也如此。若是某人坐擁金山銀洞，住有華屋高軒，身穿綾羅綢緞，食前方丈，僕傭趨走不停，是個鐘鳴鼎食之家，則此人身分必非市民百姓，引車販漿之徒，若非富商巨賈，必是列土百里之貴戚重臣，否則無法有此盛大的場面。

「場景描寫」要能夠烘托人物身分，必得有「事實」為根據，再加上「誇張」的描繪，如此的「場景」才能符合烘托人物的需要。若是只憑「事實」，欠缺夸飾的言詞，輕忽「誇張」的渲染，則少年小說的趣味效果必然無由形成，因此，「三分事實」，「七分誇張」是描寫場景不可或缺的原則。

用「人」或「物」充當「場景」來烘托人物身分，其描繪的技巧應注意：

一、以「人」烘托人物

「人」成為「場景」，則此「人」或此「人群」即成為「背景」，可以是「動態」，也可以是「靜態」，目的都在於烘托作者用心著墨的特定角色。

以「動態」而言，街道中雜遝的人群顯現的是擾嚷的氛圍，若有人佇立街頭，注視人群的快速移動，而此人長時間未曾移動半步，如此「場景」及「烘托」，必可顯現此人「卓而不群」，或是「孤獨無助」，甚至和整個人群格格不入，無法融入人群。此人的「心境」，讀者可由作者安排的「場景」，以及此一突出的人物身上解讀出來，則作者用動態「人物」充當「場景」的心意即已達成。

以「靜態」而言，若有某些人物或人群一直處於靜態，即可形成「靜物寫生」時的「背景」效果，作者再將動作中的某些角色放入，在「動」、「靜」互為映襯之下，此一動態人物的身分必異於「靜態」的「人群」。例如：操場上的師生隊伍行列整齊，肅靜無語地「聽訓」，此刻在司令臺慷慨激昂侃侃而談者，必是重要角色。因此，成千上萬的人群即是「靜態」的背景人物，用以烘托主要角色。

再以某人在人群中發號施令，或在眾人面前大放厥詞、滔滔不絕，或大聲詈罵斥責他人，或言談之間百無禁忌，而其周遭眾人皆噤若寒蟬，未敢應聲，俯首貼耳，遵命行事，則發言者必是領袖人物，此乃以某人的「刺激」與人群的「反應」來窺知人物身分的高低。由此可知，在靜態及動態之外，由言談的內容、言談者的神色、聲調、音量、言談的用詞以及接受者的反應，亦可烘托人物的身分。

二、以「物」烘托人物

「物」指的是「物體」、「物品」，而非大自然的「景物」，以人為的物體為主。換言之，是人群日常生活所使用的萬物，是衣、食、住、行必須品。

以「衣」而言，佛要金裝，人要衣裝，用「衣」來烘托人物，乃最貼近人身的「場景」。以打扮「行頭」來烘托某角色「富有」身分，或是「窮挫大」、「虛榮」的心理，最具說服力。同理，以邋遢破爛的衣著打扮來烘托某人的「貧窮」家境，或是「不修邊幅」、「吝嗇」、「過度節儉」的情況、行為、心態，也最容易使人信服。由此可知,「衣著」、「打扮」最容易烘托人物身分。

以「食」而言,由飲食的種類、價錢可以顯示人物的經濟情況。由其飲用殆盡,或淺嚐輒止隨即丟棄,可以表現人物「節儉」或「浪費」的行為。由其揀精挑肥,膾炙蒸煮等挑食、講究烹飪技巧,可以得知某人乃「美食主義者」。因此,由其飲食習慣、食物的精鱻、價格的高低、菜餚的多寡種類,亦能烘托人物的身分。

以「住」而言,家徒四壁者,貧無立錐之地者,其居住環境必然不佳。若以窄小簡陋、陰暗潮溼、霉味撲鼻的「場景」來烘托此人的身分、則其生活的困窘不言可喻。若居住在亭臺樓閣中、室內裝潢豪華富麗,世界名畫盈牆,百萬音響充耳,美酒佳釀滿櫃,極耳目視聽之娛,窮人間體膚之樂,以此來烘托人物身分,可知此人必定重視生活享受者,至於生活品質是否高尚,乃見仁見智,只好留待少年小說讀者去評斷。

以「行」而言,外出有千萬名車代步,總比擠公車、踩破爛腳踏車者,予人以不同經濟能力之感,也能烘托此人在社會上的地位。

若是此人的經濟情況不佳,仍能營造如此的生活條件,當少年小說作者展示如此情境,則少年小說的小讀者即可運用其智慧以判斷其真假情況。或者讓小讀者體會得知,此為少年小說作者故意安排的「反諷」,讓小讀者知曉社會上有如此名不副實者,對其智慧增長將有莫大助益。

第六節 場景描寫要貼切精當

場景描寫旨在塑造氛圍，加強情節感人的力量，為發揮其功能，在描繪時應予讀者有身歷其境的感受。

所謂「身歷其境」就是「逼真」的情況，作者應具有「狀難寫之景如在目前」的真功夫，將大自然及日常生活中立體的景物，化為文字並寫入平面的文章之中，還能使讀者有「如在目前」之感，乃是成功的「場景描寫」。

欲使讀者有「身歷其境」之感，作者對於場景的描繪，應該要求「貼切精當」。欲達此一標準，則「鉅細靡遺」、「用詞具體」、「有條不紊」、「符合需要」等四個原則即應遵循：

一、鉅細靡遺

以「寫實」的定義及要求來說，「場景」的描繪是「只問需要，不問大小」。「需要」是指描繪之後，在「塑造氛圍」及「加強情節」上有正面的增強作用。所謂「不問大小」則指場景的大小不管是須彌或芥子，凡是需要即應描繪。

「鉅細靡遺」的另一個意義是，對於一個場景，可以用「鉅觀」的方式，只描述其重點、主幹的部位；也可以用「細察」的方式，全力描述到枝節、花葉的部位。換句話說，「鉅觀」可以只顧及「輿薪」的表層；「細察」則是顧及到「秋毫」的末微，無論「表層」或「末微」都得詳加描寫。

二、用詞具體

描寫場景時應多用比喻、形容的語詞，務必使得「場景」逼真、生動地展現在讀者面前，以使少年讀者有「身歷其境」之感。形容詞及制式、窠臼式的成語應該少用，以免少年讀者心生隔閡，欠缺撼動其心靈的力量。

用詞具體的最高境界是「狀難寫之景如在目前」，不獨可以使場景栩栩如生，歷歷在目，也可以使得「抽象」的語詞遠離，「哲理化」的語詞不復出現，讓少年讀者經由具體的語詞描繪以拼湊「場景」的全貌。

三、有條不紊

寫景最怕亂了章法，東拉西扯，將少年小說的讀者引入迷宮，找不著出口之處，或如進入森林中，只見一片黑黝黝的林木，卻不知一棵棵的巨樹何在。因此，場景描繪最要寫得有條有理，以使少年讀者按圖索驥，既可獲悉「場景」的外貌，又能體會「場景」和「情節」的配合，以及「場景」所顯現出來的「氛圍」，以引發其閱讀的興味。

想使「場景描繪」顯得有條不紊，就得有如攝影師運鏡，將鏡頭依照某個線索，依序帶到，要大小兼顧，有條理的拍攝、描寫，務使少年讀者對「場景」有清晰之感，產生眼隨景移，意隨眼轉的效果，這才是「精當」的場景描寫。

四、符合需要

「場景描繪」是「描寫文」，但又不是任務單純的「描寫文」，而是負有映帶情節功能的「描寫文」，一定要切合需要才進行場景的描繪。

所謂「符合需要」就是「貼切」，要確定此一場景真的能夠促進情節的發展，刻畫人物的心理，塑造某種氛圍，並且能使人物及情節有附著的空間，才進行場景的描繪。

「符合需要」的另一原則是：場景雖然有大有小，描寫也有繁簡之別，全看情節發展的需要，人物心理的變化而決定採用詳細刻畫或簡要描寫。易言之，要使場景的描繪符合需要，可以是「工筆細描」，也可以是「寫意點畫」，並無定著，也無規則可循。

林文寶所謂的「全般描寫」、「重點描寫」，和筆者的「工筆細描」、「寫意點畫」，正有異曲同工之妙。

第七節　場景描寫要趣味生動

「景物」是「死」的，不管其為靜態的「物」或動態的「人」，它「出現」在某處，作者不加以描寫，「景物」仍是「景物」，欠缺「生命」的感覺。唯有作者匠心獨運將其刻畫描寫之後，「景物」才是「活」的「場景」，甚或達到栩栩如生的境界。

「場景」的出現如果不帶任務，「場景」仍是「描寫文」，而非少年小說整個有機體的部分器官或組織。因此，「場景」越融入少年小說的有機體，越顯現光彩奪目，成為少年小說的神采，給人以「感覺」、「氣氛」、「味道」，而不是單純的描寫文字的堆疊。

「場景描繪」若是只為單純的呈現景物，不和少年小說整個有機體互相融合、互相牽引、互相活動、互相映襯，必然只像單張打映的幻燈片，或是單張獨立的照片，無法述說一段完整的故事。而且由於獨立、塊狀的出現，欠缺連續、活動的力量，致使場景描寫陷於沉悶、死寂，為矯正此一缺失，少年小說作者要設法使「場景描寫」顯現趣味、生動的效果。「趣味」指的是形成某種「氛圍」，「生動」則是出現連續、配合、影像、聲音、立體的特殊效果。「場景」能「塑造氛圍」，已見本章第三節所述，本節僅就連續、配合、影像、聲音、立體描寫等技巧詳加討論。

一、連續描寫

「場景」的出現不可以是「獨立」的情況，和情節、人物毫無關係，也不可以是「塊狀」的封閉空間，和其他場景毫無呼應的情況，而是要和其他場景具有聲氣相應求的安排設計。

所謂「連續描寫」指的是情節不斷進行，「場景描寫」也要不停的出現。每個場景都描繪得栩栩如生，則所有的場景必如連頁的屏風展示，既讓少年讀者目睹「場景」之美，又如「動畫」般充滿趣味性。

二、配合描寫

「場景」在少年小說中負有「詮釋情節」以及「人物憑依」的責任，因此，「場景描寫」不可率性寫作，必定是有所為而為之。

所謂「配合描寫」指的是配合情節發展，配合人物的心情變化而描寫場景。在話劇演出的舞臺上，「布景」及「燈光」時常依據節令、時間、地點、情節、人物心情變化而更換、投射，以形成烘托情節進行及詮釋人物心情的背景。少年小說亦然，「場景」即是「布景」和「燈光」的綜合、加成功能，皆以「情節進行」及「人物心情」為主要訴求，以構成「場景」、「情節」及「人物」互相映襯的趣味效果。

三、影像描寫

白紙寫上黑字本是平面的寫作藝術，同樣的道理，「場景描寫」也脫離不了「白紙黑字」的先天範限，它在「景物」的刻畫上也容易落入「平面」的缺憾。如果「場景描寫」未能免於「平面描寫」，則其趣味效果自然是不容易形成。

談到「影像描寫」，可分「像」及「影」二部分。「像」指的是人間事物的「實體」；「影」指的是事物實體的「虛形」。在「場景描寫」時不能只顧及「實體」而不及於「虛形」，要使「場景描寫」脫離「平面」的無趣，則「虛實相生」的技巧應妥予使用，「實景」要虛擬，「虛形」要「實寫」，則「場景」才不會呆滯。簡單以言之，「像」是實寫，「影」是虛寫；實寫是「寫實」的功夫，「虛寫」則是「想像」的發揮，唯有「虛實相生」，「場景描寫」的趣味效果自然顯現。

四、聲音描寫

文字描寫要能有「聲音」的效果，非得作者及讀者共同合作難以達成，若在「場景描繪」時能出現「聲音」的效果，則其中的趣味性自然不言可喻。作者在場景描寫之時能以國字或注音符號「摹狀」各種聲音，甚至完整地揭示畫面，以滿含各種「聲音」。在如此設計之下，少年讀者憑其生活經驗來「解聽」其中的「聲音」，則在「場景」的「畫面之美」外，又具「聲音之美」，要比只能「平面描寫」的「場景」來得趣味十足。

「聲音描寫」並非每個「場景」都應出現，「影像描寫」是主體，「聲音描寫」只是點綴性質。例如描寫恐怖的「冬夜」場景，各種「影像描寫」齊全之後，加入西北風「呼呼」吹襲的聲音，野狗嗥叫聲，窗櫺、門扇鬆動、撞擊聲音，野貓叫春有如嬰兒夜啼聲，再加上若有還無的婦女啜泣聲……則此「場景描寫」的「聲音」點綴，必然增添場景的恐怖效果，因而形成勾魂懾魄的恐怖趣味。

五、立體描寫

場景描寫要能「立體化」，則平面描寫、影像描寫、聲音描寫的技巧要綜合運用，以構成聲色兼美，並且上下四方兼顧的立體效果。再將少年小說人物放置其中盡興地演出，少年讀者愉悅地閱讀，則全篇少年小說必如水族箱，有水、有草、有沙、有石，有山巒、有氣泡、有燈光、有溫控，水族在其中自在悠游，怡然自得，水族箱外的「人」自其外圍觀之，不但一覽無遺，而且還在不同方位欣賞都能發現「水族箱」之美，呈現最佳的立體畫面效果。少年小說的「場景描寫」若能具有「水族箱」的立體顯現，則其「趣味」及「生動」自然不在話下。

第八節 場景描寫要簡潔明瞭

前曾述及「場景描寫」要「鉅細靡遺」地「詳加描述」，此處又要求「場景描寫」要「簡潔明瞭」，看似矛盾實則各有指涉。

所謂「鉅細靡遺」、「詳加描述」，指的是「場景」的「事物」只要和「情節進行」及「人物心情」有關，都得詳細描述，所指涉的是「場景」的「內容」。

本節所謂的「簡潔明瞭」，指的是遣詞造句要能簡潔扼要，絕不拖泥帶水，涉及的是行文的風格。至於「明瞭」，指的是描述場景有條不紊，循序漸進，不可頭緒並陳，以免糾纏雜亂，使得少年小說讀者打理不出「場景」的印象，因而降低閱讀的興味，因而所指涉的是描述的技巧。

場景描寫能夠簡潔明瞭，好處多端：

一、讓少年讀者立刻進入少年小說的世界中，因為小讀者能迅速解讀場景，了解該篇作品的時空背景。

二、場景描寫簡潔明瞭、乾淨利落，不獨場景形象鮮明，亦不影響情節進行的流暢性，作品的趣味維持不至因拖沓冗長的場景描述而中斷。

三、場景描寫乃情節進行的「控制閥」，有調整情節進行節奏的功能，若能簡潔明瞭地描述，則「節奏」輕快活潑，不致有沉悶之感。

四、場景描寫本是「描寫文」，能有簡潔明瞭的描述文字，少年讀者在欣賞作品之際，又能習得優美詞句的用法，增進描寫事物的技能，對提升其語文程度有莫大的助益。

「場景描寫」想要「簡潔明瞭」就得注意「輕重得宜」、「詞句精鍊」、「文中有畫」等方法。

一、輕重得宜：同是「場景」，其重要性有天壤之別，凡是重要的應詳加著墨，不重要者則輕輕帶過，有如水墨畫有墨色濃淡的佈局，才得以顯示主題及背景。

場景輕重有得宜的描述，不只有加強「情節」的戲劇效果，以及「人物心理」轉變的說服力，亦能控制少年小說的篇幅，不致因不重要者亦詳加描述，形成臃腫癡肥的篇幅，甚至以文害意，降低情節感人的力量。也唯有「輕重得宜」的描述，場景的描寫才能達到「簡潔」的要求。

二、詞句精鍊：敘述、描寫的文句精鍊，是寫作的一般原則，在描寫場景之時尤其要重視以最少詞句，表達最豐厚的意思。唯有如此，才能「簡潔明瞭」地寫出場景，並維繫少年小說的趣味性於不墜。

場景描述不是情節，欠缺故事吸引讀者的趣味，若是場景描寫過於繁瑣、囉嗦，並與情景發展無關，則少年讀者可能略過此一描寫而不閱讀，必然影響少年讀者對於「氛圍」的掌握及對情節的感受。

三、文中有畫：描述場景若能師法「詩中有畫」、「詩中有樂」的境界，在依序、輕重得宜的描寫之時，構成一幅畫面，使得少年讀者在詞句描述的導引之下，目睹一幅圖畫，既充滿色彩、線條之美，又能知悉畫中事物，再與情節發展相互參照，必能有更深入的體會。

為使描寫場景的文字成為一幅圖畫，在描寫之時仍得注意每一場景的重點事物為何，哪些為陪襯性質的事物。重視輕重、均衡之美，並以富於色彩及構圖的詞句，渲染出一幅簡潔明瞭的圖畫，以助情節的發展，達成「文中有畫」的場景描寫要求。

第九節　場景描寫要情景交融

場景描寫要「順勢而為」，不可異軍突起；場景描寫要「輔助情節」不可特立獨行；場景描寫也要「情景交融」，不可造成「場景」和「情節」、「人物心理」南轅北轍，相互乖離的狀況，「場景描寫」才不至於成為「浪費筆墨」的一段文字。宋代詩人梅聖俞曾云：「狀難寫之景如在目前，含不盡之意見於言外。」是「場景描寫」的最高準則，「如在目前」是具體而顯露；「見於言外」是幽微而含蓄，前者在描寫景物，後者是抒發感情，唯有如此，才能達到「情景交融」的境界。

前已述及「場景描寫」的目的在於「塑造氛圍」，所謂「氛圍」即是一種「感覺」，因而形成閱讀的趣味。此種「感覺」及「趣味」最容易牽動少年讀者多愁善感的心思，認同少年小說中主要角色的行為，並將自己真情投射於作品中，將自己幻化成為作品中的角色，達到「情景交融」的忘我境界，此為「場景描寫」的最高成就。

「情景交融」的另一境界，則指作品本身的融合狀態，作者能運用描寫場景之筆，形成某種氛圍以配合情節的發展或人物情緒的轉變，使得「場景描寫」和情節、人物深密契合，而不是鬆散零碎的景物描寫。

「場景描寫」要能「情景交融」，應注意到「情在景先」、

「景在情前」、「情景互動」的描寫技巧。

一、情在景先

此處所指的「情」是作品的情節發展居於領導的地位，情節已進展到某個段落，某種感覺已經醞釀成功，就等待「場景」加以證明、輔助，以加深加濃全文的氛圍。因此，「情在景先」是作者的「情意」走在「場景」之前，是一種「內情」牽引「外景」的寫作方式。

二、景在情前

和「情在景先」相似，都是「情」、「景」互居先後的狀況，居前者引領在後者。「景」在「情」前，是「場景」先行描寫，利用鮮明的「圖畫」先在讀者腦海中形成深深的烙印，感受「場景」所形成的「氛圍」，再接納發展中的「情節」，而有理所當然之感，或接納人物心理、情緒的轉變，而有水到渠成的必然效果，此為「外景」以映襯「內情」的寫作方式。

三、情景互動

此一技巧的「情節」及「場景」不分先後，乃是互動狀態，有如麻花的兩股糾纏前進，互相牽引、帶領，也互相增強、補足。在實際寫作之時，「情節」發展到某一段落隨即出現「場景」的描寫，而「場景」描寫一小段落，某種「氛圍」既已形成，則「情節」即介入順勢發展，使少年讀者在情節及場景的掌握上全盤、明晰而且正確。此為「內情」及「外景」無分軒輊的描寫方式。

「場景」描寫的最高境界即是「情景交融」，具有升高作品趣味的觸媒功能，少年小說作者應以此為場景描寫的極致要求。論述至此，茲援引任大霖《兒童小說創作論》高論，以為本章的結束：

> 什麼是兒童小說的「意境美」呢？那就是通過情景交融、物我交融的藝術描寫，使讀者受到感染，產生想像和聯想，產生身臨其境的感覺，產生心靈上的波動，從而獲得美感⑤。

附　註

①參見方祖燊《小說結構》（東大圖書公司），頁四九〇，第三十七章〈描寫環境在渲染氣氛，加強情節〉，乃是第七編「小說環境論」中的一章。其他尚有〈描寫人物不能脫離環境〉、〈描寫環境在表現故事的時代背景〉、〈描寫環境在刻畫人物的生活環境〉、〈描寫環境在描繪自然景物〉、〈描寫環境在顯示當時的社會情況〉、〈描寫環境在刻畫激烈的戰爭場面〉。

②參見林文寶《兒童文學故事體寫作論》（毛毛蟲兒童哲學基金會），頁三三六，本節討論「兒童小說」的「相關元素」，計有「時間」、「地點」及「景物」三項。

③參見任大霖《兒童小說創作論》（少年兒童出版社），頁一七八至一七九，第六章〈兒童小說的環境描寫和意境〉。

④同註②，頁三三七。林文寶認為景物描寫的方法可以分兩種：一為全般描寫，一為重點描寫。「全般描寫」已如引文所錄。「重點描寫」則指：作者在某個環境中只是捉住一些特別的景物予以描寫，作者的筆觸

是簡約的，態度是主觀的；當增則增，當減則減，作者要選擇和捨棄。

⑤同註③，頁一九一，第六章〈兒童小說的環境描寫和意境〉。任氏認為「兒童小說的意境美，要和形象美、語言美並用，以對兒童的感情引起一種微妙而特殊的作用。」

第玖章

少年小說的語文駕馭

林良先生曾說：兒童文學是為兒童而寫作的。它的特質之一是「運用兒童所熟悉的真實語言來寫」①。

少年小說的閱讀對象是少年讀者，而「語言文字」是述說、閱讀故事的媒介，是作者和讀者之間的橋樑，如果「語言文字」成為少年讀者閱讀時的障礙，即使作品再精彩、故事再生動、哲理再精深，若少年讀者無法看懂小說作品，則作者所要傳達給讀者的訊息，少年讀者完全無法接受，作者的一切努力也都將付諸流水。

「少年小說」之所以要另立門戶、另行討論，除掉題材迥異成人文學作品外，「語文」的使用也和成人的文學作品大異其趣。成人文學作品不排除咬文嚼字，也不反對利用歐式、日式語法來寫作，少年小說則要求淺白流暢、清新自然，少年讀者一看就懂，不必翻查字典、詞典，以免文字太深奧而「以文害義」，壞了閱讀興致。

任大霖《兒童小說創作論》對「兒童小說的語言」，有其獨到的看法：

> 在語言的運用上，兒童小說應當特別注意語言的健康、明快、活潑、優美，並且盡可能做到口語化。……我認為在

創作實踐中，應當從以下四個方面下功夫，鍾煉語言，這就是準確、精煉、風趣、上口②。

任先生文中只提到「語言」，未能明確區分少年小說中各種不同功能的「語文」的駕馭功夫，是令人遺憾處。「少年小說」的精彩有趣，大部分來自「語文」的魅力，因此，少年小說作者對於「語文駕馭」的能力應該高人一等。「語文駕馭」包含「語言」和「文字」兩大類的驅遣和使用，而在少年小說作品中則可分為作者本身遣詞造句的語文風格、描寫用語、敘述用語、對話用語及態勢用語等五大方面，本章將從此方向來立論。

第一節　遣詞造句方面

少年小說大多數取材於日常生活，所敘述的事件、所描述的事物多與少年讀者有關，因此在遣詞造句方面要注意生活化、口語化、淺白易懂、清新自然，並且要獨具風格，形成作品的個人魅力。

一、生活化

撰寫少年小說要深入少年族群，知曉其生活習性，衣食住行育樂的取向、喜好，並能以其「生活用語」寫入作品中。而非成人世界的應酬語、市儈話或官腔官調，也不是深奧難懂的學術用語，更不是正經八百的課堂訓詞及上課內容。而是少年人的坐臥行止、交友嬉遊、喜怒哀樂時的習慣用語、生活用語，是從日常生活中所提煉出來的活生生用語。

二、口語化

與生活化相呼應的是「口語化」，因為是生活的、習慣的用語，所以絕對不是字斟句酌、咬文嚼字、詰屈聱牙的書面文詞或愛情文藝小說的語言，而是心裡想的、耳朵聽的、隨時掛在嘴巴上的口頭用語，唯有口頭用語，才有可能和兒童的生活密切配合。

既是「口語化」，就得依照兒童的思維為依歸，兒童說話的語法和成人不盡相同，少年小說作者不但要絕對尊重，而且要擷取少年說話的特色，發現其口頭用語富於「童趣」之處，如此一來，該篇作品的遣詞造句才是真正為兒童設想，使兒童樂於接受。

三、淺白易懂

少年讀者由於識字及詞彙有限，在聽話之時會將「適可而止」聽成「四個兒子」；「蛛絲馬跡」聽成「豬獅馬雞」。而在閱讀之時，也會有「馮京馬涼」的錯誤，如果少年小說遣詞造句過於深奧，少年讀者由於誤讀、誤認、誤會作者原意，則有南轅北轍之弊，當非少年小說原作者所樂見。

少年小說的文詞要「淺白易懂」，必須少用成語及罕用字，或超出少年讀者程度甚高的文詞，而且要和生活相結合，例如「家徒四壁」、「窮無立錐」比不上「繳不出學費」、「窮得沒有飯吃」、「口袋裡沒有半毛錢」等淺白易懂的詞句，讓兒童有感同身受的效果。

四、清新自然

遣詞造句要能清新自然，必須生活化、口語化、淺白易懂之外。少年小說作者在寫作時，不但不可拾人牙慧，而且要以最自然、信手拈來又能合乎語法、文法的詞句來創作，絕對不可矯揉做作，造出拐彎抹角、層層疊疊，複雜又迴繞的文句，離開日常用語太遠，則成為書面語言，呈現文謅謅、刻意講究華麗、優美的句型或語詞，完全不合乎少年讀者的語文習慣。若是少年小說的文辭不是根植於兒童的生活土壤，則無法開出清新、自然的少年小說之花，結出少年小說之果，也無法滿足兒童的「眼食」，以肥腴兒童的心靈。

要求「清新自然」，必須做到「不可人云亦云」，以避免「老套」，作者要說出自己的話，也要說出兒童的話，唯有發人所不能發，才可能臻於「清新」的境界。某些作者為追求「清新」，可能走入極端，詞句固然自創，卻出現「清新」有餘而「自然」不足的局面，因此「自然」就是親切、不作怪、不違背語法文法，合乎大眾的語文習慣，話該如何說，則據實撰寫，「清新自然」之途必然不遠矣。

五、獨具風格

每位作家依其才氣的高低，以及對文字體會的深淺，在遣詞造句時必然出現不同的風格，或者擅長於運用實體詞的描述，或者駕馭虛字、虛詞十分靈活，或者善於「轉品」，將各品類文詞做多變化式的運用，或者在描述文句特別生動活潑，或者在對話內容、對話設計特別鮮活，而且能展現人物的個性，或者對兒童用語的掌握特別精準，或者經常出現長句、造出短句，使作品有和緩或快速的節奏感……諸如此類，都可以形成少年小說作品中遣詞造句的特殊風格。

馬景賢先生〈少年小說淺談〉曾說：

> 只有捕捉兒童自己所使用的語言中像詩一般的意象，才能表達出孩子們的感受和思想。多聽他們的表達、他們所見所思的談話，也是作者創造自己寫作風格的方法之一③。

因為「風格」不會自己形成，也不可能在短時間具備，更不可能在一篇作品中被歸納出來。因此，唯有役使文字，而非被文字役使，不拘泥於語文的固定、現有語法，而能對文句有敏銳的感覺，在眾人的、約定俗成的用法之外，能有自己對語文的敏感體會，造出清新又自然的文句，在長時間及多篇作品的積澱之後，才有可能形成作者的特殊風格。

第二節　敘述用語方面

少年小說旨在述說一段故事，以口語而言，必須讓兒童聽得懂，不因「同音字」而誤解作者本意。以文字而言，必須讓兒童看得懂，不因生難字句太多而難以終篇。因此，在「遣詞造句」的一般原則之後，接著要談的是作者的掌控，用以銜接「對話」段落以及「描寫」段落的「敘述用語」。

「敘述用語」功能在於交代過去的事情，敘述小說人物的背景，敘述小說情節正在進行的狀況，預告小說情節結束之後的發展動向，因此，「敘述」、「描寫」及「對話」是少年小說作品得以生動、鮮活的三個環節，這三個環節是環環相扣、息息相關的，無論由哪個環節開始，都得互相牽動，相輔相成，以使少年小說的事蹟明朗、人物鮮活、場景明顯、結構嚴謹。基於此一前提，少年小說的「敘述用語」貴在簡要流暢、詞能達意、鮮活跳脫、承先啟後、形成期待心理，以發揮述說故事的功能。

一、簡要流暢

少年小說固然要以兒童用語為寫作的標竿，但總不能全篇都是「說話式」的文句，畢竟「說話」和「作文」仍有一段距離。「說話」可以囉嗦，可以重複，可以出現口頭禪，可以咳嗽、吞口水，可以「口吃」而結結巴巴。但在「文學作品」中，上述所有一般人說話的通病一概要避免，而其標準則是「簡要流暢」。

「簡要」指的是「不囉嗦」、「沒有口頭禪」用最少的文句表達最豐厚的意思，不論大小事項，都要「簡單」、「扼要」地述說，不要拖泥帶水、喋喋不休。

「流暢」指的是不可以「重複述說」，除非是「對話」的特別設計，否則，不要出現「口頭禪」，也不可以出現上下文句意思無法連接的情況。

總而言之，「敘述」要像「說話」般「自然」、「親切」，但卻要避免出現「說話」的各種缺點，敘述文字才有可能達到「簡要流暢」的要求，具有「信」的標準。

二、詞能達意

少年小說作者寫作之時，心中必須清楚自己運用某一字詞的本義何在，其功能為何，如此一來，才能正確表達己意，不會浪費筆墨，徒使篇幅冗長臃腫。

詞能達意的文句必定精鍊、簡要，上下文意連接完整，作者本意不被誤解，而且能夠流暢地敘述，具有「達」的標準。

遣詞造句能夠「達意」，必須深切明瞭各字本義、引申義以及在不同詞、句中的意義，才能造出合宜的「語詞」。必須深入知悉各詞本義、引申義以及在各種句型，甚至被「轉品」之後的用法、意義，才能造出正確代表己意的句子。某些字詞句在被引號框住之後，可能形成某種含意或另有用法，而某些詞句在標點符號介入之後，也可能產生「意變」。凡是此類改變，少年小說作者必須敏感而正確的把握，以寫出「詞能達意」的文句，給予少年讀者正確的訊息及用法。

三、鮮活跳脫

敘述的段落由於欠缺故事的承載，有可能形成「沉悶」的局面，若是無法「簡要流暢」，詞句又不能達意，必定無法吸引少年讀者一讀。因此，描述的文句必須「鮮活跳脫」，才會形成「動態」的感覺，具有吸引讀者「往下閱讀」的魅力。

所謂「鮮活」指的是「鮮明活潑」，在敘述人、事、物、景之時，能給予少年讀者鮮明的印象、感覺。換言之，閱讀作品的敘述文句之後，能立即感知作者描述之人、事、物、景。作者並且要在行文之際充滿趣味性，避免陷入說理、教訓，或純為交代事件、敘述場景，無法形成「說故事」的風格。

所謂「跳脫」指的是蹦跳、活躍，上下文句要能意思連貫，又不流於囉嗦的敘述，必須該詳則詳，該略則略，要的是活動的水流，如瀑布飛濺的氣勢，而非一潭死水、平靜無波，唯有飛濺的瀑布才能顯現迸散、跳躍的活力。

四、承先啓後

敘述的段落在少年小說中不單是為「敘述」而存在，其主旨在於為故事蓄勢，為人物勾勒背景，為主題的蘊藏預設空間，敘述文句實則負有「承先啟後」的功能。既是「承先啟後」，表示敘述的段落在少年小說中是居於樞紐的地位，因此，作者在行文之際，必須考慮該文句承自何處，要使「敘述」的脈絡不至於中斷；也要考慮文句在其所處的段落中，負有何種任務，必須正確圓滿地達成；更要考慮到該段文句要啟開而後的文句，使得往後的文句能有脈絡可資依循。總而言之，「敘述文句」在撰寫之時必須高瞻遠矚，要「承先」敘述，以使文意貫串暢通；要「啟後」敘述，以使其後的文句應意而生，務使全文的敘述流暢而且達意。

五、形成期待心理

前曾述及少年小說的「遣詞造句」要生活化、口語化，以期獲得少年讀者的認同及共鳴。而在「敘述文句」上亦是如此，少年小說的作者在敘述文句的使用上，若能和兒童的生活相結合，運用兒童的口語來敘述，則少年讀者看完文句，即會猜測下句如何撰寫，如果恰好猜中，少年讀者可以從中獲得因為「聰明」而來的愉悅，此亦少年小說「趣味性」維持的要件之一。

此外，由於敘述文句的流暢，兒童看得眼順心喜，會從心中油然而升一種「期待」的心理，希望「敘述文句」趕快結束，出現另外的局面、場景或事物，情節的發展能在自己的預期之中，「猜中」有猜中的快樂，「猜不中」亦有意料之外的驚喜。因此，敘述文句的通暢會使少年讀者因為「期待」的心理而滋生「喜愛閱讀」的興趣。

第三節 描寫用語方面

俞汝捷《小說24美》曾說：

> 小說，是以描述見長的文體，較之以抒情見長的詩歌，它更需要通過流動的描述來寫貌狀物，塑造形象④。

由此可知，小說不以「敘述故事」為已足，更重要的是要在「描寫」上下功夫，以增進讀者對作品的了解和感受。

少年小說的「描寫」旨在顯現人物、場景及事態、局面，甚至於整個情節的發展，都有待精心設計及周延的描寫，因此在「描寫用語」方面也要刻意講究，以發揮其在少年小說作品中應達到的功能。

「描寫」的目的在於「亮相」，「亮」人物之「相」；「亮」事情之「相」；「亮」物品之「相」及「亮」場景之「相」。「相」愈清晰，緊接而來的「敘述」及「對話」段落愈明朗，少年讀者有如耳聞目睹，更能感受「身歷其境」的親切，在閱讀之時能將身心投入其中，充分獲得「閱讀」的滿足及共鳴。

「描寫」貴在「真實」，因而要求「具體形象」；「描寫」用語要有「條理」，因此要求「系統描寫」；「描寫」旨在「顯示」，因此要能「據實描寫」；「描寫」對象有時依作者需要而選定、批評，要求「主觀評價」，因此要「主觀描寫」，茲分別討論「描寫用語」應行注意事項：

一、具體形象

「描寫」的目的在於「真實」展現，因此要「狀難寫之景如在目前」，少年讀者需要的是「具體形象」而非「抽象語詞」，唯有「具體形象」，才能在少年讀者腦海中浮現鮮明的事物的形象，使其有身歷其境之感。

描寫要「具體形象」，其訣竅在於多用譬喻詞，將抽象化為具體。少用「形容詞」，少用現成的、人云亦云的語句，要能深入體會各項事物「像什麼？」各種情況的氣氛如何，和什麼類似，再以自己獨創性的文句來描寫，唯有如此，文句才顯得鮮活有生命，少年讀者也因而獲得鮮明的印象。

描寫要「具體形象」，第二秘訣也在於化「具體」為「空靈」，其道理在於，如果據實描寫，則只是「白描」，欠缺趣味性。如果能夠針對「具體」事物，加以譬喻、形容、誇飾，則所描寫的事物必然不至於「板滯」，充滿作者的妙想、機趣，則事物的形象也就更加鮮明。

二、系統描寫

描寫事物要顯得井井有條，不可糾纏胡扯，以免治絲益棼，尋不著事物的端緒，因此在描寫事情之時要順勢而為；描寫物品之時要順理而治，此為「系統描寫」的第一層意義。

「系統描寫」的第二層意義在於，描寫事物、場景、人物、局面之時，要將類似的東西、相近事物、相關人物、有關局面歸納一起，再做同時的描寫。如此一來，則此段描寫的用語，性質相同，功能一致，少年讀者容易知悉此為描寫的段落，不至於和情節發展混為一談，有助於閱讀之時的正確掌握。

「系統描寫」的第三層意義是：遣詞造句之時，對於情節發展的「氛圍」要正確掌握，和發展的情節密切配合，無論描寫人物、事情、物品、場景或局面，所選用的語詞要「成組」、「成段」地類似，以使行文的氣氛前後一致，並且和情節發展取得互補或增強的效果。

三、據實描寫

少年小說中的「描寫」，有的要「據實描寫」，也就是所謂的「白描」。「白描」的趣味性不足，但是可以「顯示」事實，在描寫之時不可不用。「白描」可以顯示人、事、物、景的本然面目，其用語自然以「存真」為貴。

在「具體形象」時，要求利用誇飾、比喻及形容的語詞，將「抽象」化為「具體」，將「具體」化為「空靈」以加強其趣味效果，所強調的正是「修辭」的妙用，不辭其五彩繽紛，接受其炫人耳目的聲光特性，務使「抽象」及「具體」間依據需要互相轉化。

而在「據實描寫」之時，要求的是「素描」，是黑白不寫成彩色，不加任何的修辭；是彩色也不寫成黑白，不減任何色彩。是長是短，是輕是重，是快是慢，是多是少，只要據實寫出即可。換言之，「據實描寫」的用語有如一把「公秤」，不可偷斤減兩，亦如一部照相機，必須據實攝入，鏡頭不說話，而是讓少年讀者從素妝淡雅的描寫中，去感受作者從事該段描寫的本意。

「據實描寫」有其功能，但因欠缺趣味性，描寫的事物不可太多，描寫的段落不能太長，否則和「雜貨店」陳列百貨，或到菜市場採購蔬果無甚差異。

「據實描寫」是「客觀」的「展示」，不加入作者任何的情意，也可說是「客觀描寫」。

四、主觀描寫

描寫用語如果加入作者主觀的評價、選擇，即是「主觀」的描寫。

「主觀描寫」帶有少年小說作者主觀的愛惡成分，對於人、事、物、景表現其強烈的情緒，在描寫之時，常運用某些情緒化的語詞加以褒揚或讚美，如此一來，少年讀者在閱讀之時，已受潛移默化，跟隨作者同樣的喜好與厭惡，已將自己融為少年小說的一分子，在閱讀之時更容易達到忘我的境界。

「主觀描寫」要能聳動人心，必須要有深厚的「客觀描寫」基礎，也就是在「客觀」的語詞運用純熟，能忠實反映人、事、物、景之後，再加入「主觀」的感情成分，始可順理成章、自然而不突兀地達成。《論語》曾有「繪事後素」的說法，即可為「客觀描寫」及「主觀描寫」的相互關係，做出最好的證明。

「主觀描寫」的語詞常是「客觀描寫」加「情感語詞」，比較「客觀描寫」（據實描寫）要多一層功夫。而「情感語詞」在使用時，少年小說作者不可跳到臺前批評小說中的人、事、物、景，仍應將「批評」意見交由小說人物來述說。如此一來，作者即可在不露痕跡中表現自己的好惡之情，並對少年讀者進行潛移默化的影響。

第四節 對話用語方面

「對話」即是小說人物的「言語」，在「人物刻畫」時曾針對其刻畫技巧詳加立論，本節則擬針對對話時的用字、遣詞、造句、對話語氣等方面來討論。

馬振方《小說藝術論稿》曾說：

> 「語言是心靈的窗子」，人物說的話總是直接間接地反映其思想、願望和心理。小說把摹寫對話作為刻畫人物的重要手段。……對話也是一種描摹，是對人物話語的描摹。這是用語言描摹語言，……作家要充分利用語言手段的這一長處，重視對話的運用，努力寫好人物語言⑤。

馬先生對於小說人物對話的看法極正確。他認為小說人物語言要求的是「靈活性」、「口語化」及「個性化」⑥，可謂的論。

「對話用語」迥異於「敘述」及「描寫」用語。「對話用語」是具有神情、語氣、聲情、個性的「動態文字」，是少年小說中人物的「表演」。而「敘述」及「描寫」用語，則是「靜態文字」，是少年小說作者之眼，或交由少年小說人物之眼來觀看，但仍由少年小說作者之筆撰寫而出，是基於「交代」、「過場」、「顯現」、「預告」等需要而寫作。「敘述」及「描寫」用語無法窺知少年小說的人物個性，倒是更能凸顯作者的語文風格，此為

「對話用語」及「敘述」、「描寫」用語最大的差異。

「對話」具有「表現人物個性」及「推展情節發展」的功能。為表現人物個性，「對話」不可千篇一律，全由作者「自我對話」的設計是失敗的，唯有「人多口雜」、「南腔北調」、「聲情互異」的「用語」才是成功的「對話」。為推進情節發展，「對話」不可毫無交集，全是胡言亂語、瘋言瘋語式的人物對話，對情節的進展毫無幫助，只有「圍繞主題」、「述說故事」、「推進情節」式的「對話」才是成功的「對話」。

基於上列的論述，在寫作「對話用語」方面，少年小說作者應考慮到「圍繞主題」、「述說故事」、「推進情節」、「人多口雜」、「南腔北調」、「聲情互異」、「符合身分」、「力求鮮活」、「生活用語」等原則，才有可能純熟地駕馭「對話」語言。

一、圍繞主題

在「主題的顯現」這一章，曾提及「主題」應蘊藏在字裡行間、情節發展、人物言行之間。此處需再強調的是「對話」用語和人物言行及情節發展有關。因此，「主題」若交由小說人物來述說、談論或藉由「情節發展」來孕育，可說是名正言順，也是少年小說作者明智之舉。

「對話用語」若涉及「主題」的述說，應以簡短的三言兩語來表達，而非洋洋灑灑的長篇大論。若涉及「主題」的談論，交談者必須互有共識，交談內容必須有「交集」，而其「交集」的重點再由「對話用語」論及，則「主題」即可自然顯現。若藉由「情節發展」來孕育主題，則是少年小說作者與小說人物共同來完成，作者要在有意無意間顯現主題，小說人物在言行舉止之際皆可觸及「主題」。情節發展之時，人物對話亦應涉及主題，在如此設計之下，「主題」即無所遁逃於「對話用語」的範圍中。

二、述說故事

「對話用語」乃是少年小說人物的「言語」，「對話」自然不是無的放矢，「對話」乃是「有所為而為」，在小說人物「言談」之時，既可刻畫人物個性，亦可推進情節發展。因此，「對話用語」應該具有「述說故事」的功能。

「對話用語」可交由小說人物之一來「順敘」、「倒敘」、「插敘」及「補敘」任何事實，此即「述說故事」的第一層含意。

「對話用語」若由小說中數個人物根據某一事項進行交談，彷彿在為「解決」、「處理」某事而「會商」、「談論」，似乎與「故事」無關。但只要細加思索，當困難解決，辦法提出，眾小說人物取得共識而「散會」，各自從事其工作之後，「情節」自然往前推展，此為「述說故事」的更深一層含意，此時已和「推進情節」的功能類似。

在寫作「對話用語」之時，少年小說作者必然心知肚明，必須利用此段「對話用語」來述說故事，否則即是浪費筆墨、毫無意義之舉。

三、推進情節

「情節」是人、事、時、地、物最妥當的安排。情節要往前推進，必須是人、事、時、地、物同時進行，而非只是「事情」

的結束，或由「述說故事」者將「故事」做個交代。因此，「述說故事」可以「純述說」，而「推進情節」則在「談論」之後還得附帶其他的活動。在「對話用語」上，若想要「推進情節」，少年小說作者必須在設計「對話用語」，之時，順便考慮「動態」的事項，而使少年小說人物的「言」「行」趨於一致。

設計能夠推進情節的「對話用語」要使少年小說人物針對「情節」的各端，例如「人物」、「事項」、「時間」、「地點」、「物品」進行談論、述說。各個人物要表達己見，顯現情緒、揭露事情處理之法，對物品處置意見。之後，少年小說作者即可根據小說人物的意見，展開各種動態的描寫，如此一來，「對話用語」即成「推進情節」的根據，因此，「對話用語」的設計、使用要和情節的進展有關。

四、人多口雜

小說一如戲劇，不但特別強調「對話」，而且要注重對話者的神態、聲調、習慣用語……以達到栩栩如生的效果。此處的「人多口雜」，其標準在於小說人物應該「各說各話」——「各說自己的話」——而非「都說作者的話」。不可「異口同聲」、「神情一致」、「遣詞造句完全相同」，顯示不出說話者的特色，否則，做為少年小說最精彩的「對話」立刻大為失色。

所謂「人多」指的是少年小說中不管有多少人物，只要是在小說「場景」中現場演出的人員，都具備有「發言權」，而不在乎是否始終說話，或是只露個臉，只說片言隻字，作者都不可以剝奪其發言權，都要以符合其身分的「對話」讓他述說。

所謂「口雜」指的是「對話」的場合，各個人物可以暢所欲言，是圍繞主題發言也罷，是各陳己見亦可，是二人對談也行，小說人物不可以是啞巴，即使是啞巴也應該「咿咿唔唔」、「比手劃腳」以表露心聲。少年小說作者不但不應懼怕「人多口雜」，反而應該抱持自信——把人多口雜的對話寫好，以顯示自己善於處理「對話用語」的本事。

五、南腔北調

少年小說作品固然要給予少年讀者正確的「語文示範」，但如以「藝術品」來看待少年小說，則少年小說中人物的「對話用語」也應該「存真」以表現其「寫實性」。

何謂「存真」？其意義在於人物說話時，含有其固定用語、口頭禪，甚至「臺灣國語」、「客家國語」、「山地國語」、說話語氣……在寫作「對話」時，不但不可將其「統一」，反而應該「百花齊放」、「百家爭鳴」，以顯示各個小說人物說話的特殊腔調，增添「對話」的趣味效果。

少年小說作者要把「對話用語」寫得好，必須對少年族群的說話習慣、技巧有深入的了解，在寫作時才不至於有隔靴搔癢的隔閡感。此外，對於少年小說發生的「地點」（背景），其人文、習俗、語言等，也要有「身歷其境」的經驗，如此一來，全篇作品不只是「對話用語」，而且在「風格」、「神情」上都有真實感，才是一篇成功的作品。

六、聲情各異

「聲情」包含「聲音」及「表情」，每個人說話之時都會因「情緒」的變化，而出現不同的聲音，也會因「情緒」的影響，在臉上顯露出不同的表情。在寫作少年小說時，作者若能注意到每個人說話時不同的聲情變化，而做合情合理、觀察入微的刻畫、摹寫，必能使得「說話者」如在眼前，正在和少年讀者談天一般親切。

「聲音」之異也和說話者年歲大小有關，少年讀者和少年小說中的人物一樣，聲音是尖細稚嫩的音色，而男家長、男老師們的角色則是低沉、渾厚、成熟的音色，至於老爺爺、老奶奶則是沙啞、緩慢、中氣不足的音色，在撰寫「對話用語」時，作者要設法把「聲音」之異摹寫出來。

至於「情緒」變化，影響到「聲音的表情」，在撰寫「對話用語」時也要細加區別，例如「喜悅」和「驚嚇」或「傷心」的心情有天壤之別，則「聲音的表情」也必然迥異，在「對話」時總不可能混為一談，必須有其鑑別性的安排，「對話」才會顯得生動。

由於「情緒」的影響，說話者在臉上也會產生不同的表情，「羨慕」、「鄙夷」、「奚落」、「嫉妒」、「憤怒」、「酸楚」、「興奮」、「酸葡萄」、「甜檸檬」、「自我防衛」、「自我解嘲」等情緒，反應在「對話」的「內容」及「言語」上亦不相同，基於「對話」和「表情」一致的原則，「臉上表情」亦應一併撰寫。

小說作品中常見「○○地」、「××地」、「△△地」……式的「表情」描寫，如此描寫乃由英語「形容詞」或「動詞」加「ly」而來，形成以「副詞」描寫「表情」的技巧。如果少年讀者未曾身歷其境，必然無法體會小說人物的「情緒」變化，也想像不出其「表情」為何。

為革除「副詞」形容「表情」的弊病，少年小說作者在撰寫「對話用語」時應重視「聲情各異」的原則，寫出「聲音」、「情緒」的變化，以「對話內容、用詞」表現心情的起伏。換言之，要具體地寫出表情，而非以「副詞」來描述「聲音」，唯有如此，「對話用語」才會「聲情各異」，說話者的聲容神情才彷如在眼前一般真實。

七、符合身分

少年小說固然以「少年」為主要角色，但也不排除「大人」廁身其間，若有「大人」參與演出，在「對話」之時即要考慮到「身分」的不同，而賦予不同的「對話內容」及「對話神情」。

「身分」的不同包括社經地位的高低、工作、職業、扮演的角色（如在家為父母、在校為老師、在工廠為工人、在公司為主管）等差異。說話者在不同時、空、崗位，必然有其不同的談話內容、用語，少年小說作者都要善加考慮。即以「少年」而言，在班級、學校是幹部、學生，在家中是為人子女、兄弟姊妹，在同儕間是同學、朋友。每個角色其實都是「千面人」，少年小說作者的「對話用語」應該符合「千面人」的身分，而非一成不變、機械式的「機器人」，唯有如此，其「對話用語」才會具有說服力。

八、力求鮮活

幽默風趣的談話，令人如拂春風，如沐時雨。同理，少年小說若有鮮活的「對話用語」，則全篇作品充滿臨場感，充滿趣味感，少年讀者必然可從當中感染歡欣的氣息。若是描述悲傷的文句，能讓少年讀者感同身受，傷心之情油然而生，久久不能自已，則此段「對話用語」亦是鮮活的對話。

「對話用語」力求鮮活，其先決條件在於，少年小說作者應將小說人物「千面人」的身分刻畫出來。要寫出「符合身分」的對話，並且要設身處地去感受自己如果遇到如此的心情，應該如何述說這段話。並且在寫完對話後，作者能設法「試說」一次，以最感性的語言、聲情來「試說」，並以自己的心靈去感受。唯有先感動自己，又能感動別人的對話，才是鮮活的「對話用語」。

鮮活的「對話用語」來自㈠作者對生活的負責、重視、體會，㈡作者能抱持赤子之心，降低年齡及心智，㈢作者走入少年族群，傾聽、記憶其對話方式。㈣作者必須跟上時代潮流，熟悉少年獨特的用語。又能以生活語言來寫作，則「對話用語」不致陷於沉悶、枯燥乏味。

九、生活用語

文學作品旨在反應生活，描寫感情，因而必須植根於生活的土壤，「對話用語」才不會是文謅謅、案頭文章式的對話。少年小說作品描述的是少年讀者的感情世界，在「對話用語」方面更不可以出現「文言」形式的對話，同時也不應有深富「哲理」的「哲學」形式的對話。凡是有任何思想、意念要傳達給少年讀者，務必是「深入淺出」——用淺顯語詞來訴說大道理。換言之，是「小故事、大啟示」式的「生活用語」，少年讀者才能了然於胸，甚而身體力行。

「生活用語」最淺顯的意思是，描寫生活，出現生活中的事物，刻畫生活中細微的感情，表現生活中複雜的人際關係，再以口說、耳聽式的「淺語」互相傳達、溝通，以構成人與人間最綿密的網絡。

第五節　態勢用語方面

人在說話之時，必然牽動臉上眾多的神經、肌肉系統，再加上不同的心情，表現在臉上的是不同的表情，在身體上的是不同的動作，因而形成各種的「神態」及「姿勢」，筆者特謂之曰「態勢」。在說話時，伴隨「對話用語」而出現的，是傳神、生動的「態勢」描寫，描寫「態勢」的語詞即是「態勢用語」。

由於少年小說和一般文學作品相似，都屬平面的文字藝術品，讀者無法耳聞目睹小說人物的言行舉止，不如戲劇般的生動、感人。因此，「對話」必須特重內容以及聲音的感情，而對話者的臉上表情以及肢體動作，則有待作者在「態勢語」方面細膩描繪，以使「對話」能有立體的效果，使讀者具有耳聞目睹的感覺。

相對於「對話用語」的主導地位，在「語文駕馭」方面，「態勢用語」僅是配菜佐料，「對話用語」才是佳餚主菜、山珍海味。可是缺少配菜的佐料，缺少「調味料」的菜餚，食用者品嚐不出其酸、甜、苦、辣，或竟如白開水般的平淡，即是失敗的烹調品。因此，「態勢用語」在少年小說雖非主要的用詞，卻是必備的描寫，富有經驗的少年小說作者必會妥當使用此一技巧，以增添自己作品的可讀性。

和「對話用語」一起出現的「態勢用語」，必須注意到「表情描寫」、「動作描寫」、「聲音描寫」、「感情描寫」、「具體描寫」等原則，務期使白紙黑字的「對話用語」能夠立體化、形象化，具有戲劇演出的臨場感。

一、表情描寫

人在說話時，除了「口頭語言」之外，也常配合著「肢體語言」，以達到強調或誇張的效果。所謂「肢體語言」即包含「臉上的表情」及「肢體的動作」。茲先就「臉上表情」來立論。

「臉上表情」來自五官的運作：擠眉弄眼、蹙額顰眉、齜牙咧嘴、眉開眼笑、愁眉不展、笑逐顏開，嘴角生風、嘴角上揚、嘴角下垂等，都代表不同的情緒反應。因此，在不同心情之時，不但「對話內容」隨心情變化，即若「臉上表情」也隨之變異。唯有跟隨「心情」及「對話內容」改變而調整的「表情描寫」，才是生動而且配合實際需要的語文駕馭功夫。

要把「表情描寫」刻畫入微，首要功夫在「觀察」人生的喜怒哀樂，再注意眾生在情緒改變時，臉上有何特殊的變動，並參照自己的心情變化，自己也身歷其境時，臉上五官會有哪些反應，嘴裡會迸出哪些話語，「話語」及「反應」要如何配合，如何描寫出來。在周詳考慮之後提筆描寫表情，必是具體生動的「態勢用語」。

「表情描寫」要能生動傳達，必須使用「具體描寫」，其技巧容後再論述。至於「表情」的細微部分，如：神情、額頭、眉毛、嘴巴、鼻子的微妙變化，則在此處詳述。

㈠**神情**：每個人高興時最常出現的表情是「神采飛揚」，失意時是「垂頭喪氣」，心頭毫無掛礙之時是「神清氣爽」，病痛、傷心之時是「無精打采」、「神色黯淡」，驚恐不安之時是「神色倉皇」等，觀看每個人臉上神情的變化，即能查知此人的心情，「誠於中、形於外」的至理名言可謂屢試不爽。

要描寫「神情」之時，必須「對話用語」配合，並且要用「事件」來塑造氛圍，強調感覺，如此安排之後，給予少年讀者的印象才是鮮明的，而且感受也是直覺的。少年小說作者應切記，沒有任何襯托、經營、塑造，立即冒出一句抽象的形容詞或成語，著實無法打動少年讀者的心坎，負責、高明的少年小說作者應引以為忌。

㈡**額頭**：少年讀者額頭不會產生皺紋，但是少年小說中的成人，尤其上了年紀的壯、老年人，在遇到煩心事情而愁眉不展時，額頭皺紋也隨之浮現，因此，若有必要，「額頭」也應列入「表情描寫」的要項。

至於少年讀者男生留西裝頭，女生如有瀏海，往往會蓋住額頭，在必要時，拂去額頭上的長髮，或撫摸額頭的動作，或輕拍、重拍額頭以示某種心情時，皆應不厭其煩，不倦其詳地描寫，務期翔實刻畫人物臉上的表情變化。

㈢**眉毛**：「額頭」有高有低，眉毛則有粗有細、有濃有淡、有長有短、有分有聚，和眼睛的距離則有遠有近，有的是平眉，有的是八字眉，有的是上揚眉，有的則是臥蠶眉，有的則是山峰眉……再搭配眼睛的形狀，可說千變萬化。但在涉及「心情」變化之時，「眉毛」的反應則是大同小異。

北宋王觀〈卜算子・送鮑浩然之浙東〉的名句：「水是眼波橫，山是眉峰聚」，寫活「眉」「目」的丰采。眉峰攢聚成山峰形狀，無法平坦舒暢，必是不展的「愁眉」。如果「眉開」又「眼笑」，必是人逢喜事精神爽。心情的喜怒哀懼，隱藏及浮現在眉峰，細心的少年小說作者必能隨著心情的變化，選用合適的眉毛形狀，例如「眉毛往上一揚」描述得意、「眉頭往中間一聚」表示「憂愁」、「雙眉鬆垮垮的，幾乎落在眼皮上」表示無精打采……少年小說作者不妨面對明鏡，揣摩不同心情時，眉毛的千變萬化，則「眉毛」的表情必是豐富而感人的。

㈣**眼睛**：「水是眼波橫」的「眼神」必是生動而且靈活的，換言之，「眼神似水波盪漾」總比「眼神似一泓死水」要來得嫵媚誘人。

「眼神」會「說話」，「眉目」會「傳情」，其實都是眼睛「傳情」，眉毛只是輔助的作用。「眼睛」最能表露心意，是誠懇或欺瞞，全由「眸子」來顯現。「誠懇」的眼神是「寧靜」；「欺瞞」的眼神則是「游移」。因此，才有所謂「人焉廋哉」的定論。少年小說作者在描述臉上的表情時，絕對不可忽視眼神的變化。

瞪大眼睛、瞇著眼睛、眼睛看著遠方、眼睛左右快速移動、眼睛不敢看人、不敢正視對方、斜眼一看、快速一瞥、視線相碰接觸即低下頭去、氣得眼睛冒出血絲、看得目不轉睛、看得兩眼發直……眼睛是人類臉上最靈活的器官，圖畫人像時，若能正確畫出眼睛，則此人像必定栩栩如生。「畫龍點睛」即在形容「眼睛」之必要，其他部位再逼真，仍需「眼神」配合，蒼龍才可能騰空而去。因此，少年小說在描述「對話用語」時，少不了「表情描寫」，而「眼神」則佔「表情」的絕大部分，千萬不容忽略。

㈤**嘴巴**：「嘴角上揚」、「嘴角下垂」、「緊閉雙唇」、「露齒而笑」、「噘起嘴唇」、「嘟著嘴巴」、「抿著嘴唇」、「張嘴大笑」等動作常在人類臉上浮現，並且也代表不同的心情，在「表情描寫」時，「嘴」的動作也必須詳加刻寫。

人類臉上出現「笑」的動作，必然牽動眉毛、眼睛、嘴巴三個器官，因此在「表情描寫」時最好一併描述，則此人臉上的表情必然十分豐富。

「嘴」的功能在說話、笑、吃食之外，具有「鄙夷」的作用，尤以「嘴巴一撇」再加上刻薄尖酸的言詞，簡直把瞧不起別人的心態實況轉播般展現。而「生氣」的表情更和「咬牙切齒」密切相關，在出現鬼主意之時，呶呶嘴；在數落別人時，喋喋不休……諸如此類足以表現心情的嘴巴動作，少年小說作者都要詳加觀察，著力描寫。

㈥**鼻子**：鼻子佔居臉孔的中部，因其狀況較為固定，無法出現較大的動作，但在細微部分仍須描寫。例如：鼻翼掀動、吸吸鼻涕、從鼻孔大力呼出空氣、哭泣時因鼻塞而說出「鼻音」甚重的話語，而生氣或頗不以為然的「哼！」聲，更足以表露人物的心情……總而言之，鼻子在表情方面的動作、功能雖然不是很大，但也不能忽略。

二、動作描寫

「口頭語言」是表情達意的主體，「肢體語言」則具有輔助的功能，促使「口頭語言」更加生動。「肢體語言」的「表情描寫」已在前面詳論，至於「動作描寫」則是此處討論的重點。

「動作」包含臉部以外所有的「肢體」活動，可分為頭頸、軀幹、手腳、手指頭、腳趾頭等部位，可以做出大小不一的動作。某些人在說話之時，「表情豐富」，則臉上器官的變化要特別著墨；「動作精彩」，則指手舞足蹈、比手畫腳，類此大小不一的動作也要勤加描繪，以輔助「對話用語」的生動性。

「肢體動作」總的來說，是配合「對話用語」的內容、事物、感情、哀喜、音量大小、音調高低、速度快慢……分別做出相應的動作。而依照說話者不同的習慣及心情，有人是抬頭挺胸，有人是垂頭喪氣，或者是捶胸頓足，或者是跺腳搔頭，或者是趾高氣揚，或者是目中無人。或者是玉山傾頹般躺在地上，也有如木頭般僵直地站立，或者有如殭屍般直挺挺地走著路。在哭泣時，涕泗滂沱，肩膀不停地抖動；在困惑時，聳聳肩膀表示大惑不解；在大笑時，抱著肚子在地上打滾……凡此種種，在在顯示「對話用語」和「肢體動作」密切的相關，一段精彩的「對話」描寫，語言、聲情、表情、動作等四方面是不容偏廢的。

三、聲音描寫

「聲音」描寫指的是「說話」及「發聲器」的聲音。「聲音」及「影像」都不是平面的文字所能約束得住的，但卻可由外圍的各種條件來加以顯示，以使少年讀者「如聞其聲」、「如見其形」，而對少年小說的「對話用語」及「情節發展」有更正確的把握。

以對話的聲音而言，牽涉到「對話內容」和「聲音」的配合，以發聲器的聲音而言，是外在、外來聲音的增強，只是一種「音效」，用來塑造對話環境，使得當下的氣氛切合對話的內容。

對話的「聲音」無法獨存，必須先出現「對話用語」，少年讀者閱讀之後知道該段對話的感情，再由作者對此段對話進行文字方面的補充說明，少年讀者「感同身受」的效果才會油然而生。

至於發聲器的「聲音」，有來自大自然的風雨聲、雷電聲……有來自人為的敲打聲、器物聲、嘈雜聲……類此聲音在「對話用語」中並非主體，卻具有映襯「對話用語」，使之明朗生動的效果。

對話的「聲音」就是「聲情」，是聲音的感情，也是對話的感情。要根據對話內容所涉及的事物之喜怒哀懼，寫入適宜的「聲音」，因此要著重的是文字的準確駕馭。

而發聲器的「聲音」旨在塑造氣氛，又必須具有臨場感，因此既要有文字的精當描述，又要有「聲音」的摹狀文字。要把聲音摹狀出來，可以利用國字或注音，甚至於利用英語字母，或約定俗成的漫畫符號，以及阿拉伯數字，以求生動而正確地摹狀各種聲音，使得此段對話令人更具有臨場的感受。

在描寫聲音時，要特別重視具體文字的使用，換句話說，要把抽象的「感情」，以及浮動的、隨風而逝的「聲音」，加以「定形」、「定位」，則具體的形容、比喻、摹狀用語，絲毫不可缺少。唯有如此，「聲音描寫」才對少年小說的「對話用語」發揮輔助、增強的作用。

四、感情描寫

「對話用語」的內容及感情，少年讀者可以從用語中「體會」，此為高桿、聰慧的欣賞者。若看了對話用語之後，仍然無法體會該段用語的感情，則有待少年小說作者針對該段「對話用語」，進行細微的「感情描寫」。也就是針對該段用語做「感情式」

的剖析，以使少年讀者能夠更深入的了解。因此，感情描寫是針對「對話用語」而設，目的在使對話的感情更加明朗化。

「對話用語」要具體而生動的描述，最忌諱的是使用一些「動詞」、「形容詞」加「ly」，也就是「○○地」、「××地」等描寫用語。類此用語皆有「僵化」、「制式化」的缺失，不值得提倡、師法。

「感情描寫」要能逼真生動、親切感人，其不二法門在於：「對話用語」的語意、「表情描寫」、「動作描寫」及「聲音描寫」的密切配合，再加上「感性」的用詞，才有可能將白紙黑字的「感情」描寫立體化、形象化。其組成的模式如下：

「對話用語」＋「臉上表情」＋「聲音表情」＋「肢體動作」＋「具體比喻、形容的感性用詞」。

其變化方式有三：

㈠「對話用語」可先出現，其下再就需要描寫臉上表情、聲情及肢體動作，並以具體的比喻、形容語詞來表露述說此段話者的心情。

㈡臉上表情、聲情及肢體動作先描寫，再以具體的比喻、形容語詞來表露述說此一段話者的心情，最後才寫出此段「對話用語」的內容。

㈢「對話」及「感情描寫」交互出現，一為兩段「對話」夾雜一段「感情描寫」；二為兩段「感情描寫」夾雜一段對話。

在「對話用語」的寫作、駕馭上，若妥為使用周邊的「聲音表情」、「臉上表情」及「肢體動作」描寫，並輔以感性的比喻、形容語詞，則此段「對話用語」必是成功、親切、富有聲情之美，又能感染、傳達感情的對話描寫。

五、具體描寫

文字固然可以表情達意，但囿限於無法讓人耳聞目睹，比較「語言」的臨場感可謂隔了一層。因此，「文學」的影響力比不上「戲劇」的大，村夫俗子、文盲同胞可以看懂戲劇，可以接受「語詞」的情意傳達。但是只要不懂文字，根本無法了解其中的意義，則曠世鉅作直如糞土。再以識字不多，生活經驗不夠豐富的少年讀者而言，若是少年小說全篇作品，多的是制式化的成語、抽象的語詞，一來不懂其中含意，二來無法體會其中情境，則作者即使洋洋灑灑，大費周章的描寫，少年讀者對其感受為「零」，則此篇作品的語文駕馭應該判定為「失敗」。

「對話用語」按照日常生活、兒童用語、或依對話者身分、立場、工作等角度來撰寫即可，但在「表情」、「動作」及「聲情」的描寫上，則嚴格要求「具體化」、「具象化」。

具體化、具象化的描寫乃是針對抽象的語詞或抽象的觀念而提出。對於抽象的語詞，必須以具體事物來比喻、形容，則此語詞才能靈動有神，少年讀者自然可以接受。而抽象的觀念，因為偏向哲理、形而上的層次，因此必須以少年讀者可以理解的事情現象予以「落實」，此一「落實」的功夫，即是抽象觀念的「具象化」。語詞及觀念能具體化及具象化，則少年讀者對於作者的「對話描寫」及「語文駕馭」必可了然於胸，作者的寫作企圖也可完全達成，其語文駕馭的能力亦可歸於上乘。

附註

①參見林良《淺語的藝術》（國語日報）頁十九，〈談兒童文學裡的語

言〉。

②參見任大霖《兒童小說創作論》(少年兒童出版社),頁二〇四至二〇五,第七章〈兒童小說的語言〉。本章強調「兒童小說是語言的藝術」,因此要求「準確、精煉、風趣、上口」。

③參見馬景賢〈少年小說淺談〉,文載《認識少年小說》(中華民國兒童文學學會),頁三十八,第三章「語言的利用」。

④參見俞汝捷《小說24美》頁一六七,第十四章〈流動之美〉。本章講究:刻畫人物的外貌或描繪靜止的景物時,要如何化靜為動,化美為媚(動態的美)的「描述」技巧。

⑤參見馬振方《小說藝術論稿》(北京大學出版社)頁一七一,第五章〈小說的語言藝術〉之二「小說的人物語言」。

⑥同註⑤頁一七一至一八五。

第拾章

少年小說的配合要素

在少年小說的「外緣探究」中，討論的是少年小說的「外緣」觀點，計有界定、特質、類別、任務、功能及欣賞等外在條件。接著就少年小說的的創作諸元立論，先談總的「藝術構思」，再談「題材淬取」、「人物刻畫」、「情節安排」、「主題顯現」、「結構設計」、「場景描寫」、「語文駕馭」等少年小說的「內涵」分論。至於本章則是少年小說的「外論」，雖非少年小說的「主體」（外緣、內涵）理論，但卻與少年小說息息相關。若是少年小說的作者創作素養渾厚，作者又能配合時代意識，並強調少年情感的摹寫及少年讀者的反應，也能注意「批評鑑賞」理論，必能使得少年小說作品的藝術成就臻於盡善盡美。

第一節 少年小說的創作素養

劉世劍的《小說概說》，認為小說創作的準備在於「積累生活」：

> 生活經驗（主要是直接經驗，也包括間接經驗）是一切文藝創作的唯一的源泉，因此也是小說創作的基礎；缺乏必要的生活積累就不算是真正進入小說的創作過程①。

劉世劍的高論言之有理，但是身為少年小說作者，要比寫作成人文學的作家，在素養上具備更多的條件。除了「積累生活」之外，他必須懂得少年的心理及生理發展，也要懂得小說的理論及創作技巧，更要懂得蒐集寫作素材，最重要的是要有敏銳易感的心思，還要具備一顆赤子之心，以及「俯首甘為孺子牛」的決心。更重要的是少年小說作者在從事創作時，不管是初出茅廬的作者，或是德高望重，早已成就斐然的老作家，都要鄭重其事，切莫以少年小說是「兒戲」的心態視之。能夠有此「充要」的配合條件，再加上作者的才氣，必能寫作叫好又叫座的少年小說作品。

一、少年的心理

任大霖的《兒童小說創作論》曾說：

> 兒童文學作家懂得的東西反而要更多一些，這就是兒童心理和兒童生活②。

由此可知，少年小說作家如果不懂少年人的心理，根本無法寫出貼切的少年小說作品。少年人普遍具有同情心及正義感，純真及多愁善感的心理。而在某個階段則有憤世嫉俗的傾向，以致形成叛逆的個性。某些少年人則天天做白日夢，充滿幻想，甚至成為好吃懶做的懶惰蟲。對於英雄人物或演藝人員則充滿崇拜及羨慕，充分表露「偶像崇拜」的心理。又因生理的日趨成熟，致使愛慕異性的心理也在暗中滋長……諸如此類，都是少年在發展過程中顯現的心理狀態。

想要深入了解少年的心理，可由書籍取得，也可以向學者專家請教，而更直接的途徑，則要觀察少年的日常行為，並且和書面資料互相觀摩印證，以期對少年的心理有正確的掌握。在刻畫少年心理時，才有可能真切、感人、生動，激起少年的心思，引起少年的共鳴。

二、少年的生理

少年的肉體發育和營養有絕大的關係，以現今臺灣地區的富裕情況，和民國四、五十年代相比，真有雲泥之判。因此，少年小說作者若以自己在少年時代的生理情況來寫作，必定和現今的青少年生理有未盡相符之處。

由於少年生理的早熟，在身體外觀上類似成人，而某些青少年的心理發展則配合不上，形成「大人的蠻力」、「幼稚的心態」，導致不少青少年犯下法律案件時仍是懵懂無知，在現今的時代、社會可說屢見不鮮，此為現代的少年小說作者不可不察的事實，在寫作之時即應考慮此一層面。

少年生理早熟之後，帶動心理的變化，「喜愛異性」的年齡指標也隨之降低。在描述少年的日常生活時，若有青少年「純純之愛」的情節出現，確有實際需要。

三、小說理論及技巧

任大霖《兒童小說創作論》，對於作家的「文學素養」，有其獨到的看法：

> 文學素養……需要經過長期艱苦的努力，博覽群書，在潛移默化之中，在文學的審美氛圍之中，逐漸提高，逐漸加深的。文學的基本功，它包括淵博的歷史、文化知識，對社會的洞察力，對複雜的事物的判斷力，特別是對審美的感受能力，豐富的想像力，以及表達能力③。

因為少年小說乃「小說」的支流，「小說」又是「文學」中的重要文體。少年小說的作者也是文學創作的尖兵，除了對文學的淵博素養外，對於「小說理論及技巧」自然應該嫻熟於心，再配合對青少年的心理、生理的觀察，以及涉獵相關的書籍、統計資料，必可寫出得體的少年小說作品。

有關小說的理論及技巧，在本文的前九章，已針對小說的「外緣」及「內涵」深入探討，此處不擬贅述。

四、蒐集寫作素材

文學創作本就是虛實相生，在「經驗」之外輔以「想像」，則創作素材必然源源而來。少年小說作者若不肯費心蒐集寫作素材，光憑「想像」為之，即有可能和少年人的生活、心理及生理脫節，寫出天馬行空式的作品，而被少年讀者譏為外行。因此，「經驗」是「想像」的基礎，事先「蒐集寫作素材」的功夫必不能免。

想蒐集少年人的生活資料以充為寫作素材，首先要打入少年人的生活圈，其次要常光臨少年人的生活地點，並要確定蒐集的角度及蒐集的種類，如此一來，才不至於入寶山而空回。

㈠**和少年人共同生活**：想深入了解少年人，除了閱讀書籍、看專家學者的學術論文或雜誌報導外，最生鮮的材料來源，即是和少年人生活在一起，歡樂與共、憂傷同心，才有辦法知悉少年人關心者何，為何而悲，因何而喜，切莫以「推測」、「想像」方式為之。

㈡**走入少年人的生活地點**：知悉其生活方式，吃哪些食物，穿何種衣服，有哪些娛樂，做哪些活動，更重要的是知道其日常用語，明瞭其說話方式。如此一來，在撰寫「對話」之際才有可能傳神、逼真、生動、活潑。

㈢**蒐集的角度**：以父母的角色，或以師長的角色，或以局外人的角色來蒐集青少年的生活資料，所蒐集到的資料重點可能有異。父母對於孩子的生活、功課比較注意，老師則著重於學生的功課及合群的態度，而局外人的角色來蒐集寫作素材則比較客觀，不受主觀或職業的影響，在蒐集素材時不會有偏頗於某一端的缺憾。

㈣**蒐集的種類**：以地點來分，有家庭、學校、教室及公共場所；以人物來分，有朋友、異性、長輩、平輩、晚輩等不同；以事物來分，有：功課、蒐藏品、寵物、名譽、金錢、前途、競賽、比較衣著、零用錢等不同；以感情來區分，則有親子、手足、同學、異性、師生、群己、物我、國家之情等不同的處理態度。由此可知，少年小說作者只要有心走入孩子生活圈，其寫作素材必然裝滿行囊。

五、敏銳易感的心思

作家的心思要比一般人來得敏銳易感，才能在極為平常細微的事物中發現寫作的素材，也才能在眾人習以為常的事件中積澱、過濾寫作的素材，換句話說，少年小說的作者，要比一般人具有豐富的感情，他要能見微知著，其心肝要比別人多一竅，以思考、感動、容納少年小說的素材。

六、具備赤子之心

小說作者若以年事已高，不再俯視幼稚純真的少年人，則其心態必已老邁僵化，無法像少年兒童一般柔軟、易於被事物所感動，如要求其創作少年小說作品必是強人所難。若是勉強為之，其作品必和讀者形成隔閡，無以對少年讀者造成震撼及共鳴。

所謂「赤子之心」，就是「同情心」，易於被看似平常人的人、事、物所感動。當別人視某事為理所當然、司空見慣之時，他能體會其中不尋常之處。他能從「一粒沙」看見「世界」，也能從「一朵花」窺知「天堂」。簡而言之，少年小說作家的年紀雖已趨於老大，但心理年齡則維持在十二歲左右，對任何事物都維持高度的好奇心，唯有「好奇心」的驅使，對任何事物才會有「新鮮感」而認為值得一寫，則寫作素材必可源源不絕地湧現。

七、為兒童創作的決心

少年的世界欠缺成人世界的「名利追逐心」，少年小說作者在創作之途可能無法獲得如雷的掌聲，因為少年讀者只在乎作品的精彩與否，而不在乎作者是誰。而等到少年長大之後，有可能早已把少年小說的作者姓名忘記，因此，少年小說的作者是寂寞的，若是欠缺為兒童創作的決心，必然無法在兒童文學的文壇上駐留。所以「俯首甘為孺子牛」的決心，是驅使少年小說作者勇往直前，無怨無悔地從事創作的原動力。

文學創作者光有「為兒童創作的決心」，其志向固然感人，但仍要具備少年小說的創作素養，始能成為稱職的少年小說作家，不以「兒戲」視之。西方的文壇老將，在封筆之前，常為兒童寫作小說或童話，以表示其對少年讀者的重視。並且認定「少年小說」、「童話故事」是高難度的文體，絕不因為閱讀對象是少年人就草率為之，反而是鄭重其事的寫作，把自己一生當中最優異的作品貢獻給少年讀者。反觀國內的文壇，少年小說往往由兒童文學作家來寫作，一般從事文學創作的知名作家則不屑涉入，認定「兒童文學」乃「小兒科」，並非名作家寫作之領域，偶有寫作，則以「玩票」性質為之，對於少年讀者的閱讀需求極不重視，也剝奪少年讀者閱讀的權利，殊屬不該。

綜上論述可知，要具備少年小說的創作素養，必須在學識、技巧、心理及態度上完全配合，尤其是「讀書——理論和技巧上的準備，一、要閱讀文學名著，二、要閱讀其他書籍。」④否則不易成功。

第二節　少年小說的情感摹寫

任何文學作品必須以「情」為基石，少年小說更不例外，因為唯有融入真情的作品才能感人肺腑。儘管時代有更替，潮流有起伏，社會有變遷，唯有「情」字仍深植人心。少年小說若能藉由人物言行、事件發生、情節進行來刻畫人間至「情」，比較那注入灌輸的說教、訓勉，更能讓少年接受。

人不能遺世而獨立，成長中的青少年也不能自絕於塵世、人群。在此社會化的過程中，青少年必須學習適應這個社會，必須投入人群，成為健全的一員。社會中的各個成員對青少年有接受、有排斥；社會機制對青少年有約束、有容許；成長過程中，青少年的學習有成功、有失敗。再加上個人性格有開朗、抑鬱的差別，有的青少年較踏實，有的則趨於理想化，在人際關係、社會約束、個人進退等緊密網絡交織下，青少年掙扎、突破的奮鬥歷程中，必得面對無數情感上的衝擊。少年小說若能借助生動的情節予以描寫，必可獲得青少年的認同，撫慰其受創的心靈，與作者、小說中人物同享成就，共擔痛苦。

少年小說想寫得生動感人，在少年「情」的把握，必須廣泛去觸探，並且拿捏得宜。少年的「情」有同於成人之處，也有多於、異於成人者，在作品中必須寫出少年「情」的殊相，而不是一般人「情」的共相。少年「情」的世界可分：親子、手足、同學、師生、異性、群己、物我、國家等八種不同的感情，茲分別論述如下。

少年最早發生，關係最密切者為「親子之情」。親情表現於物質生活上無虞匱乏的提供，在精神生活上無微不至的呵護。其中以精神生活的滿足對少年成長影響最大，親情可以彌補物質生活的不足，光有物質生活，欠缺親情的撫慰，容易導致心靈空虛，行為脫軌。少年對「親情」的體會是渴望、擁有、永不失去，父母親能了解自己，時刻關心，常給予鼓勵、撫慰，親情能提供和樂融融的家庭氣氛，使兒童獲得充分的安全感。

「手足之情」也來自家庭生活，得由父母親給予孩子無偏私的愛心，手足之情才有正常發展的空間。少年對「手足之情」的體會該是，共享父母親的愛心，只有互助、禮讓，沒有忌妒、猜疑。即使有爭吵，在父母親公平的調解下立即消弭，並且不在心頭上記恨。兄弟姊妹居住遠處，能惦記是否安全，並期盼早日回家團聚。兄弟姊妹受到欺侮，能聯合一致，抵禦外侮，「手足之情」該是見面時熱絡，分手時惦念，相聚時歡愉，急難時互助的真情。

「同學之情」是少年社會化過程中，首先結交的朋友。由於來自不同的家庭，個性、習慣皆異，少年想擁有同學之情，首須捐除己見，磨礪不受歡迎的個性，消除不良的生活習性，能與別人和睦相處，不自私自利，要熱情真誠。少年在團體生活中，將有如此的體會，他會要求自己朝此方向努力，並且希望同學也有這樣的心態，當雙方有此共識之後，也就能建立「同學之情」。一般「同學之情」可能只是共同學習的感情，更濃郁的同學之情，甚而取代手足之情，在功課上互相切磋，在行為上相互影響，共同歡笑，共同憂傷；相互關愛，相互提攜。

學校生活中另一種感情是「師生之情」。少年期待老師的是，親切和藹、博學多能、公正無私。老師在少年心目中是傾訴的對象、是了解心理的輔導者，是無己無私的奉獻者，是公正無私的判斷者。老師和父母一樣，能提供精神上的歡樂、撫慰，給予少年安全感，是情感挫折時的避風港。老師是聖賢的化身，他的行為是少年的典範，如果做出不法的行為，將使兒童驚異，而且是完美形象的破滅。老師固然有道貌岸然的一面，而更多少年所希望的是幽默、詼諧、任勞任怨，時時以學生為重。能偶爾開開老師的玩笑，老師也有接受的雅量，如此的「師生之情」是少年所期待並且樂見的。

「異性之情」，來自生理發展漸入青春期。在少年、青少年階段，已覺察到人有男女之別，不像中、低年級可以兩小無猜地相處在一起。少男、少女由於情竇初開，因而愛慕少艾，在心理上渴望親近異性、了解異性，但又恐怕遭受拒絕，在此矛盾心結下，內向者害羞、臉紅、手腳笨拙；外向者則以衣著、儀態、才藝、言語來凸顯自己的存在，企圖吸引異性的注意力。正常的「異性之情」，只是心靈上的相濡以沫，互相慰藉，切磋功課，休閒遊戲，但仍須父母、師長、同儕的認可，若有一方反對或遭嘲笑，則此社會壓力將給予少年、少女莫大的困擾。「異性之情」在少年小說中表現的重點在於「心理上的渴望」、「行動上的猶豫」、「對社會壓力的排拒」、「異性相處時純純的愛意」、「偶像幻滅時的失望」、「分手後的痛苦」、「失戀後的成長」等，是少年小說中極富張力的戲劇性情節。

「群己之情」，來自於青少年對自己所隸屬團體的認同心理。「群」可少至三、五人，可多至社團、學校、社會人群，而「己」永遠是其中的核心。若對「己」的要求完美、理想化，必然期盼「群」的表現具有同樣水準，如此一來則相互增強。若是「己」盡心力，而「群」的表現不佳，「己」會有失望、心力交瘁之感。在高年級社會發展特徵有此現象：多數男女同儕間壁壘分明，男女之間於學業與遊戲的競賽加劇，甚至有時相互攻訐，團隊方面的遊戲更為普遍，班級榮譽感也在增強。少年小說以刻畫少年心理、生活、學習為主，兼述「群己之情」的融洽、衝突；「群己」表現的成功、失敗，自是應該著力之處。上述「社會發展特徵」，往往是描述班級、學習、競爭、學校生活中，得使「情節」生動、熱鬧的素材。

「物我之情」可旁及於動物、植物、無生物，以及所有喜好物品的蒐集。「物」是青少年的玩具，可以獨享獨樂，也可以共享共樂；可以打發無聊時刻，也可藉此拓展友誼，每一物必然花費青少年不少心血、金錢、時間，是青少年心靈的寄託，並藉以發揮其想像力。因此，「物我關係」要和諧，「己」愛「物」必得動之以情，持之以恆，待之以誠，倚之以重，才不會見異思遷、奢侈浪費，或者虐待凌遲，肢解破壞。唯有先從喜愛、保有、珍視己物，才有可能愛烏及屋，滋生「民胞物與」的情懷。由高年級兒童的心智發展可知，兒童喜歡大量蒐集東西這一特徵，在少年小說中是絕佳題材，除了可以透露少年心理訊息外，並能在情節進行中，提供正確的「物」、「我」相處之道。

「國家之情」，是少年「情」懷的最高境界，必須在心理上有圓滿的發展，正確的引導。也就是一個心理健康的少年，肯定自己，認同團體，具有民胞物與的精神，對國家才有可能無盡無窮、無己無私的奉獻、付出，保衛甚或犧牲自己以換得國家的永存。「國家」此一名詞很抽象，但是少年對於國家的愛護是具體的，像拾起地上的國旗，為國死難的汪踦，將錢幣擲向外國觀光客的義大利少年等，就是青少年熱愛國家的血性表現，以此素材所寫出的小說，其潛移默化之深勝過注入灌輸式的千言萬語。少年小說若能妥善表達「國家之情」，即能與少年純潔無私的愛國情操相應合，獲得其認同，進而以小說中人物為學習的典範。

少年「情」的世界可以條分縷析地闡釋，但少年在感情的表現是整體的，不可加以分割！少年小說作者要表現的是有血、有肉、真情感人的熱情少年。因此上述各類感情應該融會貫通，作品才會有情真意切之感。

少年的情既有八種不同的類別，為使作品真切感人，則少年小說「情」的表現必須刻意經營。首先要把握的原則是「主角是兒童」，寫的是少年、青少年的喜怒哀樂之情。在題材的淬取上必須是青少年世界中的人、己、事、物，其生活息息相關，青少年讀之會有親切感。故事的進行、編寫時要有青少年心智發展的理論基礎，比較容易取得青少年的共鳴。而在思想、意識、技巧上要合乎兒童、青少年程度，在趣味的淬鍊上要取得青少年讀者的共鳴。並且要求少年小說所表現的是正面事物，具有陶冶青少年的功能；在反面事物的暴露上，不強調其犯罪手法、過程，而能有惕勵的作用，也就是要有助於少年、青少年各方面的成長。基於上述的寫作原則，少年小說在表達「情」字之際，可有如下技巧，以使人物成為「球型」人物，而非「扁平型」人物：

一、敘述表達

乃由作者以說故事的方式，駕馭文字敘述少年、青少年獨處時的情緒，或面對事物時的反應。由於直接敘述，缺少話劇式的臨場表演，較不具說服力，感人效果較低，但在交代較不重要情節時可偶一為之。

二、語言表達

青少年有次級文化的習慣用語，唯有深入接納、了解其語彙，在撰寫少年小說中的對話時，才能顯得生動、傳神。而少年、青少年在心智發展過程中，有好動、逞強、爭寵的現象，常為芝麻小事頻頻向師長告狀，在對話、報告時，每一語句背後的情意，是羨慕嫉妒、是憤怒傷心，是喜悅厭惡，作者皆應有獨到的揣摩，則所寫的語言才有可能達到表現感情的任務。

三、肢體表達

在「對話」時固然可由文詞表露小說人物的心聲，但其「表情」則不易使讀者獲悉，因而作者應將「對話」與「動作」並陳，用「動作」——「肢體語言」增強「對話」情意的效果。由於文學是平面展現的藝術，若在肢體語言有細膩的刻畫，則一舉手、一投足，一擠眉、一弄眼，一拍桌、一甩物，無一不是情意的顯露。職是之故，「憤怒地」、「害羞地」、「快樂地」等形容心情的僵化語詞應予以揚棄，盡量以肢體語言來透露訊息。

四、事件表達

事件的發生是慢慢醞釀成功的，其原因、經過、結果乃一連續的過程。在處理事件時，青少年是以何種感情來應付？是驚慌或鎮定，是大而化之或小心翼翼，是不識大體或執著小節，在此刺激、反應的過程中，青少年必須面對其他人、事、物，必然顯露自己的感情狀態，如在處理事件時，不露痕跡地刻畫青少年的感情，將是最戲劇化，最自然、最生動、最技巧，也是最討好的表現方式。

五、具體表達

「抽象」事物、情狀往往只能意會，不能言傳。「情」字極為抽象，必須以事實印證，才會使讀者深刻體會，有身歷其境之感，也就是要「化抽象為具體」，少用抽象的語句。例如：「慈愛」是最常用來形容母親對子女的愛心、行為，但是「慈愛」使用得再多，也比不上母親對孩子擁抱、親吻，或陪伴做功課，或做夜點給孩子吃，在孩子生病時，以焦急的心情帶孩子求醫，在孩子遭遇性命危險時，犧牲性命保護孩子等行為來得具體感人。

六、形容表達

在少年小說「情」字表現時，「形容表達」無法獨立存在，必須配合對話、肢體、事件等條件，使讀者具有完整清晰概念。也就是「情」字醞釀、呈現過程歷歷在目之後，作者再以畫龍點睛的妙筆，形容當事者的心情狀態，則「形容詞」的運用才不會陷於孤立、抽象的狀態。例如描述生氣者的言語、臉色、肢體動態之後，再以「怒髮衝冠」來點題，必能使讀者有身歷其境之感。

七、譬喻表達

此一技巧和「形容表達」一樣，針對「抽象」的字眼、觀念，企圖以具體事物來比擬小說人物的外貌、言行、思想、心情。但在使用「譬喻表達」之前，也必須提供完整的狀況，使「譬喻」有附著之處。例如：描述某人又高又瘦，又當上旗手，使得參加升旗的人以為司令臺上又豎立了一枝旗竿，則此人「瘦」得像「旗竿」一樣，給予讀者的印象自然非常鮮明。

八、氛圍表達

要描述某人的情感，先由周圍的人、事、物寫起，也就是對人物所處場景的刻畫，用以塑造出某種氣氛，而小說主要人物正處於此一時空中，不管是正面襯托或反面襯托，都可以達到用氛圍來表達心情的作用。例如從描述別人噤若寒蟬，用以襯托出主角是「生氣」或「威嚴」。描述旁人歡天喜地，氣氛輕鬆，用以烘托主角和大眾打成一片，無限歡樂。或用以反襯主角落落寡歡，獨處一角，以顯示其孤獨的心情。由此可知，「氛圍表達」是以環境的外鑠手法，烘托出主角的心理狀況，增加某種氣氛，以凝聚主要角色的情感，使其有明確、鮮活的展現。

綜合前述所臚列的項目，可知少年在生長、求學過程中，可能產生親子、手足、同學、師生、異性、群己、物我、國家等感情，此處所謂的「情」不能囿限於「愛」字之上，因為人有七情六慾，喜、怒、哀、懼、愛、惡、慾，再加上緊張、沮喪、憂慮等情緒作用，或者由眼、耳、鼻、舌、身、意等所引出的慾望，在追求滿足的過程中所發生的煩惱，無時無刻不在影響人的感情作用。因此，少年「情」字的刻畫析例，將以少年「情」的世界中八種情為主要探討對象，至於七情六慾及八種表現技巧則可以隨機選用。

一、親子之情

親子之情大抵以父母對孩子的情愛為主要著墨對象，茲以陳郁夫的〈蝙蝠與飛象〉為例，在肢體、語言表達之際，作者如何描寫母親的憤怒、愧疚，孩子的委屈、鬱悶：

> ……在倒的時候，我看見半個花生殼翻出白白的花生仁兒，我連忙揀在手中。心裡正怕被媽媽看見，右頰已熱熱地挨了一掌，還聽媽媽罵道：「知道偷吃，也不知道擦嘴！」

我手捧著臉頰大聲哭了！我把幾天來壓抑的情緒都哭出來：「媽！你打我呀！老師從來沒打過我！你以前也沒打過我！」

「哭什麼！男子漢，有什麼好哭！苦日子還在後頭！」媽媽的聲音在耳邊響起，她又哈喝一聲：「還不靜下來！」

我閉起嘴來，但是鼻子不爭氣，忍不住要抽噎。

媽媽說：「走！回家吧！」

我不敢違拗，跟在後面。她把我的鐵耙也拿去扛在肩上，叫我提著竹籃子，我看見她用袖子擦眼角。

經過一家冰果店，我發誓，我只看了一眼，絕沒有要吃的意思，媽媽卻問我是不是想吃冰，我連忙搖頭。

她從腰際掏出錢包，打開看看，沉吟一下，說：「我們去吃一杯清冰！」

吃冰的時候，媽媽摸摸我的臉說：「痛不痛啊？」我連忙搖頭，她把她的冰又撥了一大半到我杯裡。⑤……

二、手足之情

手足之情以表現兄弟姊妹之間的情愛為主，不管是兄友弟恭，或是歷經誤會、波折，再回歸堅固的手足之情，少年小說在「手足」的描述上，多以正面、健康、禮讓、親睦的情愛為上乘。例如許臺英的〈保姆情〉，寫胡小駒冒著被母親打罵的危險到保姆家去探視妹妹，即是濃郁手足之情的展現：

……家門在望，炳輝好心地勸著：

「小駒，你還是回家好！你們住的大廈，有地毯又有冷氣，多舒服！到我們家，很熱噢！」

「我不怕熱，我只怕一個人在家。炳輝，讓我去看妹妹，只看一下下，好不好？」……

「丁媽媽好！我來看我妹妹。」小駒挺挺脊骨，擔心會遭到拒絕。

「哦？是你媽媽說的？」

「沒，沒有，可是……」

……廳堂正中，很顯眼地擺著一個娃娃床，上好的木料，漆著許多可愛的動物圖案。床邊上掛著各式各樣的玩具，小駒一個箭步，上前就摟住妹妹脖子，吻個不停……

「唔唔……妹妹……」

「哇……」沒想到小芸被這突如其來的動作，嚇得啊哩大哭起來。丁媽媽連忙抱起小芸，摟在懷裡又哼又拍，弄得小駒好著急：

「小芸，我是哥哥耶！小芸……」

……丁媽媽便把她放進學走路的圈圈車，然後，端出一碗熱騰騰的「豬肝蒸蛋」，蹲在小芸面前，開始餵給她吃。

小芸手舞足蹈地笑了。

小駒開玩笑地「羞羞」妹妹白胖的臉頰：「好吃鬼！好吃鬼！有吃的就笑⑥！」……

三、同學之情

互相合作、相親相愛的同學之情是值得歌頌的，或許也免不了有嫉妒、嘲諷、輕視的情況，但在少年小說中仍以歌頌親愛，或由嫌隙幡然悔改到親睦為正宗。由於是同學之情，大多以上、放學途中、在校上課為題材，像樊雪春〈看不見的友誼〉，即是如下安排：

> 聖誕節的腳步近了！
>
> ……小雪向李友仁要了一張點字注音對照表，每天ㄚㄡㄧ不停地唸來唸去，點來點去，誰也不知道她在發什麼瘋。回到家裡的小雪更是足不出戶，每天抱著一個收音機在房間裡喃喃自語，一會兒哭，一會兒笑，一下子有女人的聲音，一下子有男人的聲音。
>
> ……李友仁收到一張聖誕卡和一份禮物！
>
> ……打開內頁一摸竟是一排點字！！李友仁覺得好不可思議。「不知是誰？」他的手輕輕顫抖著滑過那一排點字。上面寫著：「友仁，聖誕快樂，趕快打開聖誕禮物。好友小雪上。」
>
> 李友仁小心的打開禮物的包裝紙，是一捲錄音帶，……傳來小雪熟悉的聲音：
>
> 「友仁，雖然你看不到美麗的聖誕樹，但是在聖誕夜中你將可以聽到一個最美的故事，這是我特別為你錄製的……」一個有哭有笑有男主角有女主角的故事⑦。

四、師生之情

諄諄教誨的老師，全神貫注聆聽講課的學生；正在示範某個動作的老師，仰頭注視跟著學習的學生……師生之情是人間安詳、與世無爭的一份真情。間或有調皮搗蛋、家境困苦、行為異常的兒童，老師無不全力以赴，全心關愛，即使學生犯再大的錯誤，老師也能給予改過遷善的機會，例如亞米契斯《愛的教育》中的〈新老師〉：

> 開始上課後，發生了一件這樣的事：
> 那是默寫的時間，有個同學漲紅了臉孔，低著頭不動。
> 「怎麼？那裡不舒服？」
> 老師走過去，把手放在這同學頭上。
> 這時候，後面一個同學跳上桌子，惡作劇地扮鬼臉。
> 不過，老師沒有責罵他，伸手摸摸這同學的頭，警告他不要頑皮而已。接著，老師開始對我們說話。
> 「我沒有家眷親人，所以在我的心目中，一直把學生當做我的親人。我很希望你們都能像我的兒子一樣。」
> ……「我一向不喜歡責罵學生，希望我們彼此和和氣氣互相勉勵，把這一班變成一個快樂的大家庭。」
> ……「我知道得很清楚，你們都在心中回答說：『好』。我感到非常高興。」
> 「老師，對不起。」
> 剛才扮鬼臉的學生突然從他的座位站起來顫抖地說：
> 「我……是壞孩子，對不起，請老師原諒。」
> 「謝謝，你已經明白了。」
> 老師走到這學生面前，在她的額上吻了一下。老師的眼睛好像從來不笑，但這時候充滿溫暖的光輝⑧。

五、異性之情

少男、少女情竇初開，對異性充滿渴盼之情，表現於言行上卻有笨拙、情感內斂的窘態，「愛在心底口難開」，只得借助贈送小東西表達心意，或在心儀的女孩面前耍寶或表現突出，以期吸引對方的注意。此時此刻，若能善加刻畫英雄、偶像崇拜，逞強好勇的心理，在「異性之情」的著墨上必定非常出色。例如馬克吐溫的《湯姆歷險記》第三章〈可愛的天使〉：

> 當他經過傑夫‧薩其家門前時，看見院子裡有一個從來沒見過的女孩。一對藍色的眼睛，長長的金髮編成辮子，穿著白色的衣裳，好可愛。
>
> 一眼看見她，湯姆就好喜歡她，胸口不由得緊緊縮在一起。她原來喜歡的亞美‧羅倫斯一下子飛出了他的腦袋。
>
> 湯姆假裝不知道女孩子在那裡，開始賣弄各種本領，不住地翻觔斗，一會兒又跳來跳去……。
>
> ……女孩子在進入家裡以前，把一朵三色菫拋出圍柵外面。
>
> 湯姆在這朵花周圍跳躍者，四處張望。然後拾起一根小樹枝，頂在鼻頭上，扭動著身體，慢慢移近那朵三色菫。
>
> 他的腳終於碰到了花兒。接著，湯姆的腳趾迅速地夾住那朵花，用另一隻腳跳著，急急跑到街角。
>
> 湯姆確定了周圍沒有人後，就把那朵寶貝花插在短衫裡面的鈕釦洞。湯姆的意思是認為那裡最接近心臟⑨。

六、群己之情

少年、少女的群己之情，表現在三、五好友的同儕團體，或者是班級、學校、社團之中，尤以整潔、秩序、競賽、名聲等「名譽」項目的爭取，最是不遺餘力，勝則狂喜跳躍，負則痛哭流涕！此因「群己之情」是少年生活的一部分，群體即是自己心力付出的象徵，故有榮辱與共之情。例如：李潼《天鷹翱翔》，就是〈群己之情〉的表現：

> 帶著「神勇號」加入「天鷹俱樂部」的阿龍和小彬，不肯接受陳教練的指導，自以為是，又自私自利，一切行事都以奪得「天鷹號」為目的。但是在正式比賽之前，一場賭氣、示威式的表演中，「神勇號」的螺旋槳、尾翼受損，在臺北、臺中來的裁判面前出醜，「天鷹俱樂部」招牌被砸。所有天鷹會員為了名譽，全力搶救「神勇號」，紅衣少年拆下「紅飛俠」的螺旋槳、尾翼，裝在「神勇號」機身，雖然正式比賽結束，但由陳教練的「天鷹號」、副教練阿強的「自強號」及「神勇號」加演一場，進行一次完美的三機編隊飛行，贏得外地來的裁判的讚賞，並力邀參加他們的表演賽，重塑了「天鷹俱樂部」的形象及聲譽。由「撞機事件」及「天鷹」會員的協助、表現，使阿龍、小彬一改過去自私自利的習性，體認群己之間的正確關係⑩。

七、物我之情

物我之情指的是少年、少女面對異於人類的動物、植物、無生物或整個人類賴以生存的地球，能以愛護自我的心情去保護、珍惜。「物我之情」小則培養「對物珍惜」的美德；大則涵育「民胞物與」的偉大情操。例如吳明輝的〈表哥和他的大狗〉，就是描寫照顧、喜愛洛威那名犬的「物我之情」：

> 我感到我的手冒出汗來，藉著表哥牽動的力量，我的手終於接觸到黑妮柔軟的皮毛。那種感覺，說不出是畏懼還是喜悅。而最令我興奮的是黑妮屁股上那截大約兩寸長的粗尾巴，很奇特地搖動著，一點兒不像普通的狗兒搖尾，而是很機械很逗趣地左右擺動幾下，表示對我友善。
>
> ……說完一把攬住黑妮，黑妮也用飯匙大的舌頭，舔著表哥的臉，一幅人狗親和的景象，簡直羨煞我了。
>
> ……「狗是很聰明的動物，對牠講話，牠聽多了就懂得我們的意思。」表哥說：「對待動物要像對待小弟弟、小妹妹一樣，有耐心，有愛心。我跟別人說，他們都不相信，但是，狗真的有靈性，牠聽得懂。」
>
> ……「黑妮乖，坐下，我來看看。」黑妮溫馴的坐下了，當我蹲下來撫摸牠，牠的一顆大頭，早已塞進我的懷裡，塞得我差點跌坐在地上，真受不了大型狗的撒嬌。牠卻不理會這個，不停地頂過來，不停的摩沙著。表哥又下了一道命令，要黑妮躺下，牠不敢違抗，但是一雙前腳依然搭呀搭的要跟我玩兒⑪。

八、國家之情

少年、少女的國家之情，表現在對於偉人、國號、國旗、民族英雄等具體、抽象事物及符號的認同和尊敬上。此一認同可謂不容置疑，若有人加以誹謗、誣衊，少年男女會起而護衛，赴湯蹈火，捨生取義，在所不惜。例如：亞米契斯《愛的教育》中維護國家尊嚴的少年，閱讀之後使人不禁對其愛國行為肅然起敬：

> 一個全身破破爛爛的少年，在一艘從西班牙開往義大利的船上。他才十一歲，可是，卻孤零零地一個人。
>
> ……船上有三位結伴同行的外國人，看他那落魄的模樣兒，……，乘著酒興，送給少年金錢。
>
> 鏗鏗鏘鏘，金幣、銀幣、銅幣拋過來，少年的雙手幾乎接滿了。
>
> ……可是，他的笑容忽然消失，因為，他聽見那三個醉漢正七嘴八舌興奮地說著義大利的壞話。
>
> 「義大利人都是傻瓜，每一個人都是大傻瓜。」
>
> 「義大利的火車慢吞吞的，真可笑。」
>
> 「而且，義大利到處都是小偷哩！」
>
> 鏗鏗鏘鏘，一把錢幣從上面落了下來。
>
> 原來，少年骨碌地爬了起來，正十分憤怒地用那些錢幣，朝他們三人擲過去。
>
> 「你們怎麼可以講義大利的壞話！還給你們，我不要講義大利壞話的人給的錢。」
>
> 少年大聲地叫嚷，完全不像剛才那副畏畏縮縮的樣子。因

為，他那小小的胸膛充滿了愛祖國的熱血⑫。

第三節　少年小說的時代意識

小說常在描述人的情感之際，要和主要角色的生活互相結合，因為唯有碰觸真正的生活，人物才有附著的空間，人物才能活色生香。正因小說要描述生活，要接觸現實事物，因而具有「史」的成分，從小說作品中可以窺知當代事物，可以體會當代思想及意識，由此可知，小說作者不可欠缺「時代意識」，少年小說亦是如此。

少年小說的「時代意識」在作品中不必刻意強調，但在取材時，在描繪時，在刻畫及主題意識的表現上，則需緊緊扣住，要用事物、用技巧、用情節來彰顯時代意識。因為少年小說並不等同於童話，「童話」的時空是在第 N 次元，而少年小說（科幻小說除外）的時空，即是人物生存的縱（時間）橫（空間）座標。既然少年小說的「時空」無法自少年的生活脫離，則「時代意識」的反映自屬必須。

二十一世紀，由於交通及電訊事業的突飛猛進，「地球村」的人類部落已經形成，各國互相影響，思潮互相激盪，科技互相支援，教育互相借重……任何一個國家絕對無法置身於地球社會之外。以此來看此刻地球的「時代意識」，吾人可以發現共有：兒童優先、尊重人權、民主政治、知識爆炸、電腦科技、時空壓縮、價值多元等趨勢。因此，少年小說在寫作之時，若能觸及時代脈動，和「時代意識」互為表裡，又能描摹亙古以來，廣闊空間、億萬人類心靈深處，共通的各種真情，則此少年小說作品，必然是富有現代面貌的佳作。

一、兒童優先

兒童是人類的希望，是國家民族的幼苗，是父母的心肝寶貝。父母親不管經濟能力如何，首先照顧的是孩子的衣食住行育樂，對於孩子的生命、安全更是保護得無微不至。世界各地若有災荒、戰亂，全球各大媒體競相報導的焦點必是：戰火孤雛、飢童骨瘦如柴，用以凸顯兒童的稚弱無力，亟需保護。諸如此類，皆是「兒童優先」理念的宣揚。

小說作家若能以「兒童優先」做為寫作的動力，必然會義無反顧地為兒童撰寫「少年小說」。少年小說作家若能察覺「兒童優先」的時代趨勢，則其取材及表現重點，必定放在父母、師長及社會、國家對兒童的關注、措施之上，寫出純正、富於真情的少年小說作品。而在少年「看得懂」的立足點上來寫作，更是作家對「兒童優先」的完全關懷。

二、尊重人權

第二次世界大戰後所形成的「民主」和「極權」陣營，其中最大差別在於，民主國家尊重人權，極權國家剝削人權。事實證明，「尊重人權」是全體人類共同的願望，因此有所謂「蘇、東、波」等三個共產國家相繼解體，投向「民主」陣營，開始重視「人權」，在二十世紀末形成一股不可遏抑的「民主浪潮」。吾人應該深信在二十一世紀裡，地球上所有共產國家必然銷聲匿跡，回復到尊重人權的民主社會。

少年小說作家應該體察此一趨勢，在作品中應潛藏「尊重人權」的思想，並且化為具體可行的事件、行為，由少年小說中的角色加以扮演，則少年讀者在閱讀作品之後，必然深受感化，具備「尊重人權」的觀念，以迎接二十一世紀的來臨，並且避免再度出現如列寧、史達林、希特勒等極度不尊重人權的罪魁禍首，以使人類共躋於「平等」的大同之境。

三、民主政治

伴隨「尊重人權」而前進的，必然是全民參與國家事務的「民主政治」。共產國家解體，投入民主國家陣營，人民極力爭取的是投票權、參政權。此一「人人平等」，政治乃「數人頭」而非「憑拳頭」的理念，在二十世紀末期已蔚為全球的風潮，而在二十一世紀的全人類，必能享受「民主政治」的果實，嘗試當「頭家」的甜美滋味。

少年在求學過程中，校園也常推行「民主政治」，有各種投票活動，以使「國民」成為「公民」。臺灣地區人民的「民主政治」素養，即由此鍛鍊成功。但由於某些人對「民主政治」的誤解或不尊重，臺灣地區的民主政治有走偏鋒的現象，少年小說作家可以借用少年小說作品以陶鎔少年的民主思想。但不是「大聲疾呼」、「搖旗吶喊」、「聲嘶力竭的呼籲」，而是以人物、故事、情節等表現「主題」，則此一沉重的「民主」主題，必能融入字裡行間，逐一讓少年讀者發現、體會、接受、擁有。則此一少年小說作品，必然是深具時代風貌的佳作。

四、知識爆炸

工業革命使人類的生產機具完全創新，產能快速提高，因而改變人類的生活，造就某些國家的富強，形成弱肉強食、蠶食鯨吞的兼併的局面，其貢獻頗大，其罪孽亦重。時至二十一世紀，人類發展一日千里，各行各業所累積的專業知識更是車載斗量，有如恆河沙數之多，以致造成出版事業的蓬勃發展，促使人類一日不讀書，不只「面目可憎」，亦且「既聾且啞」，根本無法跟上時代的銳進。

少年小說作家有義務透露此一訊息，讓少年讀者知悉此為「知識爆炸」的時代，「閱讀」乃攝取新知的不二法門，以培養少年讀者樂於閱讀的習慣。

若能在少年科幻小說中，寫入人類所已有的「新知」，並幻想人類所應有的「科學發展」知識，則此類作品對「知識爆炸」的暗示居功厥偉，並與時代脈動緊密結合，又因「科幻」的趣味性，必可大受少年讀者的歡迎。

五、電腦科技

「電腦」的發明是人類的第二次「工業革命」，無論在計算或儲存資料上，都展現其驚人的記憶容量及運算功能，使得人類的科技發展如虎添翼。

現代的青少年、少年在小學，甚至在幼稚園時代，就學會電腦的操作，對於電腦的記憶、儲存、結構、運算、繪圖、設計、遊戲等功能，可謂耳熟能詳、瞭若指掌。少年小說作家若能採用有關電腦的題材，寫入少年小說中，當能深獲少年讀者的共鳴，而且是跟上時代潮流的題材。

由於熟練的電腦操作技能，可使操作者迅速地獲得結果或答案，換句話說，不必「有求於人」，不必和他人、團體協調、合作，埋頭苦幹即能收割成果，因而養成少年「急躁」、「不耐久等」、「自我」而不合群的心理。少年小說作者應針對此一心理特徵，提出對策，用「文學作品」以薰陶少年人日益「物化」的心性，使其仍具有「人」的「柔軟心」，而非「自我」的自私性格及「急躁」的火爆脾氣。如此一來，既能迎合「電腦科技」的節奏，又能發揮「文學」的特殊療效，必是最具「時代意識」的作品。

六、時空壓縮

交通工具的快速、通訊工具的便捷，使得費長房的「縮地術」，在二十一世紀成為事實，不再是一則「仙話」。

由於「時空壓縮」的實現，天涯若比鄰、地球村的構想成為可能，人類的洲際來往密切，思想、發明、生活、文化……相互影響，任何國家無法鎖國，任何民族無法獨存。現代的少年小說作家都應具備「世界觀」，所撰寫的少年小說作品，不但要具有自己民族的風格、文化的特色，更要寫出人類共同的感情，少年人共同的心性。則其作品不但不會在光怪陸離的國際社會中迷失，且因能展現祖國、母族的文化特色、民族風格，更加具有可讀性，使世界各地的青少年因好奇、新鮮而更樂意閱讀，處在瞬息萬變的國際社會、時空經過壓縮的地球村落，其作品的流通更形快速，不至於被時代所淘汰。

七、價值多元

重視民主、人權的國家，其社會必然充滿活力，人民生性活潑，可依其能力、勤奮程度獲得其應有的成果，並且具有靈活的創造力，社會各階層都有出類拔萃的人物，全社會都能肯定其成就，不再以某項成就為人類成功的唯一標的。易言之，此社會所肯定的價值是多元化的，古代所謂「萬般皆下品，唯有讀書高」的迂腐觀念將不再出現，某人只要謹守崗位，全力以赴，假以時日，必可在此位置獲得應有的名利。也由於個體的努力，成果的堆疊，使得此一社會成為多元化的社會——在此科技發達、分工愈密的時代中，多元價值的社會更容易形成。

少年小說作者應與時代脈動同跳動，與時代潮流同進退，其嗅覺敏銳，其觸覺細膩，其思考周全，其眼光高瞻遠矚，其心胸豁達開闊，能容納不同事物、不同意見、不同思潮、不同流派、不同文化、不同成就，始可立足於現代社會，並從多元化社會中取材，寫出與時俱進的作品。也能夠在作品中暗示少年讀者，社會乃由各行各業的人所組成，唯有接納別人，肯定別人，才會被肯定、被接納。試著成為多元化社會的一分子，而不自絕於多元化的社會之外，則少年讀者長成之後，必可成為身心健全的個體。

第四節　少年小說的讀者反應

研究文學理論者，若僅從「作者」行為及「作品」本身來討論文學，必有其缺憾之處。因為「作品」經創作完成，即已「死亡」，唯有讀者翻閱作品，此一作品才有可能「復活」。二十世紀的文學理論家特別重視「讀者接受」及「讀者反應」⑬，並以之做為檢視作品的指標，不但觀念正確，且為文學理論研究開拓另一蹊徑，並且提供作者檢討作品以及寫作的依據。因此，「讀者反應論」與「作者」、「作品」形成鼎足而三的局面。

一、「讀者反應」對「作品」的檢視

少年小說作品既然多由成人作家代勞，則「成人」和「少年」之間必然造成許多隔閡，例如：取材角度、作品趣味、作品難易、作品內涵、作品架構等認知上的差異。作者的用心，讀者無法體會；讀者的要求，作者無法供給，促使「供」、「需」失衡或「讀」、「作」失聯，凡此缺失，皆非作者、讀者及批評者所樂見。

㈠對「取材角度」的檢視

少年小說作者必須具有少年讀者的感覺，以其所好而好之；以其所惡而惡之，要投其所好，避其所惡，要寫其「關心」、「開心」的事；而非寫其「漠然」、「冷淡」的事。

再來，少年小說讀者要設身處地，以少年讀者的角度、價值觀念、文化背景、思維意識來看待事件、處理題材，作者若能有此認知，則少年讀者的反應必然熱烈。

㈡對「作品趣味」的檢視

成年人認為「無聊」的事，少年讀者可能樂此可疲；成年人認為有違社會禮俗的事，少年讀者可能百無禁忌地一再嘗試，因此，「作品趣味」的鑑定者不在於成人，而在於少年。

若想維繫少年小說的「作品趣味」，除掉作品本身的有機呈現，能塑造各種氛圍，以形成作品的可讀性之外，作者本身對於少年讀者所認定之有趣、好玩的事件、現象、笑話、幽默的界定，必須投入其生活，多方了解，始能觸及少年讀者的「趣味核心」，把握其「趣味心理」，做最完整的展示。

㈢對「作品難易」的檢視

少年小說作家以成人的立場、角度來創作，以成人常用的字彙、詞彙來敘述，以成人的哲理來表達主題，常使作品陷於艱澀難懂而不自知。因此，少年讀者的反應是「作品難易」的指標。

少年小說作者可以在作品中蘊含而不述說哲理。換言之，少年小說的「主題」要藉人物、事件、情節及對話來顯現，如此一來，會使「主題」遠離抽象而趨於具體，更容易理解，是表達主題「深入」，使用具體事物、淺易語彙以「淺出」的作品。

為使少年小說作品趨於簡單易懂，作者必須設身處地，以少年人的心態、經驗來看待、處理事物；要以少年人的價值觀來面對少年周遭的事物，那怕在成人眼中是雞毛蒜皮、微不足道的小事，作者也要鄭重其事地以少年人的立場、角度來描述。

唯有作者能存赤子之心，經由作品媒介，少年的赤子之心才能和作者契合，作品的難易適中，則寫、讀之間不至於造成隔閡。

㈣對「作品內涵」的檢視

「作品難易」是從讀者能否迅速接受而言，至於「作品內涵」則是從讀者能否正確解讀而立論。

「作品內涵」包含作品所敘述的人物、事件，以及「與人為善」的「主題」。小說的人物用以扮演故事，而故事則為求表現「主題」，唯有看得懂人物的個性，以及由人物所扮演的故事，才能正確地掌握「主題」。否則，少年小說作品在少年讀者眼中彷彿「天書」般難以解讀，即表示少年讀者無法了解「作品內涵」，縱使人物刻畫再細膩，故事敘述再精彩，主題蘊涵再幽微，一旦格於少年讀者的程度而無法欣賞、了解，則作者創作的心血將會全部付諸東流。

作家在創作完成之後，不妨委由數個少年讀者閱讀，藉以測知彼等解讀的精確度為何？若能深入淺出，洋溢趣味，作品內涵又能被正確解讀，則此篇作品內外兼美，其精彩程度自然不在話下。

㈤對「作品架構」的檢視

「內涵」指的是作品的事物及哲理；有如人體之臟腑及靈魂。「架構」則指作品的組織及結構，有如人體之骨架。

優異的少年小說作品，其「感人」成分具足，但要如何「感人」則有待雕琢。即使「事件」及「主題」均如燦爛耀眼的珍珠，若是散落一地，即不成一串價值連城的項鍊，此一「串珠成鍊」的功夫、過程則有賴作者雕琢及經營。換言之，既有「好故事」（內涵美），也要「會說故事」（架構美），才能具有吸引少年讀者一讀的魅力。

「作品架構」即是開頭、發展、高潮、結束的安排，也是「事件」的「自然時空」，合理又容易理解地轉化為「小說」的「時空交錯」。要在既能營造小說的氛圍、趣味，又能吊足少年讀者的胃口原則下，將「小說時空」做一曲折多變化，又能完整敘述的周全安排，則「作品架構」必然完美，再加以精彩的敘述、細膩的刻畫，該篇作品必屬「叫好」（藝術美）又「叫座」（深受少年讀者歡迎）的佳作。

二、「讀者反應」予「作者」的省思

作者若經批評家予以指正，作者心理未必誠服，常以「自己作品好」、「文人相輕」自我安慰，以致「文學批評」常引起作者、文評家彼此不快，甚而形成對立，終是文壇憾事。

少年小說作品若遭少年讀者予以拒絕，則文評家百般讚美該篇作品，終究無法獲得青睞。反之，若是少年讀者讀之不忍釋卷，縱使文評家百般貶抑，該篇作品仍是少年讀者的最愛。因此，天地之間有桿秤，少年讀者即是桿秤，可以權衡少年小說作品的輕重，少年小說作者能不以「少年」為師乎？

少年讀者無庸阿諛、奉承作者，對於「作品」的迎拒是直接的反應，是「佳作」必然熱情接納；是「劣作」必然給予無情、冷漠的排斥，少年讀者如此直接、誠實的反應，適足予以「作者」多方省思的契機——作者應反省自己是否了解兒童，態度是否嚴肅，技巧是否純熟，感覺是否敏銳，以使自己的作品臻於盡善盡美。

㈠是否了解兒童

兒童的心理及生理發展可謂「日新又新」，成長快速，伴隨身心日趨成熟的是，閱讀的課外讀物也隨之加深加廣。兒童有其心理的特徵，少年小說的作者必須正確地把握，以其「心理特徵」為「眼鏡」，以觀察兒童的心態、價值觀，以及猝然臨事的反應。也要觀察少年的喜好、厭惡事項，其「趣味」的焦點何在。……唯有深入觀察、了解、研究少年讀者，作品的程度、風格、氣氛才能盡如兒童的需要。

㈡態度是否嚴肅

作者創作「少年小說」應視為「事業的巔峰」、「才華的攢聚」，要鄭重其事的創作，絕對不可以「兒戲」視之，唯有以「嚴肅」的態度創作，才會時時刻刻以兒童為念，要求作品能滿足兒童的需要。

態度既能嚴肅，在寫作之時，取材必以少年日常生活為最大來源；遣詞造句必以兒童日常用語，要淺顯易懂又富含深意；在「主題」的顯現上，要求富有教育意義，又不至於板著臉孔教訓；在述說故事時，時時帶著笑容，心底常懷幽默，筆下有天真、活潑、逗趣的精靈在跳躍……換句話說，作者的態度是嚴肅的，而心情則要輕鬆，以求出現「兒童的」、「文學的」、「趣味的」少年小說作品，並且自然而然具有「教育的」價值。

㈢技巧是否純熟

純熟的寫作技巧，可使作品的可讀性提高，也可使作品的趣味效果增加，少年讀者將沉迷於作品所形成的況味而不忍釋卷，若能達此境界，必是成功的少年小說作品。

純熟的寫作技巧來自不停息的鍛鍊文筆，也來自不休止的汲取新知，更來自寬闊而能接受批評的心胸。一個成功的少年小說作家，絕對不會閉門造車，對於自己不熟悉的事物，要孜孜不倦地翻查資料，更得千方百計的體會、經驗各種事物，以累積自己的寫作素材。

對於他人的作品，不必攻訐，也不必阿諛，更不可出現嫉妒的心理及行為，要以持平的心理，拜讀他人的著作，從其中發現他人作品的優缺點，在擷長補短的前提下，必可使自己的創作技巧趨於成熟，作品達到完美的地步。

㈣感覺是否敏銳

敏銳的感覺是創作的源泉，作家之所以異於常人，即在於作家的「心」比常人「多一竅」，在眾人的感官止於眼看、耳聽、鼻嗅、舌嚐、膚觸、手摸的功能之外，作家能將上述各種感覺輸入「腦海」(心)，以發揮「心官」的功能：能思想、能判斷、能記憶、能感動、能想像，則看似平常的「素材」，在作家「心思」運轉下，即可醞釀產生精彩的少年小說作品。

「敏銳的感覺」常是「靈感」的觸媒，「靈感」並非飄浮不定、抽象不具體之物，作家若能用心於「感官」的訓練，凡事能「多看」、「多聽」、「多聞」、「多試」、「多觸」、「多摸」，再用「心」去思考、判斷，想像「為何會如此」、「像什麼」、「感覺如何」，則「心思」必定日趨敏銳，凡事都可化為題材，正確而符合需要地寫入作品，不必討好、迎合小讀者，小讀者即會對其作品趨之若鶩，則此作家、作品必然大受歡迎。

本章所論述的「創作素養」、「情感摹寫」、「時代意識」及「讀者反應」，雖與少年小說的創作理論無極大相關，但是少年小說作家若能配合四個原則，將使創作技巧更趨成熟，作品日益完美，因為——

「創作素養」是作者寫作功力的「內在提升」，「素養」越精深，創作意願越高昂，作品「內涵」越豐實，則其作品的成就位階也越高檔。

「情感摹寫」是作品感人的要素之一，情感越真誠，小說人物個性越鮮明，越討人喜愛。一篇少年小說作品若光有故事而無感情，必如一口枯井，讀者無法汲取感情的甘泉，讀之但覺索然無味。

「時代意識」是作品與時俱進的動力，「生活小說」要和小讀者的生活同步；「科幻小說」要和科技發展頡頏，因此，在作品中若能結合時代意識，對讀者的成長裨益甚大。

「讀者反應」則用以檢視作品的水準，用以驅策作者的創作態度、提升作者的創作水準。少年小說作家若能重視少年讀者的反應，其作品的「質素」必定不會和少年相去甚遠。

附　註

①參見劉世劍《小說概說》(麗文文化公司)，頁二五九至二六二，第十一章〈創作過程〉之「一、創作的準備」。

②參見任大霖《兒童小說創作論》(少年兒童出版社)，頁二二○。第八章〈兒童小說作者的思想素養與文學素養〉。

③同註②，頁二二二。

④同註①，頁二六八至二七一。

⑤參見《兒童文學小說選集》(洪文珍主編，幼獅文化事業公司)頁一六七至一六八，陳郁夫〈蝙蝠與飛象〉。

⑥同註⑤，頁一四六至一四九，許臺英〈保姆情〉。

⑦參見《帶爺爺回家》(臺灣省政府教育廳，李潼等著)，頁四十三至四十四，樊雪春〈看不見的友誼〉。

⑧參見《愛的教育》(亞米契斯著，光復書局版)，頁六至七。

⑨參見《湯姆歷險記》(馬克吐溫著，光復書局版)，頁十六至十七。

⑩參見《天鷹翱翔》(李潼著，洪建全教育文化基金會印行)。

⑪同註⑦，頁十七至三十三，吳明輝著〈表哥和他的大狗〉。

⑫同註⑧，頁十三。

⑬參見蔡源煌《當代文學論集》(書林出版社)，頁二○三至二五八，〈當代文學理論的主要課題〉第三節「閱讀行為與意義」：閱讀行為，以往在客觀批評的眼中，閱讀只是存而不論的接受行為 (reception)，讀者必須保持某種超越的美感距離去接受作品所展示給他的訊息。職是，「感動」(affective) 的證言是一種禁忌。實際上，閱讀行為涵蓋了兩個層次或階段：理解 (understanding ：subtilitas intelligendi) 與詮釋 (interpretation ；subtilitas expei-candi)。前者是按著作品的指示去建立意義，而後者則更進一步將該意義加以說明或闡釋。

依筆者體會，以往的「讀者接受」只是單向的接受行為，是依「作者」→「作品」→「讀者」的單行道進行的。而真正的閱讀行為則包括「理解」(讀者接受)及「詮釋」(讀者反應)的雙向行為，其過程如下：「作者」⇆「作品」⇆「讀者」。因此，「讀者」的「反應」可以檢視「作品」，也可以提供「作者」創作的參考。

結　論

「少年小說」的「少年形象」

「少年小說」描述少年的生活，敘述少年的故事，摹寫少年的感情，其目的全在提升少年小說作品的可讀性。而在可讀性之外，少年小說的作品有義務刻畫形象鮮明的「少年」典型，以為少年讀者倣效的對象。換言之，「少年小說」不應只是「情節小說」，更應該是「人物小說」，應負起寫活各類型少年的重責大任，也是少年小說作家在創作時應努力的方向。

筆者認為「少年小說」的「少年形象」塑造，應包含下列六個方向，由作者掌握主、客觀的條件加以摹寫刻畫：

一、把握情感真相，寫出血肉少年；

二、把握個性異相，寫出各型少年；

三、把握動態原則，寫出活潑少年；

四、把握地域差異，寫出城鄉少年；

五、把握時代脈動，寫出現代少年；

六、把握勸勉原則，寫出務實少年。

少年小說中的少年形象絕對不可以制式化，只寫某一類型的少年，也不可以兩極化，不是好少年就是壞少年。而壞少年經過簡短的訓話之後又成為好少年，好少年近乎十全十美的聖人，成為公式化。若是少年小說作家一再停留於過去的時光，寫出舊時代或農業時代的少年，和現代青少年的現況相去甚遠，也絕非所宜，因此，少年小說作家在「少年形象」的塑造上必須極為用心。

第一節　把握情感真相，寫出血肉少年

人之異於禽獸，在於有七情六慾，而情慾並非洪水猛獸，它毫不可怕，可怕的是無法控制自己的情慾，做出作姦犯科的事情。少年的身心都在成長，若能據實描述其言行舉止，把握其情感真相，寫出其七情六慾，則此少年必是活生生的少年，而非木頭人或是機器人。

有血有肉的少年，悲有淚，喜有笑，能日行一善，也會偶爾犯錯，少年小說就在少年日常生活中取材，表現少年的「凡人生活」，使其和周遭的人、事、物之間的「血淚情仇」生動地演出，在精彩的情節中蘊含人生哲理，少年人讀之可以得到教訓、啟發，達到少年小說「寓教於樂」的目的。

少年小說異於童話，童話是完美、浪漫的，少年小說則是缺陷、完美互見，富於寫實色彩的。為求表現少年的血淚、悲喜真性情，該喜則喜，該怒則怒；悲哀之時不必假裝歡喜，快樂之時不必裝出憂傷，少年小說更應把握少年人的情感真相，以摹寫「感情豐沛」的少年為職志。

第二節　把握個性異相，寫出各型少年

人心不同，各如其面——所謂「人心」，即指人的「個性」，俗諺「一樣米，飼百樣人。」即在強調人的心性之間絕大的差

異，一部好的小說作品應該呈現的是「人性之異」，而非「人性之同」。「人性之同」將使小說作品趨於簡單化、規格化、制式化；「人性之異」則使小說作品呈現複雜化、個性化、差異化。前者使得作品僵化，可讀性降低；後者則促使作品靈動，可讀性大幅提升。

少年由於生長環境、家庭教育、個人性向、興趣喜好、年齡差距、性別差異等不同，而有迥異的「個性」表現。在少年小說中若有脾氣暴躁型、粗枝大葉型、彬彬有禮型、粗獷豪爽型、木訥寡言型、忸怩內向型等少年出現，將如花園中盛開的繁花，不但五彩繽紛，而且姿態各異，令人目不暇給，整篇少年小說作品也將給予讀者有「真確」之感。

想把握少年人的個性異相，就得投入少年的生活圈子，用心觀察少年的一舉一動，將各類型少年逐一比較，以求其同異，而在摹寫之時不但要「求同存異」，並且要「輕同重異」，則少年小說中的各個角色才會有不同的面貌，各類型的少年也灼然立判。

第三節　把握動態原則，寫出活潑少年

少年人充滿生命力，是朝氣蓬勃的一群，有少年的地方就洋溢歡笑、出現活潑的動作，因為少年人無憂無慮、敢說敢笑、敢於表現自我，知道要「秀」出自己，所以，少年小說中的少年應該是活潑，而且是充滿活力的新新人類。

為避免少年小說作品中的少年角色過於死板，甚至形成機器人或木頭人，少年小說作家應使用各種情節，提供少年活動的場景，讓少年角色在其中盡情的活動，由連續不斷的「情節」發

展，以表現少年人活潑、朝氣蓬勃的一面，以免淪於「說教」的枯燥乏味。

除掉安排動態的情節之外，少年角色在同儕互動的對話及行為時，最好也能伴以精彩的動作及表情，以刻畫少年人活潑、躍動的心性。

在撰寫少年角色的「對話」內容時，作家應以敏銳的感覺、細膩的觀察，發現少年的習慣用語，特殊的對話方式及技巧，再結合其生活方式及流行的事物、時髦的行為，在多方面的配合之下，少年的「生活」才具有真確感，才能描寫出活潑的少年人。

第四節　把握地域差異，寫出城鄉少年

作家所取的素材，影響到少年小說所寫的內容。地球上有繁華的城市，有簡樸的農村，更有偏僻的山巔水湄，由於環境的不同，生活方式自然有異，少年小說作家應依照素材發展成合理而得體的內容，否則即有造假之嫌。

陳玉珠的《百安大廈》，寫的是城市的生活，表現的是城市少年；陳郁夫的《蝙蝠與飛象》，寫的是農村、漁村的生活，表現的是農村、漁村少年刻苦耐勞的個性；林立的《山裡的日子》，寫的是山中的生活，表現的是山中少年機靈、自在的一面……凡此種種，皆能證實地域差異，生活內容、事物的不同，而使少年小說有不同的故事，有不同的情節發展，並使不同地方的少年角色顯得各具特色。

作家想要描述城市、鄉村、山上、部落、海邊、農村、漁村、眷村、國宅等特定地域社區的少年生活，非得親自投入其中

生活一段時日，否則無法將該社區、族群、部落的生活寫得內行而深入。也唯有生動、逼真、傳神的「生活場景」，少年角色才有演出的舞臺，而凸顯其個性。少年小說作家張淑美女士獲獎之作《老番王與小頭目》（民國八十四年，九歌兒童文學獎「兒童小說」首獎作品），據其電話告知即在臺東縣達仁鄉土阪村排灣族部落長期居住，並融入九族生活，體會原住民生活精髓而寫成，可見其重視城鄉差異之一斑，也可見其認真的寫作態度。

第五節　把握時代脈動，寫出現代少年

在第拾章時，曾強調少年小說作家要有「時代意識」，以寫出和時代進展相馳驅的作品，並刻畫出現代少年的多樣面貌。在本章節中，仍要為「把握時代脈動」，寫出「現代少年」贅言數句：

> 少年的心性，無論古今中外都是生而具備，而且是大同小異的，為何長大之後會大異其趣，甚或巨奸大憝與忠貞善良背道而馳？其關鍵即在於「生活環境」、「社會大染缸」的影響，而生活環境又與時代背景互為表裡，生活環境是可見著觸及的；而時代背景是無形但能感知的，因此，有形的環境，人人可感可寫，而無形的時代意識，非得具備敏銳的感知能力不易為功，唯有把握時代的脈動，才能寫出現代少年。

現代少年極重視享樂，不知「辛苦」、「勤勞」、「節儉」為

何物？現代少年更重視「自我」、「我喜歡」、「我有話說」，不知「他人」、「有什麼不可以？」、「我的話不一定對」。常對他人提出要求，而不知自我反省。現代少年更重視「成績」，「競爭」、「名校」、「高位」、「高薪」，而不懂得「合作」，「謙讓」、「犧牲」、「奉獻」，使得「團體」，「紀律」無法維持。

上述諸項「病例」乃普遍存在的事實，少年小說作家應把握現代人的心態，不應避諱，也不該粉飾，要據實描寫，但必須在文中有「導正」的情節或暗示，如此處理，不但可以把握時代脈動，又能使「現代少年」的形象鮮明，並可充當少年行動的燈塔，發揮小說作品潛移默化的功能。

第六節 把握勸勉原則，寫出務實少年

少年人閱讀少年小說作品，雖屬「靜態的遊戲」，應以「消遣」、「輕鬆愉快」、「擷取趣味」的心態視之。但是，少年讀者異於成人，是身心兩方面正在成長的個體，少年每天均在「遊戲中學習」、「學習中生活」。如果終日無所事事，或僅從事娛樂活動而無任何教育意義，則其行為是在浪費青春時光。因此，少年小說作品應「寓教於樂」，使少年讀者在閱讀少年小說佳作時，能「感知」其中的教育意義，在潛移默化中受到小說人物影響、感召，想起而效法，則此少年小說作品將更有意義。

少年小說作者可以根據理想，塑造「典型人物」。此一人物可以不必十全十美，容許少許缺憾，但大體上是優點多於缺點。再針對現代少年容易犯下的錯誤，例如「對己不反省」、「對人不感恩」、「對事不負責」、「對物不珍惜」等行為，設計動人的

情節，再由「典型人物」扮演主角，由其言行、舉止以啟迪少年讀者：律己以嚴、待人以寬、絕不推拖、絕不浪費等主題，讓少年人在閱讀之時能「感知」作者心意而向善、向上，以達到作者「勸勉」的創作意旨。

「勸勉」絕不可板著臉孔教訓，要將「主旨」融入故事情節、　人物言行，由少年人於閱讀時體會而得。如此一來，既符合小說的創作原則，又能甄陶出「務實」少年，則少年小說的創作使命即可達成。

參考書目

甲、專著

1. 漢書　漢・班固　藝文印書館　無出版日期
2. 隋書　唐・魏徵　藝文印書館　無出版日期
3. 舊唐書　後晉・劉昫　藝文印書館　無出版日期
4. 莊子集釋　郭慶藩輯　河洛圖書出版社　民63.10
5. 荀子柬釋　梁啟雄輯　河洛圖書出版社　民63.12
6. 法言義疏　漢・揚雄輯　汪榮寶疏　世界書局　民56.1
7. 論衡　東漢・王充　世界書局　民64.6
8. 少室山房筆叢　明・胡應麟著　世界書局　民69.5
9. 通俗論　清・翟灝著　世界書局　民52.4
10. 兩般秋雨盦隨筆　清・梁紹壬著　文海出版社　無出版日期
11. 中國小說史略（魯迅全集）　魯　迅　人民文學出版社 1989 第四刷
12. 中國小說史　范煙橋著　河洛圖書出版社　民66.10
13. 中國小說史　孟　瑤著　傳記文學出版社　民66.10
14. 小說纂要　蔣祖怡著　正中書局　民58.11
15. 短篇小說作法研究　威廉著　張志澄編譯　臺灣商務印書館 民56.11
16. 近代小說研究　楊昌年著　蘭臺書局　民65.1 初版

17. 小說的分析　W.Kenney 著　陳迺臣譯　成文出版社　民66.6
18. 短篇小說的批評門徑　C. Kapian 著　徐進夫譯　成文出版社　民66.8
19. 小說技巧　胡菊人著　遠景出版社　民68.2 再版
20. 小說賞析　楊昌年著　牧童出版社　民68.9 初版
21. 小說創作論　羅　盤著　東大圖書公司　民69.2 初版
22. 小說研究　英・赫德森原註　廣文書局　民69.12
23. 小說理論及技巧　任世雍著　書林出版公司　民71.10
24. 小說面面觀　英・佛斯特著　李文彬譯　志文出版社　民74.2
25. 小說美學　吳功正著　江蘇文藝出版社　1985.6 一版一刷
26. 小說入門　李　喬著　時報出版公司　民75.3
27. 現代小說論　周伯乃著　三民書局　民77.4 三版
28. 小說文體研究　中國社會科學出版社　1988.8 一印
29. 小說結構美學　金健人著　木鐸出版社　民77.9
30. 小說理論　楊恆達編譯　五南圖書公司　民77.11
31. 小說形象新論　吳士余著　學林出版社　1988.12 一版一刷
32. 小說24 美　俞汝捷著　淑馨出版社　民78.3 初版
33. 小說論稿合集　吳小如、曦鐘、于洪江著　北京大學出版社　1989.10 一版一刷
34. 小說藝術論稿　何永康著　河海大學出版社　1990.12 一版一刷
35. 小說藝術論稿　馬振方著　北京大學出版社　1991.2 一版一刷
36. 當代敘事學　美・華萊士・馬丁著　北京大學出版社

1991.5 二印
37. 小說技巧　傅騰霄著　中國青年出版社　1992.3 一版一刷
38. 小說寫作研究　李保均著　湖北人民出版社　1984.6 一印
39. 小說概說　劉世劍著　麗文文化公司　民83.11 初版
40. 小說結構　方祖燊著　東大圖書公司　民84.10 初版
41. 小說・歷史・心理・人物　周英雄著　東大圖書公司　民78.3 初版
42. 新時期小說思潮和小說流變　丁柏銓　周曉揚著　南京大學出版社　1991.3 一版一刷
43. 現代小說中的空間形式　周憲主編　秦林芳編譯　北京大學出版社　1991.5 一版一刷
44. 小說與社會　呂正惠著　聯經出版公司　民81.4
45. 紅樓水滸與小說藝術　胡菊人著　百葉書社　民66.10
46. 從中國小說看中國人的思考方式　中野美代子著　劉禾山譯　成文出版社　民66.7
47. 中國古典小說藝術欣賞　賈文昭　徐召勛著　里仁書局　民72.3 初版
48. 中國小說美學　葉　朗著　里仁書局　民76.6 初版
49. 中國的小說藝術　周中明著　貫雅出版社　民79.1
50. 古典短篇小說藝術新探　陳炳熙著　華東師大出版社　1991.9 一版一刷
51. 中國通俗小說理論綱要　謝昕　羊列容　周啟志著　文津出版社　民81.3
52. 當代文學論集　蔡源煌著　書林出版有限公司　民75.8 初版
53. 二十世紀文學理論　佛克馬　蟻布思著　袁鶴翔等譯　書林

出版有限公司　1991 初版二刷

54. 現代西方文論選　伍蠡甫　林驤華編著　書林出版有限公司　民 81.8 初版
55. 文學理論資料匯編（上、中、下）　華諾文學編譯組　華諾文化事業　民 74.10 臺一版
56. 兒童文學研究　吳　鼎編著　臺灣教育輔導月刊社　民 58.10 再版
57. 兒童文學概論　編寫組　四川少兒出版社　1982.5 一版一刷
58. 兒童文學　林守為編著　自印本　民 71.12 五版
59. 兒童文學綜論　李慕如著　復文圖書出版社　民 72.9 初版
60. 兒童文學論　許義宗著　中華色研出版社　民 73.8 六版
61. 兒童文學初探　金燕玉著　廣東花城出版社　1985.5 一版一刷
62. 兒童文學創作與欣賞　葛　琳著　康橋出版公司　民 75.1 再版
63. 兒童文學　祝士媛編訂　新學識文教出版中心　1989.10 初版
64. 兒童文學的思想與技巧　傅林統著　富春出版社　民 79.7 一版一刷
65. 兒童文學講話　李漢偉著　復文圖書出版社　民 79.10 增訂版
66. 兒童小說創作論　任大霖著　少年兒童出版社　1990.12 一版一刷
67. 兒童少年文學　林政華著　富春出版社　民 80.1 一版一刷
68. 兒童文學與現代修辭學　杜淑貞著　富春出版社　民 80.3 一

版一刷
69. 兒童文學創作論　張清榮著　富春出版社　民81.7 一版二刷
70. 兒童文學　林文寶等著　國立空中大學　民82.6 初版
71. 兒童文學與兒童讀物的探索　林武憲著　彰化縣立文化中心　民82.6 初版
72. 兒童文學　林守為編著　五南圖書公司　民82.8 初版六刷
73. 兒童文學析論　杜淑貞著　五南圖書公司　民83.4 一版一刷
74. 少年小說初探　傅林統著　富春出版社　民83.9 一版一刷
75. 認識少年小說　張子樟等著　馬景賢主編　中華民國兒童文學學會　天衛文化圖書有限公司　民85.11 初版

乙、論文期刊

1. 論中國小說的產生　祝秀俠　中國文藝第七期　民41.9
2. 談兒童小說的創作　林鍾隆　兒童讀物研究1　民54.4
3. 少年小說的重要　林　桐　國語日報三版　民61.7.16
4. 少年小說的任務　林　桐　國語日報三版　民62.11.18
5. 兒童小說的種類　林　桐　國語日報三版　民63.11.10
6. 談歷史小說　林　桐　國語日報三版　民66.8.21
7. 兒童的冒險心理與少年小說的寫作　傅林統　慈恩兒童文學論叢（一）　民74.4
8. 從發展觀點論少年小說的適切性與教學應用　吳英長　慈恩出版社　民75.6
9. 談少年小說的寫作（一～八）　張清榮講　李仙配記　國語日報三版　民75.9.21~11.9
10. 少年小說的氣質　李　潼　中華民國兒童文學學會　民

75.12

11. 兒童科幻小說的寫作　黃　海　中華民國兒童文學學會　民75.12
12. 從對比設計看「黑鳥湖」的人物刻畫　洪文珍　中華民國兒童文學學會　民75.12
13. 少年小說與讀物治療晤談內容設計　王萬清　中華民國兒童文學學會　民75.12
14. 論少年小說作者的心態　林　良　中華民國兒童文學學會　民75.12 初版
15. 少年小說的界域問題　洪文瓊　中華民國兒童文學學會　民75.12 初版
16. 社會問題與少年小說的社會功能　楊孝濚　中華民國兒童文學學會　民75.12 初版
17. 論少年小說欣賞的教育心理療效功能　施常花　中華民國兒童文學學會　民75.12 初版
18. 寫少年小說給少年看　柯華葳　中華民國兒童文學學會　民75.12 初版
19. 少年小說淺談　馬景賢　中華民國兒童文學學會　民75.12 初版
20. 請問，你要去哪裡？——談少年小說的走向　李　潼　國語日報三版　民76.7.5
21. 談童話與少年小說的批評　洪文珍　七十七年度臺灣區省市立師院兒童文學學術研討會　民78.5
22. 前言（兒童文學小說選集）　洪文珍　幼獅文化事業公司　民78.7

23. 兒童文學範疇論　洪文瓊　八十四學年度師院教育學術論文發表會　民84.11
24. 中國諷刺小說的諷刺技巧特點　吳淳邦　中外文學十六卷六期
25. 少年小說「情」字如何寫　張清榮
八十學年度師院兒童文學學術研討會——少年小說　民81.6初版
26. 漫議動物小說　沈石溪　兒童文學研究第2期（總63期）

丙、作品集

1. 阿輝的心　林鍾隆著　民54.12
2. 蠻牛傳奇　林鍾隆著　臺灣省教育廳中華兒童叢書　民59.8
3. 好夢成真　林鍾隆著　臺灣省教育廳中華兒童叢書　民60.4
4. 林琳　謝冰瑩著　臺灣省教育廳中華兒童叢書　民63.4
5. 亞男與法官　曼　怡著　臺灣省教育廳中華兒童叢書　民64.2
6. 幸運符　華霞菱著　臺灣省教育廳中華兒童叢書　民64.9
7. 逃　陳　宏著　臺灣省教育廳中華兒童叢書　民64.9
8. 大房子　吳　明著　臺灣省教育廳中華兒童叢書　民64.9
9. 蝙蝠與飛象　陳郁夫著　臺灣省教育廳中華兒童叢書　民69.11
10. 少年小說（兒童月刊社編）　林鍾隆等著　兒童圖書出版社　民64.9
11. 一球茉莉花（幼獅少年叢書②）　楊思諶等作　幼獅文化事業公司　民67.10

12. 冰海漂流記　亞瑟・羅斯著　汴橋譯　國語日報出版部　民66.8一版
13. 湯姆歷險記　馬克吐溫著　朱佩蘭譯　光復書局　民67.6初版
14. 愛的教育　亞米契斯著　朱佩蘭譯　光復書局　民67.6初版
15. 冰海小鯨　香川茂著　余阿勳譯　國語日報出版部　民67.11七版
16. 會飛的教室　卡斯特納著　李映荻譯　國語日報出版部　民68.12七版
17. 咕咕歷險記　張清榮著　作文月刊社　民69.5
18. 嘓嘓雞　張清榮著　作文月刊社　民69.5
19. 洛弟的山（上）（下）　巫爾曼著　張劍鳴譯　國語日報出版部　民69.6二版
20. 來自外太空的「滴滴」　拉撒魯斯著　中　原譯　國語日報出版部　民69.8一版
21. 鬧鬼的夏天　伊芙・邦庭著　汴橋譯　國語日報出版部　民70.4一版
22. 少年小說1　林　立　尤美松著　書評書目出版社　民71.4
23. 少年小說2　曾妙容　林敏惠著　書評書目出版社　民71.4
24. 少年小說3　陳亞南　陳肇宜著　書評書目出版社　民71.4
25. 奇異的航行　黃　海著　書評書目出版社　民73.9初版
26. 嫦娥城　黃　海著　聯經出版公司　民74.10
27. 天鷹翱翔　李　潼著　書評書目出版社　民75.1
28. 順風耳的新香爐　李　潼著　書評書目出版社　民75.4
29. 再見天人菊　李　潼著　書評書目出版社　民76.11

30. 閃亮的日子　張清榮著　愛智圖書公司　民77.10 初版
31. 博士・布都與我　李　潼著　聯經出版公司　民78.5
32. 兒童文學小說選集　洪文珍主編　幼獅書店　民78.7 初版
33. 帶爺爺回家　李　潼等著　臺灣省教育廳　民79.6
34. 畫眉鳥風波　林方舟等著　臺灣省教育廳　民80.5 初版
35. 少年噶瑪蘭　李　潼著　天衛圖書文化有限公司　民81.5 初版
36. 少年大頭春的生活週記　張大春著　民生報出版社　民83.5
37. 旋風阿達　林世仁等著　臺灣省教育廳　民83.6
38. 沖天炮大使　張淑美等著　臺灣省教育廳　民84.6
38. 聖劍・阿飛與我　廖炳焜著　小兵出版社　2002.10 初版一刷

少年小說研究

著　　　者：張清榮
發 行 人：楊愛民
出 版 者：萬卷樓圖書股份有限公司
臺北市羅斯福路二段 41 號 6 樓之 3
電話(02)23216565・23952992
FAX(02)23944113
劃撥帳號 15624015
出版登記證：新聞局局版臺業字第 5655 號
網　　　址： http://www.wanjuan.com.tw
E-mail　：wanjuan@tpts5.seed.net.tw
經銷代理：紅螞蟻圖書有限公司
臺北市內湖區舊宗路二段 121 巷 28 號 4F
電話(02)27953656(代表號)　傳真(02)27954100
E-mail　：red0511@ms51.hinet.net
承印廠商：晟齊實業有限公司
定　　　價：320 元
出版日期：民國 91 年 12 月初版

ISBN 957－739－421-3